Jobst Schlennstedt
Tödlicher Abgesang

PIPER

Zu diesem Buch

Der hellhäutige Frauenkörper liegt halb auf einer Steintreppe, halb im seichten Wasser. Die roten schulterlangen Haare umrahmen das zarte Gesicht der Toten, als hätte sie jemand so drapiert. Die blutige Wunde am Hinterkopf zeigt, dass die schöne Opersängerin keine Chance hatte. Für Hauptkommissar Zollinger ist schnell klar: kein Unfall hat sie im Park der Eremitage das Leben gekostet, nein, sie wurde ermordet. Zusammen mit seinem aus Hamburg stammenden Kollegen Sören Brunkhorst nimmt der Urbayreuther umgehend die Ermittlungen auf – beide noch ordentlich verkatert vom gemeinsamen Besuch beim Brauereifest am Abend zuvor. Wurde die französische Sängerin von einer eifersüchtigen Kollegin getötet? Und was hat es mit der Telefonnummer einer Kletterschule in der Fränkischen Schweiz auf sich, die sich bei der Toten findet? Erst ein zweiter Mord führt die Kommissare auf die richtige Spur – und dann überschlagen sich die Ereignisse.

Jobst Schlennstedt, geboren 1976 in Herford, ging zum Geographiestudium nach Bayreuth, wo er die Liebe seines Lebens fand und nicht nur deshalb die Festspielstadt und die Franken fortan in sein Herz schloss. Seit Anfang 2004 lebt er in Lübeck und ist als Projektmanager in einem Hamburger Beratungsunternehmen tätig. 2006 erschien sein erster Kriminalroman, Auftakt zu einer Reihe um den Lübecker Kommissar Birger Andresen. Außerdem schreibt er Kurzgeschichten und ist Herausgeber von Anthologien. »Tödlicher Abgesang« ist sein erster Bayreuth-Krimi.
Weiteres zum Autor: www.jobst-schlennstedt.de

Jobst Schlennstedt

Tödlicher Abgesang

Ein Bayreuth-Krimi

Piper München Zürich

Mehr über unsere Autoren und Bücher:
www.piper.de

MIX
Papier aus verantwortungsvollen Quellen
FSC® C083411
www.fsc.org

Originalausgabe
1. Auflage April 2011
2. Auflage August 2011

Umschlaggestaltung: semper smile, München
Umschlagmotiv: Tertia Ebert, München
Satz: Kösel, Krugzell
Papier: Munken Print von Arctic Paper Munkedals AB, Schweden
Druck und Bindung: CPI – Clausen & Bosse, Leck
Printed in Germany ISBN 978-3-492-25828-9

Frag deine Tat, sie deutet dir deine Schuld!
Wotan in Richard Wagner, Die Walküre

1

Ihre Todesangst wich mit einem Mal dem Gefühl der Schwerelosigkeit. Das Adrenalin, das ihr Körper ausstieß, ließ sie über das unebene Gelände schweben. Sie war sich plötzlich sicher, davonkommen zu können. Es war, als hätte der Kampf im Ruinentheater ungeahnte Kräfte in ihr freigesetzt.

Sie hatte kein Ziel, rannte einfach geradeaus über Wege, Rasenflächen und Blumenarrangements. Weg von diesem verrückten Menschen. Ihre Pumps und den teuren Mantel hatte sie zurücklassen müssen. Beides wäre jetzt nur hinderlich gewesen. Wie in Trance lief sie weiter und spürte einen leichten Schmerz am Hinterkopf. Dort, wo ihr das Büschel Haare ausgerissen worden war. So schlimm es auch gewesen war, es war ihre Rettung gewesen. Sie hatte sich losreißen können und war davongestürmt, ohne noch einmal zurückzublicken.

Alles um sie herum erstrahlte in einem seltsamen Tiefblau. Es war unmöglich, Einzelheiten in der Landschaft auszumachen. Die einzige Lichtquelle war der schwache Schein des zunehmenden Mondes.

Plötzlich veränderte sich der Untergrund. Ihr kam es vor, als liefe sie über Waldboden. Kaum hatte sie den Gedanken zu Ende geführt, streifte sie mit ihrer Schulter einen dicken Baumstamm. Augenblicklich wurde sie langsamer und tastete sich mit ausgestreckten Armen weiter. Überall waren Bäume.

»Verdammt!«, flüsterte sie. Wo befand sie sich nur? Sie hatte die Orientierung verloren. Vielleicht war es besser, sich hier irgendwo zu verstecken, bis die Sonne aufging. Sie würde unentdeckt bleiben und könnte morgen in aller Frühe in einen Bus steigen, der sie zurück in die Stadt bringen würde. Warum sollte sie sich dem Risiko aussetzen, in dieser Finsternis durch die Eremitage zu irren und dabei womöglich noch einmal dieser wahnsinnig gewordenen Person über den Weg zu laufen?

Sie tastete sich weiter durchs Gehölz und spürte, dass das Gefälle zunahm und der Untergrund noch holpriger wurde. Irgendwo in den Bäumen knackte es. Sie erschrak. Wahrscheinlich nur ein Eichhörnchen, das durch ihre Geräusche wach geworden war. Ihr Blick richtete sich nach oben, doch in der Dunkelheit konnte sie nicht einmal die Baumkronen erkennen.

Leiser als zuvor ging sie weiter. Plötzlich trat sie ins Leere und sank mit dem rechten Bein in den lockeren Waldboden ein. Sie stolperte über Baumwurzeln, verlor das Gleichgewicht und fiel. Der Schrei, den sie ausstieß, während sie die Steintreppe hinunterrollte, hallte durch die dunkle Nacht. Benommen blieb sie liegen. Sie musste sich am Rand der Unteren Grotte befinden. Kein schlechtes Versteck, wenn sie nur wieder auf die Beine käme.

Vorsichtig versuchte sie sich aufzurichten, doch ein Schwindelgefühl und ein stechender Schmerz an der linken Schläfe hinderten sie daran. Sie rollte sich langsam auf die Seite und beschloss, ein paar Minuten liegen zu bleiben, um zu neuen Kräften zu kommen.

Sie hörte die Schritte auf dem Steinboden sofort. Sie waren leise und dumpf. Mit jeder Sekunde wartete sie darauf, dass die Panik in ihr aufsteigen würde. So wie vorhin. Doch diesmal blieb sie aus. Ihr Körper war ganz ruhig. Kein Zittern. Kein erhöhter Herzschlag.

Das leise Knirschen der Schritte verstummte plötzlich. Direkt hinter ihr.

Hätte sie eben doch bloß nicht so laut geschrien, fuhr

es ihr durch den Kopf. Sie wäre niemals entdeckt worden. Und warum nur dröhnte ihr Kopf so sehr? Ob sie sich bei ihrem Sturz eine Gehirnerschütterung zugezogen hatte? Sie hatte das Gefühl, jemand hätte sie in Watte gewickelt. Alles um sie herum schien auf einmal so weit entfernt zu sein.

Sie mobilisierte ihre letzten Kräfte und rollte sich zur Seite. Der unbedingte Wille, diesem Menschen ein letztes Mal in die Augen zu blicken, war größer als jeder Schmerz, der durch ihren Körper jagte.

Doch der harte Tritt in den Magen nahm ihr diese Chance. Sie krümmte sich vor Schmerzen und rang schwer nach Luft. Kalte Hände legten sich um ihren Hals und drückten ihr den Atem ab. Ihr Schädel knallte auf den harten Steinboden. Die Explosion in ihrem Kopf war derart gewaltig, dass sie trotz geschlossener Augen ein grelles, gleißendes Licht sah. Es vergingen einige Sekunden, in denen sie schmerzfrei dalag und Hoffnung in ihr aufkeimte, dass sie vielleicht doch nur in einem bösen Traum gefangen war, aus dem sie jeden Moment erwachen würde, weil jemand die Vorhänge aufzog und die Morgensonne hereinblinzelte.

Eine Tür öffnete sich. Sonnenstrahlen und dann ein langer Korridor. Das Gefühl der Schwerelosigkeit kehrte zurück. Plötzlich flackerte das Licht wie bei einem Wackelkontakt. Ein stechender Schmerz fuhr ihr von den Schläfen abwärts bis zum Herzen, dann fiel sie in einen tiefen Schlaf, aus dem sie nicht mehr erwachen sollte.

2

»Kupfwehtablettn hamma ned. Mir sen doch ka Abodhekn.«

Die junge Frau mit dem pausbäckigen Gesicht zog eine Packung Cervelatwurst über den Scanner und würdigte Sören Brunkhorst keines Blickes mehr. Entnervt trottete er zurück zu den Regalen mit den Getränken. Es war auch eine selten blöde Idee gewesen, die Kassiererin in einem Discountmarkt nach einem Heilmittel für seinen akuten Brummschädel zu fragen. Er schnappte sich einen Tetrapak Grapefruitsaft und eine Tafel Schokolade, zahlte bei der Pausbäckigen und verließ den Laden in der Badstraße, der direkt gegenüber seiner Wohnung lag.

»Adela! Und saufns fei ned so viel!«, rief sie ihm hinterher.

»Sie mich auch«, brummte Brunkhorst und schwang sich ungeschickt auf sein Trekkingrad. Sein schlanker, aber untrainierter Körper knackte. Die Spuren vom gestrigen Sonntag machten ihm noch sichtlich zu schaffen. Gemeinsam mit seinem Kollegen, Kriminaloberkommissar Zollinger, hatte er einen feuchtfröhlichen Abend auf dem Bayreuther Weißbierfest der hiesigen Brauerei verbracht, an dessen Ende Brunkhorst Arm in Arm mit euphorisierten reiferen Damen eines Kulmbacher Kegelclubs zu »Hey Baby« auf den Bänken getanzt hatte. Zollinger hatte Brunkhorst verwundert angesehen, aber die ausgelassene Stimmung, die milden Maitemperaturen, die laute Musik und nicht zuletzt das ein oder andere Weißbier hatten seinen jungen Kollegen seit langer Zeit mal wieder unbeschwert feiern lassen.

Brunkhorst war ein Hamburger Jung. So einer wie der Tim Mälzer, hatte Zollinger mal gesagt. Immer mit einem frechen Spruch auf den Lippen, gelegentlich etwas schroff, ja, beinahe arrogant, doch im Herzen ein Netter.

Nicht die schlechteste Beschreibung für jemanden, der das Leben auf dem Kiez zwischen Millerntorplatz, Reeperbahn und Großer Freiheit gewohnt war. An der Waterkant wehte eben ein anderer Wind als im beschaulichen Bayreuth. Doch die tägliche Kriminalität, mit der er in Hamburg konfrontiert worden war, hatte ihn nicht nur hart gemacht. Sie hatte ihn auch an seine Grenzen gebracht.

Im Großen und Ganzen war er froh, seine Heimat nicht mehr von der »dreckigen« Seite erleben zu müssen. Stattdessen versuchte er, sich aus der Ferne romantisierte Erinnerungen an Matjesbrötchen, große Pötte an den Landungsbrücken und den letzten großen Erfolg seines FC St. Pauli ins Gedächtnis zu rufen. Und ein paarmal im Jahr kehrte er für einige Tage zurück in die schönste Stadt der Welt, wie es im Slogan eines bekannten Hamburger Radiosenders hieß.

Am Sternplatz bog Brunkhorst ab, passierte das Neue Schloss und die Gebäude der Regierung von Oberfranken. Dann fuhr er links in die Friedrichstraße und weiter in Richtung Polizeipräsidium. Als er vor anderthalb Jahren zum ersten Mal in der Wagner-Stadt gewesen war, hatte dieser Teil der Altstadt einen bleibenden Eindruck bei ihm hinterlassen. Die schnurgerade Straße mit den Häusern aus verwittertem Sandstein, den alten Laternen und der akkuraten Pflasterung hatte ihn an eine Filmkulisse aus dem 19. Jahrhundert erinnert. Trotzdem war es wohl weniger die Friedrichstraße als vielmehr seine damalige Freundin Imke gewesen, die ihn dazu gebracht hatte, dass er sechs Wochen später mit einem Umzugswagen vor ihrer Tür gestanden hatte.

Imke. Ihretwegen hatte er seinen heißgeliebten Hamburger Kiez zurückgelassen und die Stelle als Kriminalkommissar bei der Bayreuther Kripo angetreten. Von den sechs Jahren, die sie damals schon ein Paar gewesen waren, hatten sie fünfeinhalb Jahre gemeinsam in Hamburg verlebt und die restlichen Monate in einer Fernbeziehung, nachdem Imke ein attraktives Angebot als Wissenschaftliche Assistentin an der Universität Bayreuth angenommen hatte.

Imke war die Frau gewesen, die er heiraten wollte. Doch vor drei Monaten hatte sie ihn knallhart aus ihrer gemeinsamen Wohnung geworfen. Einfach so, ohne Vorankündigung.

Sein Handy vibrierte in der Gesäßtasche. Mühevoll zog er es hervor, während er gleichzeitig versuchte, das Gleichgewicht auf dem Fahrrad zu halten. Ohne aufs Display zu blicken, nahm er ab. Die Stimme, die sich meldete, war weiblich und kam ihm irgendwie bekannt vor. Es gelang ihm jedoch nicht, sie einzuordnen. Vor allem, weil er aufgrund des breiten fränkischen Dialekts der Anruferin kaum etwas verstand.

»Ich steh do vor Ihra Wohnung. Wo bleibms denn?«

Brunkhorst betätigte die Vorderbremse seines Rads und wäre um ein Haar über den Lenker gegangen. »Shit!«, rief er. Zwei ältere Frauen drehten sich zu ihm um und schüttelten die Köpfe.

Die Besichtigungstermine! Einen am Morgen und zwei weitere am späten Nachmittag. Er hatte sie vollkommen verpennt. Der gestrige Suff hatte ihm wirklich zugesetzt. Dabei wollte er das zweite Zimmer in seiner neuen Wohnung doch endlich untervermieten.

»Hören Sie?«, fragte er vorsichtig. »Können Sie noch ein paar Minuten warten? Ich bin gerade unterwegs, es dauert aber nicht lange.«

»Wollns eds des Zimmer vermietn oder ned? Mir pressierts.«

»Bin gleich da, versprochen.« Brunkhorst schwang sich wieder auf sein Rad und drehte um. Gerade als er auf den Parkplatz vor der Rückseite des Hauses einbog, klingelte sein Handy erneut, und er stieg vom Rad. Es war sein Kollege Zollinger.

»Moin, Zolli, alles fit?«

»Servus, Sören, wo bist du?«

»Zu Hause, ich habe doch heute diese Besichtigungstermine …«

»Schau zu, dass du sofort kommst!« Zollinger klang ernst.

»Was ist denn los? Du hörst dich an, als hätte dir jemand dein Leberkäslabla geklaut.«

»Nicht ganz«, antwortete Zollinger kurz angebunden. »Es wurde eine tote Frau in der Eremitage gefunden.«

»Ach, du grüne Neune!«, entfuhr es Brunkhorst. »Das ist die Alte aus dem Supermarkt!«

»Was?«, fragte Zollinger erstaunt. »Woher weißt du denn, um wen es sich bei der Toten handelt?«

Brunkhorst war abgelenkt und hörte seinem Kollegen gar nicht mehr zu. Von Weitem hatte er die pausbäckige Kassiererin erkannt, die vor der Tür seines Hauses auf ihn wartete. Sofort klangen Brunkhorst wieder ihre Worte im Kopf: *Kupfwehtablettn hamma ned. Mir sen doch ka Abodhekn.*

»Sorry, Zolli, war grad abgelenkt. Was hast du eben gesagt? Wer ist in der Eremitage?«

»Ich bin in fünf Minuten bei dir und sammle dich ein. Dann erzähle ich dir alles.« Zollinger legte auf.

Brunkhorst trat rasch hinter einen Hausvorsprung. Er wollte unbedingt vermeiden, dass ihn die Kassiererin erkannte. Stattdessen kettete er sein Fahrrad an einen Laternenpfahl und ging in Richtung La-Spezia-Platz. Eines stand fest: Die Besichtigungstermine mussten ein andermal stattfinden, und dann hoffentlich ohne die unfreundliche Supermarktkassiererin.

3

Sie verließen die Stadt in Richtung Aichig, bogen jedoch schon nach wenigen Kilometern von der Hauptstraße ab. In Zollingers Renault Espace lief eine alte Hubert-von-Goisern-Live-CD. Wie immer eigentlich. Anstrengend wurde es meistens erst dann, fand Brunkhorst, wenn Zollinger lauthals mitsang und mit beiden Händen auf dem Lenkrad herumtrommelte. Doch heute war die Stimmung im Wagen so angespannt und der Lautstärkeregler so weit heruntergefahren, dass von Goiserns Alpinkatzen kaum noch etwas zu hören war.

Während der Fahrt warf Brunkhorst einen Blick auf seinen Kollegen. Zollinger war mit seinen einundfünfzig Jahren derzeit der Älteste im Team. Ihn umgab eine gewisse Altersautorität, die durch den grauen Haaransatz verstärkt wurde. Zollinger war passionierter Sozialdemokrat und saß seit einigen Jahren ehrenamtlich im Bayreuther Stadtrat. Anfangs für die Themen Finanzen und Sicherheit zuständig, lagen seine Schwerpunkte mittlerweile in der Gesundheit und im Umweltschutz.

Wie immer trug er auch heute sein Markenzeichen: eine sandfarbene Cordweste, kombiniert mit einem blau-weiß karierten Hemd. Brunkhorst versuchte, sich daran zu erinnern, ob er Zollinger jemals ohne Hemd und Weste gesehen hatte. Ein einziger Tag fiel ihm ein: Zollingers fünfzigster Geburtstag im vergangenen Jahr. Damals hatte er sich in einen feinen Anzug geworfen. Ansonsten war er einfach der Kommissar in Weste.

Die Eremitage lag östlich des Ortsteils St. Johannis und gehörte als historische Parkanlage aus dem 18. Jahrhundert mit ihren zwei Schlössern und mehreren Wasserspielen zu den touristischen Highlights der Region.

Sie parkten auf dem Schotterparkplatz und liefen die letzten Meter zu Fuß: durch den schattigen Laubengang zum üppig verzierten Sonnentempel des Neuen Schlosses und der Orangerie, vorbei an der Oberen Grotte bis zum abgeschiedenen unteren Teil der Eremitage. Der alte Baumbestand, die vielen verzierten Bauwerke und Skulpturen, die raffinierten Wasserspiele – all das zeugte vom Treiben einer längst erloschenen höfischen Spaßgesellschaft.

Schließlich lag die Untere Grotte vor ihnen. Das vom französischen Architekten Joseph Saint-Pierre entworfene Bassin mit den Wassernymphen in der Mitte präsentierte sich in voller Schönheit. Die friedvolle Szenerie in der hellen Maisonne wirkte geradezu perfekt. Wären da nicht die vielen weiß gekleideten Menschen gewesen, die mit stoischer Ruhe durchs Bild liefen und den hellhäutigen Frauenkörper in Augenschein nahmen, der halb auf einer Steintreppe, halb im seichten Wasser lag. Die roten schulterlangen Haare umrahmten das zarte Gesicht der Toten, als hätte sie jemand so drapiert. Das dünne weiße Kleid klebte an ihrer Haut. Die Beine wirkten durch den Lupeneffekt der Wasseroberfläche seltsam unförmig im Vergleich zum Oberkörper.

Brunkhorst trat einen Schritt näher. Augenblicklich hielt er inne und starrte die Tote fassungslos an. Die Erinnerung stieg in Sekundenschnelle in ihm hoch und ließ ihn blass werden. Er spürte, wie sich sein Magen zusammenzog. Einen Moment lang stellte er sich vor, die Frau würde sich plötzlich erheben, um ihn anschließend in den Arm zu nehmen und ihm einen sanften Kuss auf den Mund zu drücken. So wie damals …

»Sieh dir die Wunde am Hinterkopf an«, unterbrach ein Techniker seine Gedankengänge. »Sie hatte gar keine Chance.«

Brunkhorst beugte sich hinunter und nahm die Blutflecken in Augenschein, die auf den bemoosten Steinen verteilt waren.

»Wer hat sie gefunden?«, erkundigte er sich.

»Die Parkverwalterin«, antwortete eine bekannte Stimme.

Brunkhorst sah auf und seiner Kollegin Kriminalkommissarin Nicole Münch in die Augen, die sie hinter einer schwarzumrandeten Brille mit kleinen ovalen Gläsern versteckte. Ihre blondierten kurzen Haare standen wie immer zu allen Seiten ab. Obwohl sie ein Jahrgang waren, hatte Brunkhorst das Gefühl, Nicole wäre zehn Jahre jünger als er.

»Maria Bernreuther ist ihr Name«, fuhr sie fort. »Eine Frau um die vierzig. Ihren allmorgendlichen Rundgang musste sie heute bereits nach der Hälfte abbrechen. Momentan steht sie noch unter Schock. Die Sanis kümmern sich um sie.«

»Seit wann bist du denn schon hier?«, fragte Brunkhorst erstaunt. »Uns hat man eben erst Bescheid gegeben.«

»Ich wohn doch gleich ums Eck. Der Schneepflug hat mich sofort angerufen, als er davon gehört hat.«

Schneepflug war der Leiter des Kommissariats 1. Eigentlich hieß er Rainer Schneevoigt, doch im Laufe der Zeit hatte sich sein Spitzname durchgesetzt, nicht zuletzt wegen seines zuweilen brachialen Auftretens.

»Vanessa Depoutot«, sagte Zollinger unvermittelt. »Sie ist Französin. Kilian von der Spurensicherung hat sie erkannt. Er ist sich sicher, dass die Tote Opernsängerin auf dem Grünen Hügel war. Ich habe gerade mit dem Sekretariat des Festspielhauses telefoniert. Es gibt nur eine Rothaarige. Der Beschreibung nach muss sie es sein.«

Zollinger kratzte sich an seinem hervorstehenden Bauch. Er war nicht im eigentlichen Sinne dick, doch die kleine Kugel, die er vor sich herschob, fiel stärker auf, weil Zollinger nicht sonderlich groß gewachsen war. Ihm entging nicht, dass Brunkhorst ihn musterte.

»Lach nicht, du Strich in der Landschaft! Werd du erst mal so alt wie ich, dann sprechen wir uns wieder.«

Trotz des schrecklichen Anblicks der Leiche konnte sich Brunkhorst ein kurzes Schmunzeln nicht verkneifen. Zollingers Art war zwar ein bisschen speziell, aber er wusste sie durchaus zu schätzen.

Zollinger wandte sich ab und ging die große Steintreppe hinauf, die von der Unteren Grotte wegführte.

»Warte mal, Zolli!« Brunkhorst lief hinter seinem Kollegen her. »Was, glaubst du, ist passiert? War es ein Unfall, oder steckt mehr dahinter?«

»Kein Unfall«, antwortete Zollinger leicht außer Atem.

»Weshalb bist du dir da so sicher?«, hakte Brunkhorst nach. »Verdammt, jetzt warte doch mal! Warum rennst du denn so?«

»Das …« Zollinger atmete jetzt schwerer. »… erkläre ich dir später.«

Zollinger hatte ein feines Gespür, wenn es darum ging, einen Tatort zu lesen. Bei jedem Todesfall gab es gewisse Anomalitäten, die von seinem sensiblen Spürsinn als beachtenswert eingestuft wurden. So auch das dünne Kleidchen, in das Vanessa Depoutot gehüllt gewesen war.

Obwohl es Mitte Mai war und die Temperaturen in den vergangenen Tagen die Zwanzig-Grad-Grenze überschritten hatten, war es sicherlich nicht warm genug, um in einem Stück Stoff, das aussah wie ein Negligé, einen Ausflug in den Park zu machen. Und noch etwas war ihm aufgefallen: die fehlenden Schuhe. Weder im flachen Wasser noch in der direkten Umgebung hatten die Kollegen von der Technik bislang etwas gefunden, das nach Fußbekleidung aussah.

Zollinger war dem Weg, den er vom Parkplatz gekommen war, gefolgt. Unterhalb der Oberen Grotte hatte er sich gen Osten orientiert, bis kurz danach die künstlichen Ruinen des antik anmutenden Theaters zwischen den Bäumen aufgetaucht waren. Seit vielen Jahren wurden hier in den Sommermonaten Theateraufführungen der Studiobühne Bayreuth veranstaltet.

Zollinger ließ seinen Blick über den Steinboden des Ruinentheaters kreisen. Unweit einer der Säulen entdeckte er ein Paar silberner Stilettos in Größe 38, halb verdeckt von einem schwarzen Wintermantel.

Er zog dünne Plastikhandschuhe aus seiner Jacke, streifte sie über und griff nach dem samtenen Mantel. Vorsichtig tastete er die Außentaschen ab. In der linken Tasche befanden sich ausschließlich Schminkutensilien. Zollinger hatte Probleme, sie genauer einzuordnen. Kajalstifte, Eyeliner und Rouge gehörten nicht zu den Dingen, von denen er Ahnung hatte. Schon immer hatte er sich über seine Frau gewundert, die in ihrem gemeinsamen Badezimmer einen kompletten Schrank mit Make-up-Artikeln belegte.

In der rechten Tasche fand er ein halbleeres Fläschchen mit Nasenspray und einen kleinen Zettel. Zollinger zog ihn heraus, faltete ihn behutsam auseinander und las eine Telefonnummer, die jemand handschriftlich notiert hatte.

Er musste kurz seine Gehirnzellen bemühen, um die Zahlen zuzuordnen, ehe er sich sicher war, dass es sich um eine Nummer in Pottenstein handelte, dem Herzen der Fränkischen Schweiz. Rasch tastete er die Innentaschen des Mantels ab, doch sie waren leer. Als Zollinger den Mantel wieder zurücklegte, blieb sein Blick an etwas hängen, das ein paar Meter entfernt auf dem Steinboden lag. Er trat näher heran, um zu erkennen, was es war. Vor ihm lag ein Büschel Haare. Roter Haare.

Zollinger griff sofort zu seinem Handy.

»Sören, weißt du, ob Schneepflug mittlerweile da ist?«, erkundigte er sich bei seinem Kollegen.

»Ist gerade gekommen«, antwortete Brunkhorst. »Wo steckst du überhaupt? Wir wollen uns gleich zusammensetzen und die Lage besprechen.«

»Beim Ruinentheater. Ich hatte recht mit meiner Vermutung.«

»Welche Vermutung? Wovon sprichst du denn?«

»Sag Schneepflug, er soll die gesamte Eremitage absperren lassen«, rief Zollinger ins Telefon. »Ich habe Spuren gefunden, die aller Wahrscheinlichkeit nach von Vanessa Depoutot stammen. Es muss hier einen Kampf gegeben haben. Zwischen ihr und ihrem Mörder.«

4

Der Duft von Kaffee und frischen Brötchen strömte durch das Besprechungszimmer der Kriminalpolizeiinspektion in der Ludwig-Thoma-Straße. Anni, die junge Sekretärin des Kommissariats 1, stellte das Tablett mit den Thermoskannen und den belegten Brötchen in die Mitte des großen Tisches und warf Brunkhorst ein flüchtiges Lächeln zu.

Anni war eine bildhübsche Frau mit langen, glatten, beinahe weißblonden Haaren. Brunkhorst war sich sicher gewesen, dass sie schwedische Wurzeln hatte. Umso überraschter war er, zu erfahren, dass ihre Mutter aus Slowenien stammte.

Die beiden hatten sich vom ersten Tag an gut verstanden. So gut, dass manche Kollegen ihnen bereits eine Affäre angehängt hatten. Und im Grunde hatte es für Brunkhorst auch nur zwei Argumente gegeben, die gegen eine Beziehung sprachen. Seine damalige Freundin Imke war das eine gewesen, das entscheidende. Das andere war die Tatsache, dass sie Kollegen waren. Brunkhorst hatte sich geschworen, niemals etwas mit einer Kollegin anzufangen, noch dazu mit einer elf Jahre jüngeren. Mit ihren dreiundzwanzig Jahren kam ihm Anni manchmal wie eine kleine Schwester vor, was Brunkhorst bisweilen bedauerte.

In diesem Moment polterte Schneevoigt herein und schmiss die Tür des Besprechungszimmers hinter sich zu. Er setzte sich ans Kopfende des rechteckigen Tisches und begann ohne Umschweife die bisherigen Erkenntnisse zum Tod von Vanessa Depoutot zusammenzufassen.

Rainer Schneevoigt war Mitte vierzig und stammte aus

dem oberpfälzischen Tirschenreuth. Zwei Jahre war es jetzt her, dass er nach Bayreuth versetzt worden war, um die Stelle als Leiter des Kommissariats 1 anzutreten. Seine gelegentlich ungestüme und nicht immer freundliche Art wurde durch das zwar melodische, aber dennoch tiefe, kaum zu verstehende Brummen seines oberpfälzischen Dialekts noch verstärkt. In einem bayerischen Reiseführer hatte Brunkhorst gelesen, dass Oberpfälzisch für ungeübte Ohren an Geräusche aus dem Kuhstall erinnerte – ein Vergleich, der nicht von der Hand zu weisen war, fand Brunkhorst.

Schneevoigts Oberlippenbart bebte bedrohlich. Wie immer, wenn er sich in Rage redete. Seine dunkelblonden, schütteren Haare, die zu einem Seitenscheitel gekämmt waren, stellten sich in diesem Moment senkrecht auf wie bei einer statischen Aufladung und ließen ihn noch aufgebrachter erscheinen, als er ohnehin schon war.

»Die Haarbüschel, die Zolli gefunden hat, sprechen eine eindeutige Sprache. Zweifelsfrei haben wir es mit einem Verbrechen zu tun.« Schneevoigt musste niesen und schnäuzte sich anschließend geräuschvoll die Nase, ehe er weiterredete. »Wobei anzumerken ist, dass die Todesursache derzeit noch nicht feststeht. Die Wunde am Hinterkopf kann von einem Sturz auf die Steintreppen resultieren oder auch von einem Schlag mit einem stumpfen Gegenstand. Zeugen sind uns, soweit ich informiert bin, noch nicht bekannt. Wir müssen umgehend einen öffentlichen Zeugenaufruf starten. Es erscheint mir unwahrscheinlich, dass in einem frei zugänglichen Parkgelände wie der Eremitage niemand etwas gesehen haben soll.« Schneevoigt hustete und strich sich behutsam über Bart und Haare, als Zeichen dafür, dass er sich wieder beruhigt hatte. »Wir müssen uns außerdem mit dieser Parkverwalterin unterhalten, die den Leichnam von Vanessa Depoutot gefunden hat. Sobald sie vernehmungsfähig ist, kümmern sich Zolli und Sören darum.«

»Wissen wir schon, wann sie zu Tode gekommen ist?«, warf Kriminalkommissarin Cornelia Fischbach ein. Sie war nicht am Tatort gewesen, nachdem sie in den frühen Morgenstunden zusammen mit Kriminalhauptmeister Florian Möstl zu einem Wohnungsbrand im Stadtteil Saas gerufen worden war.

»Die Leiche wird zurzeit in die Rechtsmedizin nach Erlangen überführt«, meldete sich Zollinger zu Wort. »Professor Bruchthaler kann uns hoffentlich noch im Tagesverlauf die ersten Ergebnisse verkünden. Die Spurensicherung hat übrigens verschiedene Fußspuren auf dem Gelände gefunden«, fuhr er fort. »Die meisten lassen sich wohl der Toten zuordnen. Noch ist unklar, was es mit den anderen auf sich hat. Die Kollegen arbeiten mit Hochdruck.«

»Na schön, nichts Genaues weiß man also«, sagte Schneevoigt ungeduldig. »Hat noch jemand etwas Brauchbares beizutragen?« Er schob den Stuhl nach hinten und stand auf. »Andernfalls schlage ich vor, dass ihr jetzt ohne mich weitermacht. Zolli und Sören wissen ja, was zu tun ist.« Der Kommissariatsleiter verließ den Raum, nicht ohne sich noch ein halbes Käsebrötchen zu nehmen und es mit zwei kräftigen Bissen zu verschlingen.

Zollinger zog den Zettel aus seiner Hosentasche, strich ihn vorsichtig glatt und hielt ihn Brunkhorst vor die Nase.

»Muss ich wissen, was das zu bedeuten hat?« Brunkhorst saß hinter seinem Schreibtisch und blickte seinen Kollegen erstaunt an.

»Hab ich in der Manteltasche von Vanessa Depoutot gefunden. Am Ruinentheater. Und bevor du mich fragst, warum ich in unserer Besprechung nichts davon gesagt habe: Ich habe es schlichtweg vergessen.«

»Sagt dir die Vorwahl etwas?«

»Pottenstein«, antwortete Zollinger. »Mitten in der Fränkischen Schweiz. Warst du schon mal dort?«

»Nicht privat, aber es gab doch mal diesen Einsatz an der Sommerrodelbahn.«

»Stimmt.« Zollinger erinnerte sich an einen Vorfall aus dem vergangenen Sommer, als sich ein geistig verwirrter Mann auf die Bahn geschmissen hatte und schwer verletzt gerettet werden konnte.

»Wir sollten dringend dort anrufen«, sagte Brunkhorst nachdenklich. »Das könnte ein erster wichtiger Hinweis sein.«

»Nicht nötig«, entgegnete Zollinger. »Ich weiß, wem die Nummer gehört.«

»Woher denn?«, fragte Brunkhorst überrascht.

»Es ist die Nummer meines Neffen Maximilian Hain. Er besitzt eine Kletterschule in Pottenstein.«

»Wie ...?« Brunkhorst war baff. »Was hat denn diese Depoutot mit deinem Neffen zu tun?«

»Das frage ich mich auch. Ich kann nur beten, dass er nichts mit ihrem Tod zu tun hat.«

Brunkhorst nickte und sah Zollinger tief in die Augen. »Darum hast du vorhin also nichts von deinem Fund erzählt. Du hast Angst.«

Zollinger schwieg, doch ihm war anzumerken, dass ihm die Entdeckung Sorgen bereitete.

»Wir können die Sache aber auch nicht unter den Teppich kehren«, mahnte Brunkhorst und ärgerte sich sofort über seine übertriebene Korrektheit. Üblicherweise war er es doch, der auch mal alle Fünfe gerade sein ließ.

»Wir fahren morgen früh nach Pottenstein und sprechen mit Maximilian«, antwortete Zollinger beschwichtigend. »Ich bin mir sicher, dass es eine harmlose Erklärung für den Zettel in der Manteltasche gibt. Vorher sollten wir aber mehr über Vanessa Depoutot in Erfahrung bringen. Was wissen wir denn überhaupt schon über sie?«

Viel war es noch nicht, was sie herausgefunden hatten. In Telefonaten mit Mitarbeitern des Festspielhauses und der in Frankreich lebenden Mutter hatten sie erfahren, dass Vanessa Depoutot nur achtundzwanzig Jahre alt geworden war. Zusammen mit Pia Weilandt, einer Sängerkollegin, hatte sie in einer Wohngemeinschaft in der Bayreuther Innenstadt gelebt. Nach einem Gesangsstudium in Wien war die gebürtige Pariserin vor drei Jahren an den Grünen Hügel gekommen, wo sie seitdem als Mezzosopranistin unter anderem die Partie der Rossweiße in Wagners »Walküre« sang.

Am späten Nachmittag verließen Brunkhorst und Zollinger die Kriminalpolizeiinspektion. Sie hatten sich vorgenommen, ein erstes Gespräch mit Vanessa Depoutots Mitbewohnerin zu führen. Kurzerhand beschlossen sie, zu Fuß in die Innenstadt aufzubrechen und später den turbulenten Tag bei einem Feierabendbier im Wirtshaus Oskar ausklingen zu lassen.

Die Sonne stand noch hoch am Himmel und sorgte für angenehm milde Temperaturen. Autos mit heruntergelassenen Fensterscheiben und dröhnenden Beats aus den Subwoofern fuhren an ihnen vorbei. Ein untrügliches Zeichen für den bevorstehenden Sommer.

»Was ist eigentlich mit deinen Besichtigungsterminen?«, erkundigte sich Zollinger.

»Ach du meine Güte!«, entfuhr es Brunkhorst. Er warf einen schnellen Blick auf seine Uhr. Zehn nach fünf. Jetzt hatte er auch die beiden Nachmittagstermine verpasst.

Dass er morgens die erste Interessentin versetzt hatte, war ihm gar nicht so unrecht. Schließlich wollte er auf gar keinen Fall mit der kratzbürstigen Kassiererin aus seinem

Stammsupermarkt zusammenwohnen. Aber er ärgerte sich, dass er die beiden anderen Termine aus dem Blick verloren hatte.

Auf dem Display seines Handys sah er, dass bereits mehrere Anrufe auf der Mailbox eingegangen waren. Statt sie abzuhören, steckte Brunkhorst das Telefon wieder ein und folgte Zollinger in Richtung Innenstadt.

Vanessa Depoutots Wohnung lag in der Von-Römer-Straße, einer Seitengasse der Fußgängerzone. Die Haustür war angelehnt, sodass Zollinger und Brunkhorst ins Treppenhaus schlüpfen konnten.

Im dritten Stock öffnete ihnen eine etwa dreißigjährige Frau. Pia Weilandt hatte schulterlanges braunes Haar und ein spitzes Gesicht. Sie war auffällig groß und wirkte in dem schmalen Wohnungsflur wie ein Riese in einem Puppenhaus. Ihre großen grünen Augen waren gerötet, als hätte sie gerade geweint.

Zollinger stellte sich und Brunkhorst kurz vor und bat darum, eintreten zu dürfen. Sie nickte und ging ihnen voraus in eine kleine Küche. Brunkhorst wunderte sich über die niedrigen Decken und schiefen Wände in der Wohnung. Beim Hereinkommen hatte er das Gefühl gehabt, sich abstützen zu müssen, um nicht das Gleichgewicht zu verlieren. Da er selbst keine eins achtzig groß war, störte ihn zumindest nicht die geringe Deckenhöhe.

»Bitte, nehmen Sie Platz«, sagte Pia Weilandt und zeigte auf einen quadratischen Holztisch mit drei bunten Stühlen.

»Danke«, antwortete Zollinger. Er wusste nicht so recht, wie er das Gespräch beginnen sollte.

»Ich habe vorhin im Radio davon gehört«, kam ihm Pia Weilandt mit belegter Stimme zuvor. »Sie haben gesagt, dass es sich bei der Toten in der Eremitage um Rossweiße handelt.«

»Das stimmt leider«, antwortete Zollinger.

»Wie ist es passiert?«, wollte Pia Weilandt wissen. »War es ein Unfall?«

Offenbar hatten die Medien noch nicht die ganze Wahrheit herausgefunden. Zumindest schien man in den Radionachrichten nichts über die Todesursache gesagt zu haben.

»Wir befinden uns noch in der Anfangsphase unserer Ermittlungen, darum können wir keine Einzelheiten herausgeben. Allerdings müssen wir derzeit davon ausgehen, dass Vanessa Depoutot einem Verbrechen zum Opfer gefallen ist.«

»Was?«, schoss es aus Pia Weilandt heraus. Augenblicklich stiegen ihr Tränen in die Augen. Ihre Pupillen verschwanden unter einer glasigen Schicht Wasser. Der schlanke Körper wirkte auf einmal zerbrechlich. Brunkhorst zog ein Taschentuch hervor und reichte es ihr.

»Danke«, schniefte sie und rieb sich die Augen.

»Erzählen Sie uns ein bisschen über Vanessa Depoutot. Was für ein Mensch war sie? Waren Sie eng mit ihr befreundet?«

Pia Weilandt stand auf, füllte eine Karaffe mit Wasser und stellte sie zusammen mit drei Gläsern auf den Küchentisch. Kraftlos ließ sie sich wieder auf den Stuhl fallen und sah die beiden Kommissare an.

»Wer kann das getan haben?«, flüsterte sie.

»Momentan können wir leider noch nichts dazu sagen«, antwortete Zollinger. »Wären Sie bitte so freundlich, auf unsere Fragen zu antworten!« Er probierte es noch einmal. Diesmal etwas bestimmter.

Mit Erfolg. Pia Weilandt überlegte einen Augenblick, dann begann sie zu erzählen: »Vanessa und ich kannten uns seit mehr als fünf Jahren. Wir haben uns in Wien an der Musikhochschule kennengelernt. Vanessa war nie meine engste Freundin, wir sind aber immer sehr gut miteinander ausgekommen. Als wir beide dann die Chance auf ein Engagement am Grünen Hügel bekamen, haben wir uns kurzerhand eine gemeinsame Wohnung genommen.« Pia Weilandt schluckte angestrengt.

»Vanessa war ein sehr ruhiger Mensch«, fuhr sie fort. »Ganz anders als ich. Vielleicht haben wir uns auch deshalb so gut verstanden. Sie war wie ein Gegenpol. Natürlich war sie manchmal etwas unnahbar, wir haben selten über ganz vertrauliche Dinge gesprochen, aber in einer WG muss das nicht unbedingt von Nachteil sein.«

Brunkhorst nickte. Er hatte selbst jahrelang mit seinem besten Kumpel auf dem Kiez zusammengewohnt, bis sie sich eines Tages wegen einer Lappalie derart verkrachten, dass sie anschließend kaum mehr ein Wort miteinander sprachen. Bis dahin hatte er angenommen, dass es diese Art von Streit nur zwischen Frauen gab.

»Hatte Vanessa einen Freund?«, fragte Brunkhorst.

»Ich glaube nicht, zumindest habe ich nichts davon mitbekommen.«

»War Vanessa unter den Kollegen im Festspielhaus beliebt?«, hakte Zollinger nach.

»Ja, sehr sogar. Vanessa war eine fantastische Kollegin. Sie war immer für einen da, wenn man mal ein Problem hatte. Und als Sängerin war sie höchst professionell. Jeder mochte sie.«

»Hatte sie engere Freundschaften am Grünen Hügel?«

Pia Weilandt schüttelte den Kopf und schenkte sich ein Glas Wasser ein. Allmählich schien sie sich wieder etwas zu beruhigen.

»Im Grunde hatte Vanessa keine wirklichen Freunde«, fuhr sie fort. »Sie hat sich voll und ganz auf ihre Karriere konzentriert. Meistens war sie hier zu Hause und hat in ihrem Zimmer geprobt. Alle paar Wochen ist sie nach Frankreich zu ihrer Mutter gefahren. Die beiden hatten ein inniges Verhältnis zueinander, vor allem nach dem Tod von Vanessas Vater. Nur manchmal war sie abends alleine unterwegs, im Theater oder im Kino. Eine Zeit lang war sie ziemlich oft in dem französischen Bistro hier um die Ecke, diesem Miamiam Glouglou. Sie erwähnte einmal, dass sie sich dort mit französischen Austauschstudenten treffen würde, die dort kellnerten. Ich denke, das ist alles, was ich über Vanessa sagen kann.«

»Warum glauben Sie, war Vanessa Depoutot in der Eremitage?«, wollte Zollinger wissen. »Was könnte sie dort gemacht haben? Kann es sein, dass sie im Ruinentheater geprobt hat?«

Pia Weilandt runzelte die Stirn. »Das wäre mir neu. Ich weiß nur, dass Karolina ein paar Mal dort war.«

»Wer?«, hakte Brunkhorst nach.

»Karolina Sestak. Sie singt bei uns die Partie der Walküre Grimgerde.«

Brunkhorst notierte sich den Namen.

»Eine letzte Frage habe ich noch«, sagte Zollinger. »Haben Sie in letzter Zeit eine Veränderung an Vanessa Depoutot feststellen können? Oder eine Beobachtung gemacht, die erst jetzt im Nachhinein an Bedeutung gewinnen könnte?«

Pia Weilandt dachte nach und massierte demonstrativ ihre Schläfen. Dann schüttelte sie langsam den Kopf.

Brunkhorst nutzte den Moment und fragte nach dem stillen Örtchen. Er wollte sich bei der Gelegenheit ein wenig in der Wohnung umsehen, ohne die wachsamen Blicke von Pia Weilandt im Rücken zu spüren.

Von dem schlauchartigen Flur zweigten mehrere Zimmer ab. Zwei der Türen waren nur angelehnt. Obwohl er nicht wusste, welches Zimmer Vanessa Depoutot gehörte, hatte er eine Ahnung. Das eine Zimmer strahlte Wärme aus, war farbenfroh eingerichtet und ein bisschen chaotisch. Das andere dagegen, das steril und auffallend aufgeräumt wirkte, musste Vanessa Depoutot gehört haben. Brunkhorst würde die Kollegen von der Technik vorbeischicken, um ihr Zimmer auf der Suche nach jedem noch so kleinen Hinweis auf den Kopf zu stellen.

Im Bad verharrte Brunkhorst einen Augenblick vor dem kleinen Spiegel mit dem Muschelrahmen. Der lange Abend auf dem Weißbierfest gab sich auch optisch zu erkennen. Von seinem üblicherweise leicht gebräunten Teint war nicht mehr viel übrig. Seine schwarzen Haare sahen platt und ungekämmt aus. Mehr als eine Katzenwäsche war heute Morgen einfach nicht drin gewesen, nachdem er sich mühevoll aus dem Bett gequält hatte. Selbst seine sonst so funkelnden blauen Augen schienen ihren Glanz verloren zu haben. Irritiert wandte Brunkhorst den Blick wieder ab.

Während er sich noch über die pinkfarbene Klobrille wunderte, fiel ihm etwas anderes ins Auge. An der Wand gegenüber der Kloschüssel hingen mehrere Fotos. Sie zeigten Pia Weilandt und Vanessa Depoutot auf und hinter der Bühne des Festspielhauses. Offenbar in ihren Rollen als Walküren, aber auch in entspannter Atmosphäre mit den Kollegen und Kolleginnen backstage. Pia und Vanessa Arm in Arm, verschiedene Männer um sie herum. Nur eines der Bilder wich ab. Es war offenbar nicht im Festspielhaus aufgenommen worden und zeigte mehrere Personen, von denen er nur Vanessa erkannte. Bei den anderen handelte es sich den Kellnerschürzen nach zu urteilen um das Servicepersonal eines Restaurants. Das Miamiam Glouglou, schoss es ihm durch den Kopf. Er versuchte, sich das Interieur des Bistros vorzustellen und gleichzeitig Einzelheiten auf dem Foto auszumachen.

Plötzlich klopfte es an der Badezimmertür.

»Bist du noch da drin?«, hörte er Zollinger fragen.

»Kontrollierst du jetzt schon meine Klogänge?«

»Muss ich das denn?«

»Sehr witzig«, brummte Brunkhorst und ließ sich auf die Schüssel fallen. »Nicht mal in Ruhe schiffen kann man.«

»Wie ist es gelaufen? Hat sie noch irgendetwas Brauchbares berichtet?«, erkundigte sich Brunkhorst, als sie wieder draußen auf der Straße standen. Nach seinem Badezimmeraufenthalt hatte er sich bei Pia Weilandt bedankt und sich rasch von ihr verabschiedet. Nicht ohne heimlich zwei der mit Klebefilm an der Fliesenwand befestigten Fotos aus dem Badezimmer mitzunehmen.

»Sie hat keine Ahnung, wer Vanessa Depoutot umgebracht haben kann«, antwortete Zollinger. »Sagt sie zumindest. Es war ein seltsames Gespräch, ich kann die Frau bislang überhaupt noch nicht einschätzen.«

»Ich habe vorhin einen Blick in die Zimmer der beiden geworfen. Ein Unterschied wie Tag und Nacht. Bei der Depoutot sah es aus wie in einem trostlos eingerichteten Pensionszimmer. Nichts an den Wänden, keinerlei persönliche Gegenstände. Ein Kleiderschrank, ein Schreibtisch, ein Bett und ein kleines Regal mit Büchern. Und ein Notenständer. Etwas wenig für eine achtundzwanzigjährige Frau, meinst du nicht?«

Zollinger zuckte mit den Schultern. Es war kurz vor sechs, noch immer herrschten angenehm warme Temperaturen, obgleich mittlerweile eine dicke Wolkenschicht über der Bayreuther Innenstadt aufgezogen war.

»Ich habe Hunger«, sagte Zollinger. »Gehen wir in dieses Miamiam Glouglou? Ins Oskar können wir ja auch später noch.«

Brunkhorst zögerte einen Moment. Er hatte nicht wenig Lust, nach Hause zu gehen und sich ins Bett zu legen. Doch schließlich stimmte er zu.

Im Innern des Miamiam Glouglou herrschte noch gähnende Leere. Sie setzten sich auf die letzte freie Holzbank draußen vor dem Lokal und blätterten in den Karten. An Zollingers Falten auf der Stirn erkannte Brunkhorst, dass es seinem Kollegen schwerfiel, sich zwischen all den französischen Spezialitäten zurechtzufinden.

»Poulet oder Poisson?«, witzelte Brunkhorst.

Zollinger sah ihn fragend an. Erst jetzt ging Brunkhorst auf, dass sein Kollege offenbar nicht der französischen Sprache mächtig war.

»Es steht da auch in Deutsch«, sagte Brunkhorst bemutternd.

»Danke, ich weiß«, antwortete Zollinger genervt. »Ich habe meine Lesebrille aber nicht dabei. Gibt es denn auch einen einfachen Salat Nizza? Und ein Weißbier?«

Die Bedienung – eine hübsche junge Frau mit schulterlangen blonden Haaren – trat mit Zettel und Kugelschreiber bewaffnet an den Tisch.

»Haben Messieurs bereits gewählt?«

»Für mich bitte Brochette Savoyarde und einen Cidre. Und für meinen Kollegen einen Salade Niçoise und ein Bière de blé.«

»Merci beaucoup.« Die Frau, die ihrem Akzent nach zu urteilen keine Französin war, notierte die Bestellung, griff nach den Karten und verschwand wieder im Inneren des Bistros.

»Angeber.« Zollinger warf Brunkhorst einen angefressenen Blick zu.

»Tut mir leid, aber irgendwofür müssen vier Jahre Französischunterricht ja gut gewesen sein. Und sei es nur, um in einem französischen Bistro bei einer fränkischen Bedienung Hähnchenspieße zu bestellen.« Brunkhorst zog ein zerknittertes Softpack Zigaretten und ein Feuerzeug aus seiner Gesäßtasche.

»Wolltest du nicht aufhören?«

»Demnächst, wenn sich alles etwas beruhigt hat. Du weißt schon, die Trennung von Imke und jetzt dieser Mord. Außerdem muss ich mich noch um einen Untermieter kümmern. Zu viel Stress, um einfach so mit diesem Teufelszeug aufzuhören.«

Brunkhorst steckte sich eine Zigarette an. Dann griff er in seine Hemdtasche und holte die Fotos hervor, die er vorhin mitgenommen hatte.

»Woher …?«

»Was glaubst du wohl, habe ich die ganze Zeit im Badezimmer gemacht?«

»Ehrlich gesagt, will ich es gar nicht so genau wissen.«

Brunkhorst grinste. »Fällt dir etwas auf?«, fragte er und zeigte auf das Foto, das im Miamiam Glouglou entstanden war.

Zollinger musterte das Bild eingehend, dann nickte er. »So wie es Pia Weilandt gesagt hat. Das Foto sieht allerdings danach aus, als sei Vanessa Depoutot nicht nur Stammgast, sondern Teil des Teams gewesen.«

»Das ist mir auch durch den Kopf gegangen. Ich glaube, wir sollten hier gleich mal ein paar kluge Fragen stellen.«

»Unsere Bedienung kann ich allerdings nicht auf dem Foto erkennen.«

»Nein, du hast recht«, antwortete Brunkhorst und zog die rechte Augenbraue hoch. »Sie wäre mir auch aufgefallen. Die Kleine sieht ganz schön scharf aus.«

»Dir scheint die Sonne nicht zu bekommen, Sören. Seitdem du nicht mehr mit Imke zusammen bist, findest du ja alles ›scharf‹, was halbwegs nach Frau aussieht.«

»Ach Zolli, nimm das doch nicht immer alles so ernst.«

»Alors Messieurs. Ein Cidre und ein Weißbier. Wohl bekomm's.« Die Frau stellte die Getränke auf den Tisch und wollte wieder gehen.

»Einen Moment, bitte«, sagte Zollinger. »Wir würden Ihnen gerne noch ein paar Fragen stellen.« Er stellte sich vor und bat die Bedienung, sich kurz zu ihnen an den Tisch zu setzen.

»Sagt Ihnen denn der Name der Toten etwas?«

»Natürlich«, antwortete die Frau. »Vanessa gehörte ja praktisch zum Team. Unser Chef hat uns vorhin gesagt, was passiert ist.«

Brunkhorst wunderte sich erneut darüber, wie schnell sich die Nachricht von Vanessa Depoutots Tod herumgesprochen hatte. Einerseits war er froh darüber, die Nachricht nicht selbst überbringen zu müssen. Doch andererseits entging ihnen so die erste Reaktion der Betroffenen, die oftmals mehr verriet als ein ausführliches Gespräch, auf das sich beide Seiten vorbereitet hatten.

»Wir haben hier ein Foto, das Vanessa Depoutot mit Mitarbeitern des Miamiam Glouglou zeigt.«

Brunkhorst schob ihr das Bild hin. Es waren fünf Frauen und drei Männer zu sehen. Eine weitere Person im Bildhintergrund war nur schemenhaft zu erkennen. Die jungen Leute hatten die Arme umeinander gelegt und blickten ausgelassen lachend in die Kamera. Vanessa Depoutot stand am linken Rand der Gruppe. Auch sie hatte sich bei ihrem Bildnachbarn, einem dunkelhäutigen Mann mit strahlend weißen Zähnen, eingehakt. Doch ihre Miene passte nicht ins Bild. Sie strahlte eine eigenartige Teilnahmslosigkeit aus, als wäre sie unfreiwillig in das Gruppenbild gestellt worden.

»Ja, das ist sie«, antwortete die Frau. »Es ist Mitte letzten Jahres entstanden. Hinter der Bar hängt auch eines davon.«

»Sie sind nicht zu sehen«, stellte Brunkhorst fest.

»Nein, das stimmt«, bestätigte sie. »Ich lag zu dieser Zeit im Krankenhaus, die Mandeln. Normalerweise bin ich immer hier. Ich bin eine der wenigen Vollzeitkräfte.«

»Erzählen Sie uns von Vanessa Depoutot. Wie kam es dazu, dass sie so eng mit dem Team befreundet war?«

»Luc.« Sie zeigte auf den jungen Mann neben Vanessa Depoutot. »Die beiden hatten eine Affäre. Sie hing hier stundenlang herum, um auf das Ende seiner Schicht zu warten. Irgendwann hat sie sogar damit angefangen, uns hinter dem Tresen zu helfen.«

»Wo finden wir diesen Luc? Ist er heute da?«

»Weder heute noch sonst irgendwann«, sagte sie achselzuckend. »Er hat hier an der Uni studiert. Nachdem sein Auslandssemester um war, ist er im August zurück nach Frankreich gegangen. C'est la vie.«

»Und die Beziehung?«, hakte Brunkhorst nach.

»Affäre trifft es besser. Ich glaube, Vanessa war nicht die Einzige, mit der er sich vergnügt hat.«

»Können Sie das etwas genauer erläutern?«, fragte Zollinger.

Die Frau spürte offenbar, dass sie gerade die Köpfe der beiden Kommissare zum Rattern gebracht hatte, und ruderte sofort zurück.

»Das ist lediglich eine Vermutung von mir. Wissen Sie, er war so ein Typ Mann, auf den Mädels eben abfahren.«

»Wie ging es weiter? Kam Vanessa nach Lucs Abschied weiterhin hierher?«

»Sie war noch ein paar Mal hier, aber irgendwann hat sie sich nicht mehr blicken lassen. Zuletzt habe ich sie Anfang des Jahres gesehen, als ich sie zufällig auf der Straße getroffen habe.«

»Würden Sie so freundlich sein und uns die Kontaktdaten von diesem Luc in Frankreich besorgen? Die werden Sie doch bestimmt irgendwo haben, oder nicht?«

»Weiß nicht, ich muss schauen, ob …«

»Es ist dringend«, unterbrach sie Zollinger. »Wir ermitteln in einem Mordfall.«

»Mord?«, fragte die Frau entgeistert. »Ich dachte, es wäre ein tragischer Unfall gewesen.«

»Wer sagt das?«

»Mein Chef, er hat es im Radio gehört.« Sie blickte die beiden Kommissare verstört an.

Zollinger nickte und bat sie, Adresse und Telefonnummer von Luc in Erfahrung zu bringen. »Und sagen Sie Ihrem Chef, wir möchten auch mit ihm kurz sprechen«, rief Brunkhorst hinter ihr her.

»Der ist nicht mehr da. Kommt meistens erst spätabends wieder rein«, antwortete sie im Gehen.

Es dauerte ein paar Minuten, ehe die Frau zurück an ihren Tisch kam. Sie servierte den beiden das Essen und schob Zollinger einen Zettel mit Lucs Adresse in Lyon hin.

»Es ist durchaus möglich, dass wir noch einmal wiederkommen müssen«, sagte Zollinger. »Für den Moment ist das aber alles. Haben Sie recht herzlichen Dank, Frau ...«

»Engel. Natascha Engel.«

Zollinger notierte sich ihren Namen und widmete sich anschließend seinem Nizza-Salat.

»Bon appétit!«, wünschte Brunkhorst mit vollem Mund und zwinkerte seinem Kollegen zu.

Die ersten Tropfen des einsetzenden Landregens ließen die Luft um mehrere Grad abkühlen. Sie zahlten rasch und begaben sich auf direktem Weg ins Wirtshaus Oskar. Zu Brunkhorsts Überraschung trafen sie vor dem Lokal in der Maximilianstraße Zollingers Frau Traudl, die gemeinsam mit ihrer Freundin Gabi auf die beiden wartete.

»Spatzerl, wo wards ihr denn so lang? Wir waren verabredet«, rief Traudl schon von Weitem. »Wir stehen schon seit zwanzig Minuten hier.«

Brunkhorst kannte Traudl von Zollingers Fünfzigstem, zu dem er einige seiner Kollegen zu sich nach Hause eingeladen hatte. Sie war eine resolute Endvierzigerin, die, so malte es sich Brunkhorst aus, früher einmal ein heißer Feger gewesen sein musste. Ihre blonde Lockenmähne erinnerte an die von Thomas Gottschalk, und die weiblichen Rundungen harmonierten gut mit den bunten wallenden Kleidern und den zuweilen schrillen Absatzschuhen, die sie bevorzugt trug.

Eben eine richtige Bayerin, hatte Brunkhorst mal zu Zollinger gesagt und sich postwendend einen dicken Rüffel eingehandelt, waren er und seine Frau doch waschechte Oberfranken. Und der Franke an sich bezeichnete sich höchstens dann als Bayer, wenn er die Landesgrenzen des Freistaats verließ.

»Wichtige Gespräche«, antwortete Zollinger. »Unsere Ermittlungen im Mordfall Depoutot ziehen sich von Wirtschaft zu Wirtschaft.«

»Ja, ja, ich kenn dich doch«, schimpfte Traudl mit erhobenem Zeigefinger. »Du hast nur wieder jungen Frauen schöne Augen gemacht.«

»Ach Traudl, du phantasierst. Welche Frau soll sich denn um uns scheren? Wir arbeiten doch die ganze Zeit, stimmt's, Sören?«

Brunkhorst nickte und unterdrückte ein Schmunzeln.

»Wie war's denn im Kino?«, erkundigte sich Zollinger.

»Ach, na ja«, sagte Traudl. »Wir haben so eine amerikanische Komödie gesehen mit diesem Schauspieler, den du so schrecklich findest. Wie heißt der noch gleich, Gabi?«

Ihre Freundin wusste es auch nicht, lachte jedoch plötzlich so laut auf, dass es Zollinger sichtlich peinlich war.

»Darf ich mitlachen, Gabi?« Zollinger sah sie erwartungsvoll an.

»Nein, es ist nur so, dass ...« Sie prustete wieder los. »Wenn ich euch beide so seh, fällt es mir schwer zu glauben, dass ihr gerade ein Verbrechen aufklären wollt. Der eine mit einem offnen Kuhstall, dem anderen hängt noch die Soße um den Mund.«

Brunkhorst und Zollinger verkniffen sich ein Lachen. Unauffällig zog Brunkhorst den Reißverschluss seiner Jeans zu. Traudl zog ein Taschentuch hervor und wischte ihrem Mann rabiat durchs Gesicht, nicht ohne ihm Vorhaltungen zu machen, er könne zukünftig nicht mehr ohne sie ausgehen, wenn er sich nicht in aller Öffentlichkeit blamieren wolle.

»Du, Traudl«, sagte Zollinger nach einigen Sekunden des Schweigens. »Es ist mir etwas unangenehm, aber Sören und ich haben noch ein bisschen was zu besprechen.« Er klang kleinlaut. »Geht doch noch ein bisschen in diese nette Bar in der Badstraße. Oder wollt ihr lieber nach Hause? Soll ich euch ein Taxi rufen?«

»Schon verstanden«, grantelte Traudl zurück. »Keine Sorge, mein Liebster, wir kommen auch ohne euch zurecht. Und auf deine Tipps können wir ebenfalls verzichten, gell, Gabi?«

»Natürlich, uns fällt schon genug ein, um einen aufregenden Abend zu erleben. Wer braucht dafür schon Männer?«

»Richtig«, pflichtete ihr Traudl bei. »Und Ehemänner schon mal gar nicht.« Sie hakte sich bei Gabi ein und drängte sich an ihrem Mann vorbei. Dabei warf sie den Kopf in den Nacken und zupfte an ihrem knöchellangen rotweißen Kleid, das sich elegant um ihre strammen Wadln legte.

»Wir sehen uns«, verabschiedete sie sich und verschwand gemeinsam mit ihrer Freundin in Richtung Sternplatz.

»Die hat dich aber ganz schön im Griff«, sagte Brunkhorst, während sie das Wirthaus betraten. »Du bist ja ein richtiger Pantoffelheld!«

»Hör mir bloß auf«, sagte Zollinger seufzend. »Lass uns lieber ein frisch Gezapftes trinken und über andere Dinge reden.«

Zollinger und Brunkhorst fanden einen Platz im hinteren Bereich des Wirtshauses. Wie immer herrschte ein hoher Geräuschpegel in dem großen Raum, der Brunkhorst aufgrund seiner Glasdachkonstruktion an einen gewaltigen Wintergarten erinnerte.

»Grüß Gott, die Herrschaften, was darf's sein?« Eine Frau mit Kniebundlederhosen und Trachtenbluse trat an ihren Tisch.

»Zwaa Seidla Zwickl«, antwortete Zollinger in breitestem Bareiderisch. »Und des Nocht-Brettla. Machns des aa, wenns nu vor halb elfa is?«

»Passt scho«, antwortete die Bedienung und verschwand wieder.

»Ist das die Retourkutsche für eben?« Brunkhorst sah Zollinger mit fragendem Blick an. »Bitte noch einmal auf Deutsch für einen hoffnungslos verlorenen Saupreiß.«

»Du kennst das Bayreuther Zwickl nicht?«, fragte Zollinger erstaunt. »Das Zwickl ist ein hefetrübes, unfiltriertes Bier. Früher war es nur dem Braumeister vorbehalten. Wenn er das Fass angestochen hatte, verkostete er den ersten Schluck. Anschließend wurde das Fass dann mit einem Holzzwickl verschlossen. Es schmeckt würzig und ist sehr süffig. Du wirst es lieben.«

»Und was ist dieses Nachtbrett?«

»Brot mit Schmalz und Obatztem. Genau das Richtige zum Zwickl.«

»Du weißt das Leben echt zu genießen, Zolli. Aber nicht, dass ich in ein paar Jahren auch so einen Bauch hab wie du.«

»Dagegen wirst du dich nicht wehren können. Das ist ja

das Schöne«, antwortete Zollinger mit einem überlegenen Lächeln auf den Lippen.

Brunkhorst schwor sich, es am heutigen Abend bei einem einzigen Bier zu belassen. Doch er ahnte, dass dieser Vorsatz ein hoffnungsloses Unterfangen war.

Zwei Stunden später musste er einsehen, dass aus seiner Befürchtung Wahrheit geworden war. Die beiden hatten sich festgequatscht und mit jedem Zwickl bessere Laune bekommen.

5

Als Brunkhorst am nächsten Morgen aus seinem Schlafzimmer in die große Wohnküche schwankte, meldete sich das Zwickl mit einem dröhnenden Schmerz in seinem Kopf zurück. »Wahrscheinlich der hohe Fuselanteil«, murmelte er und setzte einen Kaffee auf.

Er ging weiter ins Bad, vorbei an einer kleinen halboffenen Abstellkammer, die aussah wie ein chaotischer Verkaufsstand auf einem Trödel, und zündete sich eine Zigarette an. In dem kleinen Raum stapelten sich Kisten und Kartons, leere Bierkästen und sonstiger überflüssiger Kram. Nach seinem Einzug hatte er hier alles deponiert, wofür er sonst keine Verwendung gefunden hatte. Seither machte er einen großen Bogen um die Kammer.

Im Flur fiel sein Blick auf die geschlossene Tür des zweiten Zimmers. Es war etwas größer als seines, dafür jedoch dunkler und schlechter geschnitten. Anfangs hatte er überlegt, die beiden Zimmer in Wohn- und Schlafbereich aufzuteilen und auf einen Untermieter zu verzichten. Doch schnell war ihm klar geworden, dass neunzig Quadratmeter viel zu groß für ihn allein und auf Dauer auch zu teuer waren.

Er dachte wieder an die gestrigen Besichtigungstermine, zu denen er nicht erschienen war, und versuchte sich einzureden, dass die Interessenten ohnehin nicht geeignet gewesen wären. Fürs Wochenende nahm er sich vor, eine weitere Anzeige zu schalten.

Nach einer ausgiebigen Dusche schlurfte Brunkhorst zurück in sein Schlafzimmer. In diesem Moment klingelte sein Handy.

»Und täglich grüßt der Zolli. Bist du fit?«

»Geht so.«

»Ich hab das richtige Mittel gegen Zwickl-Kater dabei. Bin gleich bei dir.«

Brunkhorst zog eine Schublade seiner Kommode auf und griff wahllos nach Unterwäsche. Er musste sich beeilen, Zollinger konnte jeden Augenblick hier sein. Von seinem Einfamilienhaus in Oberpreuschwitz, wo er mit seiner Frau lebte, benötigte er in der Regel weniger als zehn Minuten bis in die Innenstadt. Und wenn es etwas gab, was Zollinger gar nicht leiden konnte, war es morgendliches Zuspätkommen. Erst recht nicht, wenn man am Abend zuvor einen gehoben hatte, wie er es nannte. Wer feiern kann, kann auch arbeiten, lautete seine Devise.

Obwohl auch Brunkhorst in seinem Leben schon das eine oder andere Bier getrunken hatte, beschlich ihn das Gefühl, als spiele Zollinger diesbezüglich in einer anderen Liga. Selbst nach fünf Seidla, so wie am gestrigen Abend, war ihm nicht das Geringste anzumerken. Er war der lebende Beweis dafür, dass Bier in Bayern als Grundnahrungsmittel galt.

Den Geruch, der ihm entgegenströmte, als er in Zollingers Espace Platz nahm, erkannte er sofort. Obwohl gerade einmal Viertel vor acht in der Früh, hatte Zollinger bereits Leberkäslabla besorgt.

»Das bringt dich wieder auf Vordermann«, sagte er und drückte Brunkhorst ein noch dampfendes Brötchen in die Hand. »Die sind von der Metzgerei in der Alexanderstraße. Bessere bekommst du nirgends.«

Nach dem zweiten Bier hatten sich die beiden gestern Abend einen Fahrplan für den heutigen Tag zurechtgelegt. Zuerst stand ein Gespräch mit der Parkverwalterin der

Eremitage an. Danach würden sie nach Erlangen in die dortige Rechtsmedizin fahren. Professor Dr. Bruchthaler hatte sich vor einer halben Stunde bei Zollinger telefonisch gemeldet und bestätigt, dass erste Ergebnisse der Obduktion vorlagen. Auf dem Rückweg wollten sie durch die Fränkische Schweiz fahren und einen Zwischenstopp in Pottenstein einlegen, um mit Maximilian Hain, Zollingers Neffen, zu sprechen. Und dann gab es da ja auch noch Vanessa Depoutots Kolleginnen und Kollegen vom Grünen Hügel. Die Bemerkung von Pia Weilandt über Karolina Sestak klang Brunkhorst noch immer in den Ohren.

Maria Bernreuther sah ganz anders aus, als Brunkhorst sie sich ihrem Namen nach vorgestellt hatte. Sie war eine zierliche Person, nicht älter als vierzig, und empfing Zollinger und Brunkhorst in einem Büro, das sich im Seitenflügel des Alten Schlosses befand. Es war Maria Bernreuther anzusehen, dass der gestrige Tag nicht spurlos an ihr vorübergegangen war, und Brunkhorst fragte sich, ob sie überhaupt schon vernehmungsfähig war.

Anfangs verlief das Gespräch schleppend und wenig aufschlussreich. Außer der Tatsache, dass sie wie jeden Morgen ihre Runde durch den Park und dabei die grausige Entdeckung gemacht hatte, konnte sie kaum mit Neuigkeiten aufwarten. Selbst auf Zollingers Frage, ob ihr die Tote bekannt vorgekommen sei, hatte sie nur mit einem Achselzucken antworten können.

»Wissen Sie, wer im Ruinentheater regelmäßig professionell probt?«, versuchte es Zollinger noch einmal.

»Nein, aber normalerweise ist da eine Menge los. Sänger, Schauspieler, Schülergruppen, Jugendliche, die das Theater für Rollenspiele nutzen. Ich habe noch nie so genau darauf geachtet, wer sich dort alles herumtreibt.«

»Wir prüfen momentan noch den Todeszeitpunkt«, fuhr

Zollinger fort. »Es ist nicht auszuschließen, dass der Mord in der Nacht zum Montag oder sogar noch am Sonntagabend geschehen ist. Wo waren Sie zu diesem Zeitpunkt? Wann haben Sie am Sonntag die Eremitage verlassen? Herrschte zu dieser Zeit noch viel Publikumsverkehr?«

»Ich habe den Park gegen sechs Uhr abends verlassen«, antwortete Maria Bernreuther. »Normalerweise bleibe ich nicht so lange, aber am Sonntag war die Hölle los. Kein Wunder bei dem guten Wetter ...«

»Waren Sie am Sonntag auch im Bereich des Ruinentheaters unterwegs?«

»Am Mittag, als noch nicht so viele Besucher da waren. Diese Frau habe ich dort allerdings nicht gesehen, falls Sie das wissen wollen.«

»Wer außer Ihnen ist von der Verwaltung noch hier gewesen?«

»Von der Verwaltung niemand. Allerdings hatte der Schlossbiergarten länger geöffnet. Sprechen Sie mit Jörg Bender, dem Geschäftsführer«, empfahl Maria Bernreuther. »Vielleicht hat er etwas beobachtet.«

»Treffen wir ihn um diese Uhrzeit bereits an?«, fragte Zollinger.

»Er ist immer der Erste, der aufschließt. Probieren Sie es einfach.«

Brunkhorst und Zollinger verabschiedeten sich von der Parkverwalterin und verließen das Gebäude. Das Restaurant lag nur einen Steinwurf entfernt. Als sie auf den Sandsteinbau zutraten, kam ihnen aus einem Nebeneingang ein Lieferant mit einer leeren Gemüsekiste entgegen.

»Entschuldigen Sie, wo finden wir denn Herrn Bender?«, rief ihm Zollinger entgegen.

»Immer groodaus. Und hindn dann links.«

Die Tür zu Benders Büro stand offen. Zollinger klopfte demonstrativ laut an, ehe sie eintraten. Bender, der hinter seinem Schreibtisch saß und in Akten vertieft war, schrak hoch und blickte die beiden erstaunt an.

»Grüß Gott, Herr Bender«, sagte Zollinger. »Dürfen wir Sie kurz stören? Mein Name ist Zollinger, Kriminalpolizei Bayreuth. Das ist mein Kollege Sören Brunkhorst. Wir würden uns gerne mit Ihnen über den gestrigen Todesfall hier in der Eremitage unterhalten.«

»Was habe ich denn damit zu tun?«, fragte Bender brüskiert und stand auf. Mit seinem Drei-Tage-Bart und den offenbar ungewaschenen Haaren machte er einen ungepflegten Eindruck. Statt den beiden Kommissaren die Hand zu reichen und ihnen einen Platz anzubieten, hatte es den Anschein, als wolle er sie daran hindern, sein Büro zu betreten.

»Wir gehen momentan davon aus, dass die Frau einem Verbrechen zum Opfer gefallen ist«, erklärte Zollinger. »Offenbar hat sich die Verstorbene kurz vor ihrem Tod am Ruinentheater aufgehalten, also nicht weit von hier. Wir prüfen derzeit Tatablauf und Todeszeitpunkt. Uns interessiert, ob Ihnen am Sonntagabend etwas Ungewöhnliches aufgefallen ist.«

»Was denn zum Beispiel?«

Zollinger biss sich auf die Lippen, um nicht einen unfreundlichen Ton anzuschlagen. Warum nur war Jörg Bender so unkooperativ?

»Wie lange hat Ihr Biergarten am Sonntag geöffnet?«, probierte es Brunkhorst.

»In der Regel bis zwanzig Uhr, genau wie die Schlossgaststätte. Das Café in der Orangerie schließt bereits um sechs. Das betreibe ich nämlich auch noch, falls es Sie interessiert.«

Brunkhorst nickte nachdenklich. »Wann verlassen die letzten Gäste den Biergarten, sodass Sie nach Hause gehen können?«, wollte er wissen.

»Das variiert.«

»Wie war es denn vorgestern, um mal konkret zu werden?«

»Es war sehr voll, wir hatten verhältnismäßig lange offen. Ich habe gegen halb zehn abgeschlossen«, erwiderte Bender.

»Haben Sie beim Verlassen des Geländes irgendetwas gesehen, was Ihnen erwähnenswert scheint?«

»Alles war wie immer«, antwortete Bender. »Es war kaum noch jemand im Park unterwegs.«

Zollinger zog einen Zettel aus seiner Westentasche und hielt ihn Bender hin. Es war eine Farbkopie eines der Fotos, die Brunkhorst aus der Wohnung in der Von-Römer-Straße mitgenommen hatte.

»Kennen Sie diese Frau?«, fragte er und zeigte dabei auf Vanessa Depoutot.

Bender gab sich nur wenig Mühe, das Bild näher zu betrachten. Trotzdem kam seine Antwort sehr bestimmt.

»Nie gesehen. Wer soll das sein?«

»Das ist die ermordete Frau, Vanessa Depoutot«, antwortete Brunkhorst.

»Wo waren Sie eigentlich gestern?«, fragte Zollinger plötzlich. »Das Gelände war abgesperrt, der Betrieb Ihrer Wirtschaft wird doch bestimmt ausgesetzt haben?«

»Allerdings.« Benders Tonfall klang vorwurfsvoll. »Mir fehlen die Einnahmen eines ganzen Tages. Wer kommt überhaupt dafür auf?«

»Antworten Sie bitte auf meine Frage«, insistierte Zollinger.

»Am späten Vormittag konnte ich das Gelände verlassen. Hier gab es ja nichts mehr für mich zu tun.«

Zollinger überlegte einen Moment lang, was er Bender noch fragen sollte, entschied jedoch, es fürs Erste dabei zu belassen. »Danke, dass Sie sich Zeit genommen haben, um unsere Fragen zu beantworten«, sagte Zollinger bemüht freundlich. »Falls Ihnen noch etwas einfällt, dann melden Sie sich doch einfach bei uns.«

»Natürlich«, antwortete Bender und geleitete die beiden mit einer Armbewegung nach draußen.

»Eine Sache noch«, sagte Brunkhorst im Gehen. »Wären Sie bitte so freundlich, uns eine Liste mit all Ihren Mitarbeitern und deren Kontaktdaten zukommen zu lassen? Am besten so schnell wie möglich.« Brunkhorst nickte Bender aufmunternd zu.

Benders Unwille äußerte sich in einem leisen Grummeln und einem Türenschlagen, das Brunkhorst und Zollinger noch hörten, als sie bereits wieder auf dem Schotterweg vor dem Schlossbiergarten standen.

Als die beiden Kommissare aus Zollingers Espace stiegen, war die Luft bereits angenehm warm. Der morgendliche Nebel hatte sich verzogen, und die Sonne schien wie an den Tagen zuvor die Oberhand zu gewinnen.

Vor ihnen lag das sterile Gebäude des Instituts für Rechtsmedizin, das zur Friedrich-Alexander-Universität Erlangen-Nürnberg gehörte. Zollinger, der schon unzählige Male hier gewesen war, ging zielstrebig in Richtung Eingang, während Brunkhorst noch um Orientierung rang. Sein bislang einziger Besuch in der Rechtsmedizin lag bereits ein Jahr zurück. Damals hatten sie Professor Dr. Bruchthaler aufgesucht, nachdem man eine stark verweste Leiche auf einem Industriegelände gefunden hatte. Professor Dr. Bruchthaler war der Prototyp des erfolgreichen, smarten Arztes. Sonnengebräunt, mit modischer Rahmenbrille und halblangen, nach hinten gegelten Haaren sah er eher aus wie ein Beauty-Arzt, der sich durch Fettabsaugungen, Facelifting und Botoxbehandlungen schon in jungen Jahren eine goldene Nase verdient hatte.

Er begrüßte die beiden in der Leichenhalle, die im Keller des Rechtsmedizinischen Instituts lag. Nicht einmal das fahle Licht der Neonröhren konnte Bruchthalers makellosem Äußeren etwas anhaben.

Aus einem angrenzenden Raum trat eine junge Frau in einem weißen Kittel. Trotz des Mundschutzes, den sie trug, glaubte Brunkhorst zu erkennen, dass sie hübsch aussah. »Dr. Tina Siegel, meine reizende Kollegin«, wurde sie freudestrahlend von Bruchthaler vorgestellt. »Sie hat die Obduktion vorgenommen.«

Die junge Ärztin schob den Mundschutz nach unten und nickte ihnen zur Begrüßung zu. Brunkhorst starrte einen Moment zu lang in ihre grünen Augen. Mit einem Stirnrunzeln gab sie ihm zu verstehen, dass sie irritiert war. Er wandte seinen Blick von ihr ab, doch es gelang ihm nicht, in der gefliesten Halle einen Fixpunkt zu finden. Die Frau hatte es geschafft, ihn aus der Fassung zu bringen, ohne dass sie ein einziges Wort gesagt hatte. Ihre Augen, ihr Mund, ihre blonden Haare, die sie zu einem lässigen Zopf gebunden hatte – was um alles in der Welt geschah nur gerade mit ihm?

»Alles in Ordnung mit dir?«, fragte Zollinger leise. »Du siehst so aus, als ginge es dir nicht gut.«

»Hm?« Brunkhorst sah seinen Kollegen verwundert an. »Was soll denn sein? Mir geht's gut.«

»Wenn es Ihnen nichts ausmacht, würde ich Ihnen gerne unsere Ergebnisse mitteilen«, unterbrach Dr. Siegel die beiden. Dem Dialekt nach zu urteilen, war sie keine Fränkin. Nach Hochdeutsch klang er aber auch nicht.

»Natürlich, entschuldigen Sie bitte«, antwortete Zollinger. »Deswegen sind wir ja schließlich hier.«

»Dann kommen Sie bitte mit.«

Zollinger, Brunkhorst und Professor Bruchthaler folgten der Rechtsmedizinerin in den Raum, aus dem sie vorhin gekommen war. Er war klein, kaum größer als ein Bürozimmer, und bestand aus nur drei Einrichtungsgegenständen: einem silbernen Seziertisch, einer mobilen Lampe und einem Beistellwagen. Einige benutzte Seziermesser lagen in einer grauen Nierenschale am Kopfende des Tisches. Nackte weiße Füße ragten unter dem grünen OP-Tuch hervor. Brunkhorst hatte sofort das Gefühl, die Füße von Vanessa Depoutot wiederzuerkennen. Die Bilder aus der Eremitage erschienen wieder vor seinem inneren Auge.

Dr. Tina Siegel schlug das Laken zur Seite. Aufmerksam verfolgte Brunkhorst ihre Mimik und versuchte, die attraktive Ärztin einzuordnen. Das entschlossene, nüchterne Verhalten machte den Anschein, als wolle sie jegliche Emotion unterdrücken. Doch hinter den erröteten Wangen und dem süßen Stupsnäschen vermutete Brunkhorst eine Frau, der die Fröhlichkeit des Lebens wichtiger war als der Tod, dem sie tagtäglich ausgesetzt war.

Er wandte seinen Blick einen Moment lang von Dr. Siegel ab und betrachtete den toten Körper von Vanessa Depoutot. Plötzlich waren wieder die fürchterlichen Erinnerungen an seine Jugend da. Die Ähnlichkeit der beiden Frauen war erstaunlich, noch irritierender war jedoch die Tatsache, dass auch ihr Tod grauenhafte Parallelen aufwies.

»Wir haben unsere Untersuchungen abgeschlossen und einige interessante Dinge festgestellt«, begann Dr. Siegel.

Sie spürte offenbar, dass Zollinger und Brunkhorst nicht scharf darauf waren, den Leichnam näher unter die Lupe zu nehmen, und deckte ihn bis zum Hals wieder mit dem Laken zu.

»Der Tod wurde durch einen Schlag auf den Hinterkopf hervorgerufen«, begann sie zu berichten. »Möglicherweise auch durch den Sturz auf die Steintreppe in der Eremitage, aber das werden wir noch abschließend klären.«

»Das war zu erwarten«, antwortete Zollinger nickend. »Was musste Vanessa Depoutot vor ihrem Tod erleiden? Haben Sie neben den ausgerissenen Haaren weitere Gewaltanzeichen gefunden?«

»Sie hat Würgemale am Hals, Hämatome im Brust- und Bauchbereich und an den Armen sowie mehrere kahle Stellen am Hinterkopf. Es muss zu erheblichen Kampfhandlungen gekommen sein.« Dr. Siegel blickte Zollinger an und fuhr sich mit der linken Hand durch ihren Zopf.

»Konnten Sie denn auch Spuren des Mörders sicherstellen?«, fragte Brunkhorst.

»Sie meinen zum Beispiel unter ihren Fingernägeln?«

»Genau.«

»Fehlanzeige«, antwortete Dr. Siegel. »Nicht den Hauch einer Hautschuppe haben wir gefunden. Dafür aber jede Menge Erdreste.«

»Wir gehen sehr sorgfältig vor«, warf Bruchthaler ein. »Wir finden normalerweise jeden noch so kleinen Partikel. In diesem Fall können wir mit Sicherheit sagen, dass der Mörder keine Spuren hinterlassen hat.«

Brunkhorst spürte das Vibrieren seines Handys in der Hosentasche. Er war einen Moment lang versucht, es zu ignorieren, zog es schließlich aber doch hervor, entschuldigte sich bei den anderen und nahm ab.

»Sören Brunkhorst«, meldete er sich leise, während er den Raum verließ und in die große Leichenhalle zurückkehrte.

»No endlich hob i Sie am Abbarad. Wo sens denn gestern frieh gwesn? Sie wolldn doch kumma.«

Brunkhorst stöhnte innerlich auf. Was um alles in der Welt hatte er nur verbrochen, dass ihn diese Frau nicht in Ruhe ließ? War es vielleicht sein Schicksal, dass die pausbäckige Kassiererin aus dem Discountmarkt in das freie Zimmer seiner Wohnung ziehen sollte? Allmählich hatte er das Gefühl, als könne er sich nicht mehr dagegen wehren.

»Ich … ähh …«

»Hams denn heid Zeit?«

»Also, vielleicht …«

»Komma die Wohnung überhaupts noch hom?«

»Äh … prinzipiell schon«, stotterte Brunkhorst.

»Wunderbor. Dann kumm i auf sechsa zu vorbei. Passd des?«

»Ja also, kleinen Moment, ich bin mir nicht sicher …«

»Bis späder.« Sie legte auf.

»Das darf doch nicht wahr sein«, brummte er. Diese Frau ließ einfach nicht locker. Genervt steckte er sein Handy in die Hosentasche zurück und rieb sich verwundert die Schläfen. Immerhin hatte er keine Kopfschmerzen mehr.

Brunkhorst ging zurück in den angrenzenden Raum, in dem Professor Bruchthaler und seine junge Assistenzärztin über den Seziertisch gebeugt an Vanessa Depoutots Leichnam herumhantierten.

»Ah, Kommissar Brunkhorst«, begrüßte ihn Bruchthaler erneut. »Gut, dass Sie wieder da sind. Wir zeigen Ihrem Kollegen gerade die Verletzungen der Toten.«

»Kein Bedarf«, antwortete Brunkhorst knapp, noch immer irritiert durch den Anruf der Frau, deren Namen er noch nicht einmal kannte. »Erzählen Sie doch lieber, was Sie noch herausgefunden haben.«

Dr. Siegel blickte auf und sah Brunkhorst überrascht an. Sofort vergaß Brunkhorst die Kassiererin.

»Wir haben Spermaspuren in ihrer Vagina gefunden«, stellte sie nüchtern fest.

»Wie bitte?«, platzte es aus Zollinger heraus.

»Vanessa Depoutot hatte vor ihrem Tod Geschlechtsverkehr.«

»Ist sie vergewaltigt worden?«, erkundigte sich Brunkhorst.

»Nein, danach sieht es nicht aus«, erklärte Dr. Siegel. »Wir haben keine Verletzungen im Genitalbereich feststellen können.«

»Soweit wir wissen, hatte sie keinen festen Partner«, erklärte Zollinger. »Auch von einer Affäre wissen wir nichts. Diese Information wirft ein neues Licht auf ihren Tod.« Er zog Zettel und Stift aus seiner Gesäßtasche und machte sich Notizen.

»Können Sie den genauen Zeitpunkt bestimmen?«, wollte Brunkhorst wissen.

»Nicht auf die Minute, aber es muss in jedem Fall weniger als vierundzwanzig Stunden vor ihrem Tod gewesen sein«, antwortete Dr. Siegel.

»Das heißt, Sie kennen also bereits den Todeszeitpunkt?«, hakte Brunkhorst nach.

»Es fehlen nur noch Kleinigkeiten, aber die ungefähre Uhrzeit lässt sich bestimmen. Vanessa Depoutots Tod dürfte zwischen einundzwanzig und dreiundzwanzig Uhr eingetreten sein.«

Also war der Mord am Sonntagabend verübt worden. Die Erkenntnisse der Rechtsmedizin passten in das Bild, das sie sich bislang gemacht hatten. Nur die Sache mit dem Geschlechtsverkehr vor ihrem Tod kam überraschend. Offenbar hatte »Rossweiße« also doch nicht nur ihre Karriere im Kopf gehabt. Er dachte an Luc, den jungen französischen Austauschstudent aus dem Miamiam Glouglou. Vanessa Depoutot hatte angeblich eine Affäre mit ihm gehabt, doch er hielt sich schon seit letztem Sommer nicht mehr in Deutschland auf. Ob er zu Besuch hier gewesen war?

Zollinger und Brunkhorst bedankten sich bei den beiden Rechtsmedizinern. Während sie das Gebäude verließen, kreisten zwei Gedanken durch Brunkhorsts Kopf. Zum einen zweifelte er daran, dass Vanessa Depoutot tatsächlich die Person gewesen war, die ihre Mitbewohnerin Pia Weilandt beschrieben hatte. Sie würden tiefer in ihr Leben eindringen müssen, um verstehen zu können, was sich wirklich hinter ihrer unauffälligen Fassade abgespielt hatte. Wer waren ihre Bezugspersonen gewesen? Welche Rolle hatte sie am Grünen Hügel eingenommen? Und wer war der Unbekannte, mit dem sie am Tag vor ihrem Tod noch Sex gehabt hatte?

Und dann gab es da noch Dr. Tina Siegel. Sie ging ihm seit ihrer Begegnung in der Leichenhalle nicht mehr aus dem Sinn. Irgendwie musste er versuchen, ein weiteres Treffen mit ihr zu arrangieren. Im besten Fall privat, unter einem fadenscheinigen Vorwand.

6

Wilde Karstlandschaften, tief eingeschnittene Flusstäler, schroffe Felsformationen und trockene, karge Hochflächen. Kalk- und Dolomitfelsen des Weißen Jura, wohin das Auge reichte. Die Silhouette der Fränkischen Schweiz, die sich ihnen bot, als sie von der A9 abbogen, war Brunkhorst ebenso fremd wie Zollingers Fahrstil, der sich durch die konsequente Unterschreitung der Geschwindigkeitsvorgaben auszeichnete.

Brunkhorst zog sein Handy hervor und tippte demonstrativ eine Zahlenkombination ein.

»Wen rufst du an?«

»Meine Ex«, log Brunkhorst. »Wir sind heute Abend fürs Kino verabredet. Aber wenn wir uns weiter in diesem Tempo fortbewegen, dann muss ich wohl sämtliche Termine in dieser Woche absagen.«

»Sehr witzig, du Schnacker!« Zollinger versuchte Brunkhorsts norddeutschen Dialekt zu imitieren, scheiterte jedoch kläglich. »Richte deinen Blick lieber auf die Schönheiten dieser Gegend. Das ist etwas anderes als euer plattes Land da oben.«

Brunkhorst blickte aus dem Seitenfenster. So schön die Landschaft auch sein mochte, gegenüber Zollinger würde er niemals zugeben, dass sie es mit seiner Heimat aufnehmen konnte.

»Hier bin ich geboren«, sagte Zollinger mit einem Mal. »Dort drüben in Kirchenbirkig steht das Haus meiner Eltern. Ich kam zwei Wochen zu früh, alles ging so schnell, dass wir es nicht einmal mehr ins Klinikum nach Ebermannstadt geschafft haben.« Zollinger schmunzelte und deutete mit seiner rechten Hand in die Richtung, in der sich sein Elternhaus befinden musste. »Jetzt hast du mal eine Ahnung, wie ich aufgewachsen bin. Natur pur, die reinste Idylle. Aber davon versteht ein Großstädter wie du natürlich nichts.«

Und ob ich etwas davon verstehe, dachte Brunkhorst. Auch er war auf dem Lande groß geworden. Hinter dem Elbdeich im Marschland südwestlich von Hamburg war die Welt ähnlich einsam gewesen. Das Miteinander der Dorfbewohner, die Idylle, von der Zollinger sprach – all das war ihm ganz und gar nicht fremd.

Eines Tages hatte diese Idylle jedoch einen tiefen Riss bekommen. Er war gerade einmal fünfzehn Jahre alt gewesen. Damals. Als die Sonne senkrecht über dem kleinen Dorf Dollern gestanden und die Luft geflimmert hatte, war er in den angrenzenden Wald gelaufen. Hin zu dem dunkelblau schimmernden Gewässer. Er hatte seine Freundin Anna schon von Weitem erkannt. Niemand wusste, dass sie sich ineinander verliebt hatten. Genau hier hatten sie sich ein paar Wochen zuvor zum ersten Mal geküsst.

Sie hatten sich das abgeschieden gelegene Ufer des kleinen Sees als ihr Versteck ausgesucht, in dem sie sich ungestört näherkommen konnten. Er war aufgeregt gewesen. Tag für Tag waren sie ein Stück weiter gegangen, hatten sich gegenseitig berührt und erforscht. Anna war so hübsch gewesen, dass ihn viele seiner Freunde beneidet hätten.

Ihr rotblondes Haar schimmerte durch das dunkelgrüne Gras. Er rief ihren Namen, doch sie antwortete nicht. Sie lag einfach da im Gras und wartete auf ihn. Er lief immer schneller, bis er schließlich vor ihr stand.

Der Anblick, der ihn erwartete, hatte sich unwiderruflich in sein Gehirn gebrannt. Ihr lebloser, blutleerer Körper. Die klaffende Wunde am Kopf, die Würgemale am Hals. Seine Erinnerungen brachen in diesem Moment ab.

Später im Krankenhaus berichtete man ihm, dass er zurück ins Dorf gelaufen und schließlich zusammengebrochen war.

An diesem Tag, als ein Triebtäter das Leben seiner Freundin auf brutale Art und Weise ausgelöscht hatte, war ein Gedanke in ihm gereift, der ihn bis zum heutigen Tag antrieb. Die idealistische und gleichzeitig naive Vorstellung, einen Beitrag für eine gerechtere Welt zu leisten. Gerechtigkeit, für die zu sorgen ihm damals verwehrt geblieben war, nachdem der Mörder seiner Freundin sich das Leben genommen hatte.

»So, da wären wir. Pottenstein, Herz der Fränkischen Schweiz.«

Brunkhorst schrak hoch und blickte Zollinger an.

»Wo sind wir denn hier?«, fragte er abwesend.

»Hörst du mir nicht zu? Wir sind in Pottenstein.«

»Ich meine diese Baracke. Warum halten wir mitten in dieser Einöde? Vor einer runtergekommenen Holzhütte?«

»Siehst du die Felswände dort drüben? Hier hat Maximilian seine Kletterschule.«

»Hierher verirren sich Menschen? Ich befürchte eher, dass wir gleich die Bekanntschaft mit einheimischem Wildgetier machen werden.«

Zollinger lachte. »Keine Angst, Bären und Wölfe wirst du hier vergeblich suchen. Das einzige wilde Tier, dem wir in der Fränkischen Schweiz begegnen können, ist der Wolpertinger. Das eine oder andere Exemplar soll ja auch hier vorkommen.«

»Wer?«, fragte Brunkhorst verwundert.

»Na, ein Wolpertinger. Sag bloß, du kennst das bekannteste bayerische Tier nicht.«

»Ehrlich gesagt, nein«, antwortete Brunkhorst. »Du erklärst es mir aber bestimmt, oder?«

»Im Grunde hat der Wolpertinger kein bestimmtes Aussehen. Das variiert je nach Landstrich, meistens ist es eine Mischung aus Eichhörnchen, Ente, Hase und Wolf.«

»Du willst mich wohl auf den Arm nehmen, was?«

»Niemals. Der Wolpertinger ist leider sehr scheu, kann aber durchaus gefährlich werden. Wenn wir Glück haben, dann sehen wir vielleicht …«

»Es sieht übrigens nicht so aus, als wäre dein Neffe hier«, wechselte Brunkhorst plötzlich das Thema.

»Wart's nur ab«, antwortete Zollinger. »Er ist vielleicht nicht in der Hütte, aber …« Er reckte den Hals und sah sich um. »Man muss ein gutes Auge haben. Siehst du? Da oben unter dem Felsvorsprung hängt er.«

Brunkhorst kniff die Augen zusammen und blinzelte in die Sonne, die hoch am Himmel über dem schroffen Felsvorsprung stand. Ein gut trainierter, braun gebrannter Körper zeichnete sich vor dem grauen Kalkstein ab. Maximilian Hain klebte an der Felswand wie eine Spinne in Lauerstellung.

»Maaax!«, rief Zollinger, gefolgt von einem Pfiff, der in der felsigen Landschaft noch einige Sekunden nachhallte.

Hain drehte den Kopf überrascht zur Seite und richtete seinen Blick nach unten. Erst jetzt erkannte Zollinger am Fuß des Felsens eine zweite Person, die das Seil, an dem sein Neffe befestigt war, ein Stück lockerte.

»Vorsicht, Tim, nicht so schnell!« Hains Beine verloren den Halt an der Wand, sodass er plötzlich wegrutschte und einige Meter an Höhe verlor. Nachdem er sich wieder gefangen hatte, ließ er sich langsam an der zwanzig Meter hohen Felswand herab. Unten angekommen, entledigte er sich seines Geschirrs und trat freudestrahlend seinem Onkel gegenüber.

Hain war Anfang zwanzig und sah mit seinen halblangen, aufblondierten Haaren und dem muskulösen Körper wie ein kalifornischer Surfer-Boy aus.

»Wie komme ich denn zu der Ehre?«, fragte er lächelnd. »Das letzte Mal warst du hier, als du dachtest, du müsstest mir ins Gewissen reden, damit ich endlich einen anständigen Job lerne.«

»Hat ja leider nicht funktioniert«, konterte Zollinger und schlug Maximilian freundschaftlich auf den nackten Oberkörper. »Mann, du siehst aus, als würdest du schon seit letztem Sommer da oben hängen. Braun gebrannt und kein Gramm Fett. Würdest du dein Talent, das dir dein Vater mitgegeben hat, nicht dank dieser sinnlosen Kletterei verkümmern lassen, könnte man dich glatt beneiden.« Zollinger konnte sich die Anspielung auf seinen Schwager Peter, Maximilians Vater, nicht verkneifen. Als Professor an der Universität Bayreuth hatte Peter Hain am Lehrstuhl für Polymere Werkstoffe seine Meriten erworben. Zollinger hatte zwar nie ganz verstanden, was exakt sich hinter polymeren Materialien verbarg, doch er war sich sicher, dass der Mann seiner Schwester Hildegunde ihm intellektuell haushoch überlegen war.

»Ach Onkelchen, du kannst es nicht lassen, oder? Bist du im Auftrag meines Vaters hier?«

»Nein, nein, weit gefehlt. Ich muss aus beruflichen Gründen mit dir reden. Das ist übrigens mein Kollege, Kriminalkommissar Sören Brunkhorst.«

»Beruflich?« Hain zog die rechte Augenbraue hoch, dann reichte er Brunkhorst die Hand und bat die beiden, ihm zu folgen.

Vor der kleinen Holzhütte nahmen sie auf einer verwitterten Bierbankgarnitur Platz.

»Also, schieß los. Was wollt ihr von mir wissen? Und warum wollt ihr ausgerechnet mich befragen? Das Verbrechen kehrt in Pottenstein ein? Mord und Totschlag in der Kletterschule?«

»Da liegst du gar nicht einmal so falsch, Maximilian.

Wir ermitteln tatsächlich in einem Mordfall. Und momentan bist du unser einziger Anhaltspunkt.«

»Ich?« Hain lachte unsicher. »Da bin ich aber mal gespannt.«

»Sagt dir der Name Vanessa Depoutot etwas?«, fragte Zollinger.

»Ja, der sagt mir in der Tat etwas«, antwortete Hain, ohne lange zu überlegen. »Sie hat am Wochenende angerufen, um einen Kletterkurs bei mir zu buchen. Am Telefon klang ihre Stimme ziemlich sexy.« Hain strich sich durch seine strähnigen Haare und zwinkerte Zollinger zu. »Dieser französische Akzent.«

»Vanessa Depoutot ist tot«, mischte sich Brunkhorst in das Gespräch ein. »Sie war Opernsängerin bei den Bayreuther Festspielen. Wir haben ihre Leiche gestern Morgen in der Eremitage gefunden. Genauso wie diesen Zettel, der in ihrer Manteltasche steckte.«

»Was steht denn auf dem Zettel? Darf ich mal sehen?«

»Deine Telefonnummer«, antwortete Zollinger. »Und jetzt erzähl mal bitte, was Vanessa Depoutot zu dir gesagt hat.«

»Sie wollte einen Schnupper-Kletterkurs belegen. Übernächstes Wochenende, für zwei Personen.«

»Zwei Personen?« Zollinger blickte Brunkhorst verwundert an. »Luc?«

»Wohl kaum«, murmelte Brunkhorst. »Aber es wäre natürlich interessant zu wissen, wer die zweite Person gewesen ist. Hat sie irgendetwas erwähnt?«

»Niente, nada, nothing. Sie war eher wortkarg.« Hain hüstelte. »Klang aber verdammt sexy«, ergänzte er.

»Weshalb kannst du dich eigentlich so gut an den Anruf von Vanessa Depoutot erinnern? Ich schätze, du bekommst täglich eine Menge Anrufe von lebensmüden Freizeitkletterern.«

»Ich kann mich nicht beklagen«, entgegnete Hain mit einem Lächeln auf den Lippen. »Allerdings muss ich in einem Punkt widersprechen: Meine Kunden sind keineswegs lebensmüde. Sicherheit ist das oberste Gebot.« Er zeigte auf sein Klettergeschirr am Bauch und blickte die beiden Kommissare zufrieden an. »Um aber auf die Frage zurückzukommen: Vielleicht lag es tatsächlich an ihrer Stimme, dass sie mir in Erinnerung geblieben ist. Es gab aber noch einen Grund: Sie hat nämlich darum gebeten, gemeinsam mit ihrer Begleitung einen Einzelkurs zu belegen. Im Normalfall biete ich nur Gruppenkurse an.«

»Hat sie wenigstens erwähnt, ob es sich bei ihrer Begleitung um einen Mann oder eine Frau handeln würde?«

»Nö, leider nicht. Sie wollte mir aber in den nächsten Tagen Bescheid geben, ob es bei dem Termin bleibt.«

»Na gut, immerhin etwas. Du bist dir aber sicher, dass du sie nicht gekannt hast?« Zollinger sah Hain skeptisch an, zwinkerte dann jedoch.

»Ach Onkelchen, du traust mir wohl alles zu, was? Keine Angst, Opernsängerinnen fallen nicht in mein Beuteschema.«

»Da hast du recht, hätte ich wissen müssen. Mit Kultur hast du nun wirklich nichts am Hut.« Zollinger nahm seinen Neffen väterlich in den Arm und fuhr ihm mit der Hand durch die verwuschelten Haare. »Wann wirst du bloß erwachsen?«

»Was weißt du schon?«, antwortete Hain knapp und entzog sich Zollingers Umarmung. »Ich bin längst erwachsen und lebe mein eigenes Leben. Es wäre wirklich schön, wenn Vater und du das endlich begreifen würdet.«

»Weshalb warst du so streng zu deinem Neffen?« Brunkhorst musterte Zollinger, ehe er sein Glas hob und einen großen Schluck Radler trank. »Was ist euer Problem?«

»Lange Geschichte«, seufzte Zollinger. »Mein Verhältnis zu Max ist ganz speziell. Einfach war es noch nie zwischen uns.«

»Willst du drüber reden?«

»Eine Zeit lang waren Traudl und ich so etwas wie Eltern für ihn«, erklärte Zollinger. »Mein Bruder hatte nur wenig Zeit für ihn, nachdem seine Frau viel zu früh gestorben war. Er hat sich in die Arbeit geflüchtet, und wir sind eingesprungen. Mitten in Max' Pubertät. Es war nicht gerade einfach, von einem auf den anderen Tag eine solche Verantwortung zu übernehmen. Du kannst dir sicher denken, dass es zu Spannungen zwischen Max und uns gekommen ist.«

Brunkhorst nickte und musste an seine eigene Jugend denken, in der er es seinen Eltern nicht immer leicht gemacht hatte.

»Aber egal, lass uns etwas essen und dann wieder zurückfahren.« Zollinger versuchte, eine Kellnerin an den Tisch zu winken. »Auf uns wartet jede Menge Arbeit. Immerhin wissen wir ja jetzt, dass es jemanden gab, mit dem Vanessa Depoutot ein gemeinsames Wochenende verbringen wollte. Vielleicht der Mann, mit dem sie kurz vor ihrem Tod Sex gehabt hat.«

»Das klingt sogar wahrscheinlich, wenn du mich fragst«, antwortete Brunkhorst, fingerte eine Zigarette aus dem Softpack in seiner Hosentasche und zündete sie genüsslich an. »Aber warum wusste Pia Weilandt nichts von Vanessas unbekanntem Liebhaber? Die beiden haben zusammengewohnt und zusammengearbeitet. Seltsam, dass sie nichts davon mitbekommen haben will. Ich glaube, wir sollten uns noch einmal mit ihr unterhalten.«

»Zwaamol der Brotzeitteller. An Gutn!« Die Kellnerin des Gasthauses »Hufeisen« war an den Tisch getreten und servierte den beiden zwei üppig belegte Holzbretter.

Das Hufeisen in Pottenstein war eine traditionelle fränkische Gaststätte und hatte sich, wie so viele, aus einer Brauerei heraus entwickelt, in der bereits in der vierten Generation hauseigenes Bier gebraut wurde. Im Sommer bot der Biergarten mit dem einmaligen Blick auf die Burg Pottenstein eine gelungene Alternative zur Kellerschänke der Gaststätte.

Es gab fränkischen Bauernpresssack, Gelbwurst, Schinken, Obatzten, Radi, Gurken und Natursauerteigbrot. Brunkhorst wunderte sich jedes Mal aufs Neue, was ein Oberfranke schon so früh am Tag vertilgen konnte. Immerhin war es erst kurz nach drei, eine Uhrzeit, zu der er unter normalen Umständen eine Tasse Kaffee getrunken hätte. Vielleicht in Verbindung mit einem Franzbrötchen, der Hamburger Plunderteigspezialität, für die Brunkhorst vieles andere liegen ließ. Früher hatte Brunkhorst oftmals erst nach Einbruch der Dunkelheit etwas Festes zu sich genommen. Und auch seine Devise »Kein Bier vor vier« schien hier in Oberfranken keine Gültigkeit zu besitzen.

»Ob ich in ein paar Jahren tatsächlich mal so aussehe wie du?«, sinnierte Brunkhorst. »Mit einem gemütlichen Bauch und prallen Backen.«

»Meinst du mein Gesicht oder meine Oarschbacken?«, fragte Zollinger belustigt.

»Beides«, sagte Brunkhorst. »Aber mal im Ernst. Ich habe irgendwie das Gefühl, dass ihr Franken evolutionstechnisch einen anderen Weg eingeschlagen habt. Zumindest, was die Ernährung angeht.«

Zollinger lachte laut auf. »Unser Stoffwechsel hat sich im Lauf der Jahrhunderte eben darauf eingestellt, nur mit Fleisch und Bier existieren zu können. So bekommt er alle Nährstoffe, die ein Mensch braucht. Ab und zu mal ein Karpfen oder etwas Handkäs mit Musik, so einfach ist das Leben. Vielleicht haben wir ja auch irgendwelche Enzyme gebildet, wie die Chinesen, die mittlerweile Milchprodukte vertragen können. Wenn du mich fragst, sind wir auf der Evolutionsstufe allen anderen bereits einen Schritt voraus.«

»Meinst du, ich werde auch mal einer von euch?«

»Hm«, antwortete Zollinger nachdenklich. »Noch fehlt ein bisschen, aber ich weiß schon, wie wir dich auf einen guten Weg bringen.« Er hob sein Glas und stieß mit Brunkhorst an. »Immer fleißig trainieren, mein Lieber! Übung macht den Meister. Und jetzt lass es dir erst einmal schmecken.«

Zollinger erzählte während des Essens von seiner unbeschwerten Kindheit, einer einsamen Jugend fernab vom hektischen Stadtleben und hübschen Mädchen und von verbotenen nächtlichen Ausflügen in die unheimlichen Gänge der Teufelshöhle in Pottenstein. Sie war Teil des größten Schauhöhlensystems Süddeutschlands und eine der Touristenattraktionen der Region. Dass sich Zollinger dort als Teenie verbotenerweise mit Freunden getroffen hatte, um im Barbarossadom und im Angesicht des Höhlenbären Joints kreisen zu lassen, hätte Brunkhorst seinem Kollegen im Leben nicht zugetraut. Steckte in ihm vielleicht doch ein wenig mehr Rebell, als er nach außen preisgeben wollte?

Um kurz vor sechs saß Brunkhorst wieder an seinem Schreibtisch in der Ludwig-Thoma-Straße. Er war so sehr in die Spielpläne der Bayreuther Festspiele vertieft, dass er überrascht zusammenzuckte, als plötzlich Nicole Münch vor ihm stand.

»Habt ihr schon etwas herausgefunden?«, fragte sie.

»Nicole, hast du mich erschreckt. Was machst du denn noch hier?«

»Bin grad auf dem Sprung und wollte mal hören, ob es was Neues gibt.«

Brunkhorst berichtete von den Gesprächen in Erlangen und Pottenstein.

»Das passt zu dem, was ich dir mitteilen wollte«, sagte Nicole. »Die Spurensicherung hat sich nämlich Vanessa Depoutots WG-Zimmer vorgeknöpft. Es gab erstaunlich wenig persönliche Dinge, abgesehen von dem hier.« Sie zog eine Folienhülle mit einem handbeschriebenen Zettel aus einer Mappe, schob sie über den Schreibtisch und nahm auf einem Stuhl Platz. »Das lag unter ihrem Kopfkissen.«

»Was ist das?«, fragte Brunkhorst.

»Ein Brief an Vanessa Depoutot. Ohne Zweifel handelt es sich um einen Liebesbrief.«

»Dann stimmt es also, dass sie einen Freund hatte«, stellte Brunkhorst aufgeregt fest. »Wissen wir denn, wer den Brief geschrieben hat?«

»Fehlanzeige. Es existiert kein Absendername. Unterschrieben wurde der Brief mit *Dein Mäuserich.*«

»Dein Mäuserich? Manche Leute sind echt schräg drauf.«

»Hier, lies mal den ganzen Text!«, forderte ihn Nicole auf. »Vielleicht fällt dir noch etwas auf, was uns entgangen ist.«

Brunkhorst schnappte sich die Folienhülle und begann sich durch die unleserliche Handschrift des Unbekannten zu kämpfen.

Meine liebste Vanessa!
Wie viele Wochen sind vergangen, seitdem wir uns kennengelernt haben? Mir wird schwindelig, wenn ich darüber nachdenke. Wochen wie die Ewigkeit, gefangen in einem einzigen Moment der Glückseligkeit. Möge dieser Moment niemals enden. Ich liebe Dich.

Du faszinierst mich als Rossweiße und hast mir als Vanessa den Kopf verdreht, sodass ich mich Hals über Kopf in Dich verliebt habe.

Wie viele Wochen sind vergangen? Ich weiß es nicht.

Liebe, Treue, Unendlichkeit – Worte, denen kaum jemand gerecht werden kann. Umso größer mein Wunsch, Dir zu beweisen, dass wir es schaffen können. Wir müssen es nur wollen.

Die Hindernisse, die sich uns in den Weg stellen, werden wir gemeinsam meistern. Es wird nicht leicht werden, aber am Ende wird alles gut. Niemand wird es schaffen, uns beide auseinanderzubringen. Niemand.

Ich freue mich auf unser gemeinsames Kletterwochenende. Eine tolle Idee von Dir!
Liebe Dich von ganzem Herzen,
Dein Mäuserich

Brunkhorst runzelte die Stirn. Da lag der Beweis, dass Vanessa Depoutot in einer Beziehung gelebt hatte, schwarz auf weiß vor ihm, und dennoch hatte er das Gefühl, als würde ihr Tod mit jeder neuen Nachricht noch ein Stück mysteriöser.

»Mal davon abgesehen, dass der Mäuserich ganz schön geschwollen schreibt, wirft dieser Brief einige Fragen auf«, konstatierte er. »Die wichtigste ist natürlich die nach dem Absender. Wer ist dieser Mäuserich?«

Brunkhorst musste schmunzeln. Insgeheim hoffte er, dass der unbekannte Briefschreiber nichts mit Vanessa Depoutots Tod zu tun hatte. Ein Mörder mit diesem Kosenamen – wie sollten sie das den Medien erklären?

»Ich lese aber noch etwas anderes, dem wir nachgehen müssen. Er schreibt von Hindernissen, die sich ihnen in den

Weg stellen. ›Niemand wird es schaffen, uns beide auseinanderzubringen. Niemand‹«, zitierte er.

»Klingt ein bisschen so, als wüsste er, wer dieser ›Niemand‹ ist«, sagte Nicole nachdenklich.

»Stimmt, es muss etwas zu bedeuten haben, wenn er es so ausdrücklich erwähnt. Mäuserich war fasziniert von Rossweiße«, sinnierte Brunkhorst. »Das heißt, dass sich die beiden vielleicht über ihren Job als Opernsängerin kennengelernt haben. Entweder weil er sie als Zuschauer der Festspiele gesehen hat oder aber …« Er stockte.

»… weil sie zusammengearbeitet haben?«, vollendete Nicole den Satz.

»Könnte doch sein. Morgen früh fahren Zolli und ich sowieso zum Grünen Hügel. Karolina Sestak steht auf der Liste der Personen, mit denen wir sprechen müssen. Sie ist eine der Walküren, die mit Vanessa Depoutot aufgetreten sind. Grimgerde. Pia Weilandt hat erwähnt, dass sie die Freilichtbühne des Ruinentheaters in der Eremitage zum Proben nutzen würde.«

Brunkhorsts Handy klingelte. Obwohl er ihre Nummer längst aus dem Handyspeicher gelöscht hatte, sah er sofort, dass es Imke war. Einen Augenblick lang überlegte er, ob er das Klingeln einfach ignorieren sollte. Doch dann nahm er ab und meldete sich.

»Hallo Imke.«

Ihre Antwort ging in einem lauten Schluchzen unter. Brunkhorst glaubte, Wortfetzen wie »Schwein«, »Mistkerl« und »blöde Kuh« heraushören zu können. Doch es gelang ihm nicht, die Bruchstücke zu einem sinnvollen Ganzen zusammenzusetzen. Von wem sprach sie überhaupt?

»Imke, hörst du mich?«, rief er ins Handy. »Was ist denn los mit dir?«

»Kannst du vorbeikommen?« Plötzlich klangen ihre Worte klar und verständlich. »So schnell wie möglich?«

Brunkhorst seufzte, versprach aber, in einer halben Stunde bei ihr zu sein.

»Deine Ex?«, fragte Nicole.

Brunkhorst nickte wortlos.

»Schlechte Nachrichten?«

»Euch Frauen soll mal einer verstehen«, murmelte er. »Erst haut die Olle ab, und jetzt will sie sich bei mir ausheulen.«

7

Brunkhorst betrat die Wohnung in der Friedrich-Puchta-Straße zum ersten Mal seit längerer Zeit. In den vergangenen Wochen hatte er die Gegend großräumig gemieden. Den Schmerz, den er befürchtete, wollte er einfach nicht an sich herankommen lassen.

Jetzt, wo er in Imkes verheultes Gesicht blickte, wartete er vergeblich darauf, dass sein Körper eine Reaktion zeigte. Er verspürte weder Wut noch Mitleid. Nichts war übrig geblieben von der Traurigkeit, die ihn in den letzten Wochen gequält hatte. Er hatte nicht einmal das Bedürfnis, Imke in den Arm zu nehmen.

»Es tut mir alles so leid«, stammelte sie und trat einen Schritt auf ihn zu.

Brunkhorst stieß sie sanft, aber bestimmt von sich weg, zwängte sich an ihr vorbei und ging durch die Wohnung. Erinnerungen stiegen in ihm hoch, als sein Blick auf Bilder, einzelne Möbelstücke und Wohnaccessoires fiel. »Warum hast du angerufen?«, fragte er ohne Umschweife.

»Setz dich doch erst mal«, antwortete Imke. »Komm mit ins Wohnzimmer. Willst du etwas trinken?«

»Ich will nichts trinken!«, entgegnete Brunkhorst energisch. »Ich will wissen, was du vorhin am Telefon gemeint hast. Von wem hast du gesprochen, als du diese Beleidigungen von dir gegeben hast? Kann es sein, dass …«

»Beruhige dich doch, Sören«, unterbrach sie ihn. »Ich erzähl dir alles. Aber versprich mir, dass du bis zum Ende zuhörst!«

Sie nahm auf einem Ohrensessel Platz, den Brunkhorst nie sonderlich schön gefunden hatte. Ein Erbstück ihrer

Großmutter. Er zog sich widerwillig einen lederbezogenen Stuhl heran.

»Wir haben zu wenig geredet«, begann Imke fahrig. »Schon immer. Wir hätten das alles verhindern können, wenn wir unsere Probleme nicht ignoriert hätten.«

»Falls ich dich erinnern darf: *Du* hast unsere Beziehung ohne Vorankündigung und ohne eine vernünftige Begründung beendet.« Brunkhorst hatte Mühe, ruhig zu bleiben.

»Natürlich, du hast vollkommen recht. Wahrscheinlich war das der größte Fehler meines Lebens. Aber ich hatte damals meine Gründe.«

»Die du mir jetzt hoffentlich nennst?«

»Ja, das werde ich tun.« Imke holte noch einmal tief Luft. Dann beichtete sie Brunkhorst, weshalb sie ihn verlassen hatte.

»Als das neue Semester anfing, kamen neue Kollegen ans Institut. Einer von ihnen hieß Marc, Dozent für Internationales Management.«

»Marc«, schnaubte Brunkhorst verächtlich. »Wahrscheinlich so ein Schnösel.«

»Er war sehr nett zu mir«, fuhr Imke etwas trotzig fort.

»Ach ja?«

»Netter als du.«

»Was soll denn das heißen? Ich war ja wohl immer nett zu dir«, verteidigte sich Brunkhorst.

Imke zog ihre linke Augenbraue hoch und sah Brunkhorst eindringlich an.

»Wir haben die letzten Monate vollkommen aneinander vorbei gelebt. Das kannst du doch nicht leugnen. Wann haben wir uns denn überhaupt mal gesehen vor lauter Arbeit?«

»War das etwa nur meine Schuld?«

»Nein, natürlich nicht. Du dürftest bemerkt haben, dass auch ich kaum noch zu Hause war.«

»Klar, weil du deine Zeit mit diesem Marc verbracht hast, nicht wahr?«

»Ja.«

Brunkhorst sah Imke schweigend an. Sie hatte ihm die kürzeste aller Antworten gegeben. Mit einem einfachen ›Ja‹ hatte sie seine schlimmsten Befürchtungen endgültig bestätigt. Sie hatte ihn verlassen, weil es einen anderen Mann in ihrem Leben gegeben hatte.

»In Ordnung, jetzt weiß ich endlich Bescheid«, sagte er, nachdem er sich wieder etwas gefangen hatte. »Dann kann ich ja gehen.«

»Ich weiß, dass es nicht richtig ist, ausgerechnet bei dir Trost zu suchen.« Imke klang einsichtig. »Aber ich habe gemerkt, dass ich noch immer an dir hänge.«

»Er hat dich sitzen lassen, stimmt's?«

»Marc ist ein Arschloch.« Tränen liefen an ihren Wangen hinunter. »Er hat mich belogen und hintergangen. Auf die übelste Art und Weise. Und ich dumme Nuss habe ihm geglaubt und das Wichtigste in meinem Leben verloren.«

»Weißt du eigentlich, was du mir angetan hast?«, fragte Brunkhorst mit deutlich gedämpfter Stimme. »Ich habe so gelitten, dass ich kaum noch arbeiten konnte. In meiner freien Zeit bin ich nicht mehr aus dem Haus gegangen. Ich war wochenlang am Ende.« Brunkhorst atmete tief durch. Er war erleichtert, dass er Imke endlich gesagt hatte, wie es ihm ergangen war. »Egal, was du denkst, nichts zwischen uns wird mehr so sein, wie es einmal war.«

»Sag so etwas nicht.« Imkes Worte klangen beinahe flehentlich. »Wieso fangen wir nicht noch einmal von vorne an?« Sie beugte sich in ihrem Sessel vor, sank mit den Knien auf den weichen Teppichboden und robbte zu ihm herüber.

»Das führt doch zu nichts«, sagte er und versuchte, sie

davon abzuhalten, sich an ihm hochzuziehen. Ohne Erfolg. Ehe er sichs versah, saß sie bereits auf ihm und legte beide Arme um seinen Hals. Er spürte ihre weiblichen Rundungen, die er immer so geliebt hatte.

»Küss mich!«, forderte sie ihn auf, doch er wehrte ihren Versuch, ihn auf den Mund zu küssen, ab. Was ihm nicht entging, war ihre Alkoholfahne. Sie roch süßsäuerlich nach Campari.

»Du bist betrunken«, redete er ihr ins Gewissen. »Du weißt doch überhaupt nicht mehr, was du gerade tust.«

»Und ob ich das weiß. Ich will dich! Jetzt!«

»Ich will dich aber nicht mehr!«, antwortete er energisch. »Hör jetzt endlich auf, Imke!«

Sie schien ihn nicht mehr zu hören, presste stattdessen ihre Lippen an sein Ohr und küsste ihn. Langsam bewegte sich ihr Mund über sein Gesicht, bis er ihre Zunge schließlich auf seinen Lippen spürte. Brunkhorst war zu schwach, um ihr zu widerstehen. Er erwiderte den Kuss und fasste mit seinen Händen in ihre halblangen blonden Haare.

Imke erhob sich und forderte ihn mit einer Handbewegung auf, ihr zu folgen. Dabei zog sie sich langsam aus. Brunkhorst schluckte schwer, als er Imke in feiner Unterwäsche und schwarzen halterlosen Strümpfen auf die gemütliche Ottomane fallen sah. Dann schloss er die Augen und versuchte sich klarzumachen, worauf er sich hier gerade einließ. Als er sie wenige Sekunden später wieder öffnete, hatte er plötzlich das Gefühl, als wäre er um Stunden zurückversetzt. Eine Frau mit einem süßen Stupsnäschen räkelte sich vor ihm und streifte lasziv ihren weißen Kittel ab. Einen Augenblick lang musste Brunkhorst überlegen, wer die Frau war, die mit einem Mal anstelle von Imke auf der Ottomane lag. Dann fiel es ihm wieder ein.

Er sprang auf und lief aus der Wohnung, warf die Tür hinter sich zu und stürzte das Treppenhaus hinunter. Vor der Haustür blieb er stehen und atmete die milde Mailuft ein. Dann schüttelte er den Kopf und ging nach Hause. Der plötzliche Gedanke an Dr. Tina Siegel hatte ihn gerade vor einer großen Dummheit bewahrt.

8

Er beobachtete sie bereits seit Stunden. Beim morgendlichen Laufen, auf dem Weg zu ihrer Arbeit, im Supermarkt, ja, selbst in ihrer Wohnung, die trotz der Lage im ersten Stockwerk von der schmalen Gasse aus einsehbar war.

Er musste dringend mit ihr sprechen, unbedingt wissen, was los war. Und vor allem in Erfahrung bringen, was sie wusste. Seit beinahe achtundvierzig Stunden irrte er durch die Stadt auf der Suche nach Antworten. Auf der Suche nach jemandem, der ihn beruhigte und ihm sagte, dass alles nur ein böser Traum sei. Vanessas Tod hatte ihn vollkommen aus der Bahn geworfen.

Er drängte sich hinter einen Vorsprung zwischen dem griechischen Restaurant und dem Discountmarkt in der Badstraße. Dann schärfte er seinen Blick in der zunehmenden Dunkelheit und versuchte, Einzelheiten ihres Gesichts zu erkennen. Sie stand jetzt schon seit einigen Minuten vor der edlen Bar, nur ein paar Meter von ihm entfernt. Es schien so, als warte sie auf jemanden, doch weit und breit war niemand zu sehen.

Sie sah hübsch aus, wie immer. Hatte sich schick gemacht. So wie damals, als sie jedes Wochenende ausgegangen waren. Es kam ihm wie eine halbe Ewigkeit vor, obwohl es noch gar nicht so lange her war.

Seit Stunden grübelte er, was er sie denn fragen sollte, ohne die falschen Worte zu benutzen und sich selbst in Gefahr zu bringen. Er konnte doch nicht auf sie zugehen und fragen, ob sie etwas über den Tod von Vanessa wusste. Am besten tat er so, als würde er ihr zufällig über den Weg laufen.

Sie ging jetzt auf und ab und wirkte plötzlich ungeduldig, so als hätte sie jemand versetzt. Vielleicht ein neuer Liebhaber?

Aus einer inneren Eingebung heraus trat er auf die Straße und ging direkt auf sie zu. Im ersten Augenblick hatte er das Gefühl, dass sie ihn nicht erkannte. Womöglich, weil sie vollkommen perplex war, ihn zu sehen.

»Freust du dich?«, fragte er, als er direkt vor ihr stand.

»Worüber?«, fragte sie erstaunt.

Er wusste, dass ihre Frage berechtigt war. Worauf zielte er ab? Auf die Tatsache, dass Vanessa tot war, oder darauf, dass sie ihm nach langer Zeit wieder in die Augen blickte?

»Natürlich darüber, mich zu sehen«, log er. »Wie geht es dir denn?«

»Geht so«, antwortete sie. Wieder blickte sie sich um, als warte sie auf jemanden.

»Bist du verabredet?«

»Ja, das kann sich aber nur noch um Minuten handeln«, sagte sie ausweichend.

»Mir geht's nicht so gut«, sagte er unvermittelt. »Um ehrlich zu sein, mir geht's beschissen.«

An ihrem Gesichtsausdruck erkannte er, dass sie offenbar nicht verstand, wovon er sprach. Wollte sie nicht verstehen, oder wusste sie etwa nicht über Vanessas Tod Bescheid?

»Wie lange ist es her, dass wir uns das letzte Mal gesehen haben?«, fragte er. »Kannst du dich erinnern?«

»Du, mir passt es gerade nicht so gut. Ich wollte dich ohnehin anrufen. Vielleicht können wir demnächst mal wieder etwas zusammen unternehmen. Ich melde mich bei dir.«

»Warte mal«, sagte er und wurde plötzlich lauter. »Du kannst mir nichts vormachen. Vanessa ist tot, das weißt du ganz genau.«

»Ich habe davon gehört, schrecklich«, antwortete sie teilnahmslos. Sie wirkte abwesend und sah sich immer verzweifelter um.

Er sah ihr tief in die Augen. Diese seltsame Kühle zwischen ihnen irritierte ihn. Was wusste sie denn nun über Vanessas Tod?

»Jetzt tu nicht so. Sie ist ermordet worden. Kannst du dir vorstellen, wie ich mich fühle?«

»Pass auf, ich melde mich bei dir. Gleich morgen früh, aber lass mich jetzt bitte allein. Ich habe eine wichtige Verabredung.«

»Verdammt noch mal!«, rief er so laut, dass der Hall seiner Stimme durch die Badstraße klang.

Ein Fenster in einem Obergeschoss klappte auf. Jemand bat lautstark um Ruhe.

»Ich will von dir wissen, was am Sonntag tatsächlich passiert ist«, drängte er.

»Was meinst du damit?«

»Seid ihr euch etwa nicht am Sonntagabend in der Eremitage begegnet?« Er griff nach ihren Händen und schob sie an eine Hausmauer.

»Spinnst du? Glaubst du etwa, dass ich etwas mit ihrem Tod zu tun habe?«

Er fixierte sie und beruhigte sich allmählich wieder. Offenbar schien sie tatsächlich nicht zu wissen, was geschehen war.

»Wann treffen wir uns?«, fragte er vorsichtig und ließ langsam von ihr ab.

»Ich melde mich morgen bei dir, okay? Du musst jetzt gehen, es ist wichtig.«

Er entfernte sich einige Meter und blieb noch ein letztes Mal stehen, um ihr tief in die Augen zu sehen. Dann verschwand er in dem kleinen Durchgang in Richtung Richard-Wagner-Straße. In Höhe des Parkhauses drehte er sich noch einmal um. Warum hatte sie so geheimnisvoll getan, als sie von ihrer Verabredung gesprochen hatte? Weshalb sollte er nicht sehen, mit wem sie sich traf?

Vorsichtig lugte er ums Eck. Sie stand noch immer vor der Bar und wartete. Warum nur war sie so nervös? Er reckte seinen Hals. Jemand näherte sich schnellen Schrittes. Am Gang der Person erkannte er, dass es sich um einen Mann handelte.

Er sah wieder zu ihr hinüber. Sie hatte den Mann ebenfalls entdeckt und sich in seine Richtung gewandt. Der Mann war groß gewachsen und hatte dunkle Haare. Unrasiertes Gesicht. Etwa Mitte vierzig.

Er stockte. Das Gesicht – er kannte es.

Aber wie konnte das sein? Was hatten die beiden miteinander zu tun? Ungläubig beobachtete er, wie sie Jörg Bender die Hand schüttelte und die beiden in der Bar verschwanden.

9

Die Nacht war furchtbar gewesen. Brunkhorst hatte nur wenige Stunden Schlaf gefunden. Unten auf der Straße war wieder einmal die Hölle los gewesen. Erst hatte ihn der Streit eines Paares nicht einschlafen lassen, und später waren Horden betrunkener Jugendlicher und Studenten durch die Badstraße gezogen, die zuvor in der Diskothek Rosenau gefeiert hatten. Hinzu kamen die Gedanken an Imke und ihr seltsames Verhalten. Sie war betrunken gewesen, klar. Aber hatte sie ernsthaft geglaubt, sie könne die letzten Monate so leicht vergessen machen? Um ein Haar wäre er ihr wieder verfallen, wenn da nicht plötzlich die hübsche Rechtsmedizinerin vor seinem inneren Auge aufgetaucht wäre.

Bevor er schließlich gegen zwei Uhr doch noch eingeschlafen war, hatte er sich vorgenommen, sich so schnell wie möglich bei ihr zu melden.

Trotz der kurzen Nacht war Brunkhorst früh auf den Beinen. Die Ankündigung, die er am vorangegangenen Abend in Form eines gelben Klebezettels an seiner Wohnungstür vorgefunden hatte, war abschreckend genug gewesen, um so früh wie möglich das Haus zu verlassen. Die Kassiererin aus dem Discountmarkt ließ einfach nicht locker und hatte ihm am frühen Abend einen weiteren Besuch abgestattet. Nachdem sie ihn erneut verpasst hatte, war sie so frei gewesen, sich für den heutigen Morgen gegen acht Uhr anzukündigen.

Mit zwei zusammengeklappten Toastscheiben in der Hand verließ Brunkhorst um kurz vor acht das Haus. Er blinzelte in die Sonne, die sich bereits in voller Ausdehnung am Himmel präsentierte. Der Mai meinte es in diesem Jahr wirklich gut.

Seine gute Laune währte jedoch nicht lange. Gerade als er auf sein Rad vor dem Haus gestiegen war, sah er das Unheil in Form der pausbäckigen Kassiererin bereits auf sich zukommen. Sie bog in einem türkisfarbenen Opel Corsa aus den Achtzigern auf den Parkplatz ein und stellte den Wagen nur ein paar Meter von ihm entfernt ab. Brunkhorst schlich möglichst unauffällig vorbei, in der Hoffnung, nicht erkannt zu werden. Die Kassiererin stieß jedoch genau in diesem Moment die Fahrertür auf und starrte Brunkhorst an.

»Sie scho wieder! Wohna Sie ärchendwo do in der Näh?«

Er war Stammkunde beim Discounter. Natürlich kannte sie sein Gesicht, redete sich Brunkhorst ein. »Äh … ich?«, stammelte er. »Also … nicht direkt …«

»Na ja, ober ich vielleicht bald. Ich schau ma gleich a Wohnung an. Gleich do.«

»Ach so?«, tat Brunkhorst unbeteiligt. »Dann wünsch ich Ihnen viel Erfolg.«

»Passt scho. Der Vermieter is a weng a unzuverlässiger Kantonist. Den werd i scho klein krieng.« Die Kassiererin lachte laut auf. »Und gebns Obacht, dass Sie nimmer so viel saufn.«

Brunkhorst sah die Frau irritiert an, verzichtete jedoch auf einen Kommentar. Dann schwang er sich aufs Rad und sauste davon.

Gegen zehn Uhr stellten Zollinger und Brunkhorst ihren Dienstwagen auf dem großen Parkplatz beim Festspielhaus ab und näherten sich dem nach hinten versetzten Gebäudekomplex. Zollinger war gut informiert. Er wusste, dass hier die Probebühnen und Werkstätten untergebracht waren. Ein junger Mann in feinem Anzug kam ihnen entgegen, als sie gerade das verwinkelte Gebäude betreten wollten.

»Schönen guten Tag«, begrüßte Brunkhorst ihn. »Wo finden wir denn wohl die Darsteller der ›Walküre‹?«

»Sie meinen sicherlich die Solisten«, sagte der Mann mit einem verkrampften Lächeln auf den Lippen. »Darf ich fragen, wer Sie sind, bevor ich Ihnen eine Antwort gebe?«

»Kripo Bayreuth, grüß Gott, Zollinger mein Name, Kriminalhauptkommissar«, sagte Zollinger. »Das ist mein Kollege, Kriminalkommissar Sören Brunkhorst. Wir ermitteln in einem Mordfall und würden uns freuen, wenn Sie uns behilflich sein würden, Herr ...«

»Fröhlich«, ergänzte der Mann. »Sie sprechen bestimmt von Vanessa Depoutot.«

»Sie kannten die Tote also?«, hakte Brunkhorst nach.

»Natürlich.« Der Mann mit dem dunklen Kurzhaarschnitt lächelte die beiden an. »Man kennt sich hier. Bayreuth ist groß, aber nur, was den Bekanntheitsgrad der Festspiele betrifft. Hier vor Ort sind wir nämlich eine verschworene Gemeinschaft, wie eine Familie.«

»Und was sagen Sie zu dem Tod von Vanessa Depoutot? Sollte eine Familie nicht trauern?« Zollinger musterte sein Gegenüber und knöpfte seine Cordweste auf, die am Bauch spannte.

»Es wird getrauert, davon können Sie ausgehen«, antwortete Fröhlich. »Wen genau möchten Sie denn sprechen?«

»Grimgerde.«

Fröhlich sah Brunkhorst an und lachte über dessen Einwurf. »Die meisten unserer Solisten spielen nicht nur eine Rolle. Karolina singt zum Beispiel auch die sechste Soloblume in ›Parsifal‹.«

Zollinger war zunehmend genervt von Fröhlich. Er

musste ihn offenbar etwas härter anpacken, um passable Antworten zu erhalten.

»Welche Rolle spielen Sie denn hier, Herr Fröhlich? Die des unkooperativen Besserwissers? Wir wären froh, wenn Sie uns sagen würden, wo wir Karolina Sestak finden.«

»Eine große Herausforderung.« Fröhlich räusperte sich und setzte plötzlich ein verlegenes Lächeln auf. »Die Rolle des Besserwissers, meine ich. Falls es Sie übrigens wirklich interessiert, ich bin zuständig für das Bühnenbild. Und Karolina finden Sie, indem Sie geradeaus durchgehen, sich hinten links und dann rechts halten, bis Sie zu den Probebühnen gelangen. Dort dann am besten noch mal nachfragen.«

»Vielen Dank, Herr Fröhlich. Seien Sie doch bitte so nett, und verlassen Sie nicht das Gelände, falls wir später auch noch mit Ihnen sprechen müssen.«

»Moment mal, ich habe aber jetzt gleich einen Termin in der Stadt ...«

»Ich denke, ich habe mich klar genug ausgedrückt«, unterbrach Zollinger ihn. »Also, wir sehen uns. Bin schon gespannt auf Ihre Bühnenbilder.«

»Du bist ganz schön hart in letzter Zeit, so kenne ich dich gar nicht«, stellte Brunkhorst fest, nachdem sie das Innere des Gebäudes betreten hatten.

Zollinger zwinkerte seinem Kollegen zu, sagte jedoch nichts. Die beiden folgten Fröhlichs Wegbeschreibung durch schier endlose Gänge, von denen unzählige Werkstatthallen, Garderoben und Verwaltungsbüros abzweigten, bis sie schließlich vor einer Halle standen, die offenbar als Proberaum für die Walküre-Aufführungen genutzt wurde.

»Weshalb bist du dir so sicher, dass hier für ›Die Walküre‹ geprobt wird?«, flüsterte Brunkhorst. »Für mich sehen die Bühnenbilder und Darsteller alle gleich aus.«

»Du bist ja auch ein Kulturbanause«, antwortete Zollinger entrüstet. »Wenn du dir mal die Mühe machen würdest, genau hinzuschauen, dann könntest du die neun Walküren erkennen, Wotans Töchter. Sie spielen in der Gesamtheit nur in einem Teil vom ›Ring des Nibelungen‹ mit, und zwar in der ›Walküre‹. Der mit der Augenklappe ist übrigens Wotan, der Göttervater. Er strebt nach dem Ring, um sich vor der Rache Alberichs zu schützen.«

»Aha«, murmelte Brunkhorst. »Gut zu wissen. Du bist wohl ein großer Wagnerianer, was?«

»Allerdings, das ist ein Hobby von mir«, erwiderte Zollinger mit einem Hauch Stolz in der Stimme. »Aber ich bin mir sicher, dass du mir eine ganze Menge über ›König der Löwen‹ und ›Cats‹ erzählen könntest.«

»Sehr witzig«, grummelte Brunkhorst.

»Ist das dort drüben nicht Siegrune?« Zollinger nickte in Richtung einer der Walküren, die im Halbkreis um Wotan herumstanden.

»Wer?«

»Na, Pia Weilandt natürlich. Sie singt doch die Siegrune«, erklärte Zollinger.

»Rossweiße, Grimgerde, Siegrune – was sind das überhaupt für Namen?«

»Pst, sei mal still! Ich glaube, sie fangen an zu proben. Hörst du, der ›Ritt der Walküren‹.«

»Was du alles weißt.«

Zollinger ließ seinen Blick durch die weitläufige Halle schweifen. Die hohen Bühnenbilder in Form einer Felsenruine überragten die Darsteller, die größtenteils ohne ihre Bühnenkleider probten. Im Hintergrund erkannte Zollinger Werkstattmitarbeiter, die den letzten Feinschliff an die aufwendigen Konstruktionen anlegten.

»Jetzt!«, flüsterte er. »Wotan beginnt.«

»Wo ist Brünnhild', wo die Verbrecherin?
Wagt ihr, die Böse vor mir zu bergen?«

Die Walküren antworteten:

»Schrecklich ertost dein Toben!
Was taten, Vater, die Töchter,
dass sie dich reizten zu rasender Wut?«

Jetzt war wieder Wotan an der Reihe:

»Wollt ihr mich höhnen? Hütet euch, Freche!
Ich weiß: Brünnhilde bergt ihr vor mir.
Weichet von ihr, der ewig Verworfnen,
wie ihren Wert von sich sie warf!«

Brunkhorst stupste Zollinger an und zog ihn ein Stück zur Seite. »Sag mal, wenn du dich so gut auskennst, dann weißt du doch bestimmt auch, welche Walküre das gerade war. Sie sieht aus wie Vanessa Depoutot.«

»Ich habe sie gerade noch mal durchgezählt«, antwortete Zollinger. »Es sind neun Walküren, offenbar hat man Rossweiße bereits durch eine andere Sängerin ersetzt. Kann also gut sein, dass das eben die neue Rossweiße war. Jeder ist ersetzbar, oder wie heißt es so schön?«

»Tja, hier scheint ein harter Wettbewerb zu herrschen. Dann wollen wir mal die Proben unterbrechen.« Brunkhorst trat in die Mitte der Halle und bat mit einer Handbewegung um Aufmerksamkeit. Er hielt seinen Dienstausweis hoch und winkte die Darsteller zu sich heran.

»Kripo Bayreuth, entschuldigen Sie bitte die kurze Störung. Wir würden uns gerne mit Ihnen im Zusammenhang mit dem Tod von Vanessa Depoutot unterhalten.« Brunkhorst hielt kurz inne und ließ seinen Blick über die Gesichter der Sängerinnen und Sänger gleiten. »Wie wir sehen konnten, sind Sie ja wieder zur Tagesordnung übergegangen«, redete er bedächtig weiter. »Der Tod Ihrer Kollegin wirft allerdings einige Fragen auf, die wir klären müssen. Deshalb müssen wir mit jedem von Ihnen einzeln sprechen.«

»Was erlauben Sie sich?«

Brunkhorst zuckte zusammen. Die Stimme, die durch die Halle tönte, klang aufgebracht. Ein Mann mit beinahe schlohweißen schulterlangen Locken und einem grauen Vollbart erschien hinter den Bühnenaufbauten und kam direkt auf sie zu.

»Sie können hier doch nicht einfach hereinplatzen und unsere Proben sabotieren. Was denken Sie eigentlich, wer Sie sind?« Der Mann, dem eine Brille mit kleinen runden Gläsern um den Hals hing, sprach mit einem leichten osteuropäischen Akzent.

Brunkhorst hielt dem Mann seine Dienstmarke vor die Nase und erklärte ihm den Grund ihres Besuchs. »Und jetzt würde uns natürlich interessieren, wer Sie denn eigentlich sind.«

»Das wissen Sie nicht? Sie wollen mir sagen, Sie kennen den großen Regisseur Zsolt Báthory nicht? Pah!«

Brunkhorst sah seinen Kollegen an und zuckte mit den Schultern. Den Namen Zsolt Báthory hatte er noch nie gehört. Offenbar war der Mann Ungar.

»Wir möchten mit Ihnen reden«, versuchte Zollinger den aufgebrachten Mann zu beruhigen. »Haben Sie hier irgendwo ein Örtchen, an dem man sich ungestört unterhalten kann?«

»Kommen Sie mit!«, antwortete Báthory kurz angebunden.

Brunkhorst und Zollinger folgten ihm in eine ruhigere Ecke hinter den Bühnenaufbauten, wo ein einfacher Holztisch und einige Klappstühle standen.

»Setzen Sie sich, und stellen Sie Ihre Fragen! Je schneller, desto besser. Unsere Proben müssen weitergehen.«

»Gut, dann kommen wir gleich zur Sache«, begann Zollinger. »Sie wissen, dass Vanessa Depoutot einem Tötungsdelikt zum Opfer gefallen ist?«

Báthory nickte.

»Sie war eine Ihrer Solistinnen. Was können Sie zu ihr als Person sagen?«

»Was für eine unpräzise Frage! Vanessa hat unter anderem die Rossweiße interpretiert, das ist allgemein bekannt. Was wollen Sie denn sonst noch wissen?«

»Zum Beispiel, wie sie als Mensch war. Versuchen Sie sie bitte zu beschreiben.«

Báthory atmete sichtlich genervt aus und fuhr sich mit der Hand durch die Haare. Dann öffnete er auch den zweitobersten Knopf seines weißen Hemdes.

»Dieses Business ist nicht einfach«, erklärte er. »Wir haben einen großen Wettbewerb unter den Sängerinnen und Sängern.«

»Ist uns auch schon aufgefallen«, merkte Brunkhorst an und erntete postwendend einen bösen Blick des Regisseurs.

»Es gibt immer wieder mal Streitereien zwischen ihnen. Vor allem die Frauen haben einen besonderen Hang zur Theatralik, wenn Sie verstehen, was ich meine.«

»Nur zu gut«, murmelte Brunkhorst und dachte dabei an den gestrigen Abend und die sonderbare Aufführung seiner Exfreundin.

»Vanessa war eine sehr ruhige Frau, immer konzentriert auf ihre Rolle. Sie war fleißig und zielstrebig, leider nicht so talentiert wie manch andere. Sie hat im Großen und Ganzen aber gut mit ihren Kolleginnen harmoniert.«

»Das heißt, sie hatte keinerlei Probleme mit ihren Kollegen?«

»Das habe ich nicht gesagt.«

»Also was nun? Gab es jemanden, mit dem sie Streit hatte, oder nicht?« Brunkhorst wurde ungeduldig.

»Junger Mann, Sie sollten Ihre Zunge hüten. Ein Zsolt Báthory lässt sich nicht zu einer Antwort drängen. Wenn Ihnen meine Art nicht passt, dann müssen Sie auf meine Aussage verzichten.«

»Sören, lass uns doch mal einen Augenblick allein«, bat Zollinger seinen Kollegen. »Du kannst ja schon mal mit der Befragung der Solisten beginnen.«

»Was soll das denn …?«

»Bitte!«, drängte Zollinger.

Widerwillig stand Brunkhorst auf und ging zurück in die Mitte der Halle.

»Entschuldigen Sie meinen Kollegen«, versuchte Zollinger den Regisseur zu beruhigen. »Er ist gelegentlich etwas aufbrausend. Muss am Alter liegen.«

»Das glaube ich nicht«, antwortete Báthory. »Es fehlt ihm leider an der notwendigen kulturellen Aufnahmefähigkeit. Er versteht nicht, dass künstlerische Arbeit eine ganz eigene Welt ist.«

Eben ein Banause, fuhr es Zollinger durch den Kopf. Er lächelte. »Kommen wir wieder auf Vanessa Depoutot zu sprechen. Sie erwähnten, dass sie nicht die talentierteste Sängerin war. Wie muss ich mir das vorstellen?«

»Wissen Sie, es gibt gottbegabte Sänger auf der einen Seite und Arbeiter andererseits. Manchmal ist es einfacher, mit jemandem zu arbeiten, der sich Dinge hart erkämpfen musste. Diese Menschen verfügen über eine bessere Selbsteinschätzung. Ihnen fehlt jedoch das gewisse Extra, dieses Quäntchen, das sie zu einer Ausnahmeerscheinung macht. Verstehen Sie, was ich meine?«

»Ich denke schon.« Auch Zollinger wurde allmählich ungeduldig, ließ es sich jedoch nicht anmerken.

»Vanessa hat sich alles, was sie konnte, hart erarbeitet. Von der Pike auf, oder wie sagt man?«

Zollinger lächelte wohlwollend und nickte.

»Wenn es darum geht, wie sie ihr Handwerk ausgeübt hat, kann ich ihr keinen Vorwurf machen. Das war in Ordnung, keine Frage. Aber letzten Endes ist das nicht alles, was bei uns zählt. Es fehlte ihr einfach an Präsenz und Ausstrahlung. Sie hat es nie geschafft, vollständig aus sich herauszugehen.« Báthory hüstelte und legte sich einen dunklen Seidenschal um, der auf dem Tisch gelegen hatte. »Es gibt Frauen, die viel begabter als Vanessa sind. Wahre Naturtalente. Aber sie schaffen es wiederum oftmals nicht, ihre Begabung zu nutzen. Karolina ist so ein Beispiel. Der beste Mezzosopran, den ich kenne.«

»Was ist mit ihr?«

»Sie ruft ihre Leistung nur selten ab. Weil sie immerzu mit sich selbst beschäftigt ist und es nicht für nötig hält, ihre Stimme zu trainieren. Sie könnte längst eine bedeutendere Rolle als die der Grimgerde spielen.«

Zollinger erinnerte sich, dass Pia Weilandt erwähnt hatte, Karolina Sestak habe des Öfteren im Ruinentheater der Eremitage geprobt. Ganz so faul, wie es Báthory darstellte, war sie offenbar nicht.

»Verstehe ich es richtig, dass Karolina Sestak und Vanessa Depoutot beide Mezzosoprane waren?«

»Ganz recht.«

»Standen sie in Konkurrenz zueinander?«

»Ich durchschaue, worauf Sie hinauswollen, Herr Kommissar«, meinte Báthory lachend. »So leicht können Sie mich nicht aushebeln. Ich verrate Ihnen sogar etwas, was Sie sicher hören wollen. Es wird Ihnen aber nicht helfen.«

Zollinger runzelte die Stirn.

»Ich befürchte, die beiden haben sich gehasst«, fuhr

Báthory seelenruhig fort. »Und wissen Sie, warum?« Er sah Zollinger erwartungsvoll an. »Wegen mir.«

»Was meinen Sie damit?«

»Ich habe die beiden Frauen gegeneinander ausgespielt, um aus ihnen das Beste herauszukitzeln. Die eine besaß das, was die andere nicht hatte. Und andersherum. Ein bedauernswerter Zustand, den ich ändern wollte. Beide dachten, sie hätten künftig keine Chance mehr in Bayreuth, weil jeweils die andere besser wäre. Sie glauben gar nicht, was für Wunder eine solche Androhung bewirken kann.« Báthory lachte. »Es war, als hätte ich einen Schalter bei den beiden umgelegt. In den vergangenen Monaten haben sie sich immer weiter hochgepusht.«

»Und das endete damit, dass die beiden aufeinander losgegangen sind und Vanessa Depoutot jetzt tot ist?«, fragte Zollinger provokant.

»Humbug. Nun ziehen Sie aber die falschen Schlüsse. Der Streit der beiden hat nichts mit Vanessas Tod zu tun. Dafür lege ich meine Hand ins Feuer.«

»Wie können Sie sich da so sicher sein?«, wollte Zollinger wissen.

»Die beiden haben sich gelegentlich gestritten. Alberne Zickereien, aber nichts wirklich Beunruhigendes. Trotzdem habe ich vor ein paar Wochen die Reißleine gezogen – so sagt man doch, oder? In zwei Monaten haben wir Premiere, da können wir uns solche Kindereien nicht länger erlauben.«

»Die Sie ja selbst angezettelt hatten«, stellte Zollinger nüchtern fest. »Aber nun gut, was haben Sie getan, um zu schlichten?«

»Ich habe die beiden einfach gemeinsam zum Proben geschickt. Konfliktlösung durch Konfrontation. Sie sollten lernen, gemeinsam auf ein Ziel hinzuarbeiten.«

»Recht eigenwillige Psychomethoden, die Sie hier anwenden«, bemerkte Zollinger.

»Ich hoffe, Sie zweifeln nicht an meinem Führungsstil? Ein Zsolt Báthory hat überall auf der Welt Erfolg gehabt. Ich weiß genau, wie ich mit meinen Solisten umzugehen habe. Nur unter Druck werden sie zu Höchstleistungen getrieben. Und dafür ist manchmal eben auch der eine oder andere Trick nötig.«

»Sie haben vorhin erwähnt, dass Sie die beiden Frauen gemeinsam haben proben lassen. Wo genau war das? Hier auf dem Gelände?«

»Soviel ich weiß, haben sie in der Eremitage geprobt. Dort steht doch so eine billige Kopie eines griechischen Ruinentheaters.«

»Da passt einiges zusammen«, murmelte Zollinger. Er hielt inne und versuchte Ruhe zu bewahren. »Wissen Sie eigentlich, wie und wo Vanessa Depoutot ums Leben gekommen ist?«, fragte er schließlich.

Báthory zuckte mit den Schultern.

»Dreimal dürfen Sie raten«, sagte Zollinger und stand auf. »Eine Sache interessiert mich noch: Hatte Vanessa in letzter Zeit einen Freund?«

»Keine Ahnung«, antwortete Báthory. »Das Privatleben meiner Sänger ist mir egal. Hauptsache, sie bringen hier ihre Leistung.«

»Natürlich.« Zollinger bedankte sich für das Gespräch und ging zurück zu seinem Kollegen, der mittlerweile in ein Gespräch mit Pia Weilandt vertieft war.

»Sören, ich muss mal mit dir sprechen«, flüsterte Zollinger und zog Brunkhorst ein Stück zur Seite.

»Was ist denn los mit dir? Du siehst doch, dass ich mich gerade unterhalte.«

»Ich glaube, wir haben eine Verdächtige.«

Zollinger berichtete in wenigen Sätzen, was er über Vanessa Depoutot und Karolina Sestak erfahren hatte. Dann traten sie auf eine der Solistinnen zu, die etwas abseits der anderen stand und auf ihrem Handy herumtippte.

»Karolina Sestak, richtig?«, fragte Zollinger zögerlich.

Die Frau nickte und reichte den beiden forsch die Hand. Brunkhorst fand, dass sie mit ihrem kurzen dunkelbraunen Pagenschnitt, den hohen Wangenknochen und den endlos langen Beinen wie eine dieser Prominentengattinnen aussah, die der Boulevardjournalismus tagtäglich präsentierte.

»Ich habe gehört, dass Sie als eine der besten Mezzosoprane der Gegenwart gelten«, schmeichelte Zollinger ihr. »Der Stolz der Prager Staatsoper. Es ist mir eine Ehre.«

»Hat Báthory das gesagt?«, fragte sie. »Er übertreibt bisweilen, aber im Grunde hat er natürlich recht.«

Zollinger lächelte gequält.

»Kleiner Scherz«, fügte sie an und lachte. »Wir sind eine tolle Mannschaft, hier hat jeder seine ganz eigenen Qualitäten. Leider fehlt uns nun ein wichtiger Teil.«

»Sie haben ja bereits Ersatz gefunden«, warf Brunkhorst ein.

»Ja, Mona. Sie singt auch im ›Parsifal‹ und konnte kurzfristig als Rossweiße einspringen.«

»Wie ist die Stimmung im Team?«, fragte Zollinger. »Der Tod einer Kollegin muss doch Fragen aufwerfen. Zumal die Kripo ermittelt. Ist denn niemand verunsichert?«

»Wir haben heute erst gehört, dass es sich nicht um einen Unfall gehandelt haben soll. Stimmt das wirklich? Ich meine, wieso sollte jemand Vanessa umbringen wollen?«

»Das fragen wir uns auch, Frau Sestak«, entgegnete Zollinger. »Erzählen Sie uns einfach ein bisschen über Vanessa. Seit wann kannten Sie sie?«

»Vanessa war eine wunderbare Sängerin«, sagte sie nach einigen Sekunden des Schweigens. »Ich habe sie vor zwei Jahren kennengelernt, als ich von Prag nach Bayreuth kam.«

»Hatten Sie auch privat mit ihr zu tun?«

»Kaum«, antwortete Sestak. »Man arbeitet so viel zusammen, da will man in seiner Freizeit nicht auch noch dieselben Gesichter sehen.«

»Verständlich«, stimmte ihr Zollinger zu. »Dann wissen Sie wahrscheinlich auch nicht, ob Vanessa einen festen Partner hatte, oder?«

»Soweit ich weiß, war sie Single. Aber wie gesagt, wir hatten nicht so viel miteinander zu tun.«

»Mir ist zu Ohren gekommen, dass Sie beruflich Probleme miteinander hatten«, merkte Zollinger an. »Neid und Missgunst sollen eine Rolle gespielt haben. Stimmt das?«

Sie verzog ihren Mund zu einem breiten Grinsen, und ein künstliches Lachen klang durch die Halle. Es gab kaum etwas an ihrem Verhalten, das sympathisch oder natürlich wirkte. Brunkhorst musste sich auf die Lippen beißen, um sie nicht ungewollt scharf zurechtzuweisen.

»Hat Báthory Ihnen das erzählt?«, fragte Karolina Sestak in angriffslustigem Tonfall. »Glaubt er, dass ich Vanessa umgebracht habe?«

»Sollte er das denn?«, hakte Zollinger überrascht nach.

»Was nehmen Sie sich eigentlich heraus?«, fauchte Sestak plötzlich. »Eine liebe Kollegin ist gerade ums Leben gekommen, und Ihnen fällt nichts Besseres ein, als hier herumzuschnüffeln und haltlose Behauptungen aufzustellen.«

»Ich befürchte, Sie werfen hier einiges durcheinander, Frau Sestak«, antwortete Zollinger. »So unbegründet sind meine Fragen nämlich gar nicht. Oder stimmt es etwa nicht, dass Sie in den vergangenen Wochen besonders intensiv mit Vanessa Depoutot zusammengearbeitet haben?

Wir wissen, dass Sie beide gemeinsam im Ruinentheater der Eremitage geprobt haben.«

»Wir haben dort unsere Rollen einstudiert«, ereiferte sich Karolina Sestak. »Und eines kann ich Ihnen sagen, wir haben uns sehr gut verstanden. Wir hätten vielleicht sogar Freundinnen werden können. Und das nach all dem Theater, das dieser frustrierte Greis verursacht hat.«

»Wen meinen Sie?«

»Na, Báthory. Er hat uns doch erst dazu gebracht, dass wir aufeinander losgegangen sind.«

»Aufeinander losgegangen?«, fragte Zollinger überrascht. »Würden Sie das bitte etwas genauer erläutern?«

»Zickenkrieg«, antwortete sie kurz angebunden. »Wir waren eine Zeit lang wie Kratzbürsten.«

Brunkhorst erinnerte sich, dass sowohl Pia Weilandt als auch Báthory Vanessa als ruhig und zurückhaltend beschrieben hatten. Das passte nicht zu dem, was Karolina Sestak gerade gesagt hatte.

»Kam es auch zu körperlichen Auseinandersetzungen?«, fragte er nach.

»Beinahe. Kollegen sind dazwischengegangen, kurz bevor es eskaliert wäre.«

»Gehen Sie immer so schnell an die Decke?«, wollte Zollinger wissen.

»Ich bin Künstlerin, da ist es doch normal, dass man impulsiv ist.«

»Aber Vanessa Depoutot war nicht unbedingt für ihre Streitsüchtigkeit bekannt, wenn ich richtig informiert bin«, entgegnete Brunkhorst. »Wie konnte es denn zu einer derart heftigen Reaktion von ihr kommen?«

»Der Greis ist an allem schuld. Er hat uns jeden Tag aufs Neue gedroht, dass wir es nicht schaffen werden. Mir hat er gesagt, ich solle mir ein Beispiel an Vanessa nehmen. Vanessa bekam zu hören, dass sie gefälligst so wie ich singen solle.« Sie schluckte, ehe sie weitersprach. »Wir wussten lange Zeit nicht, was für ein Spiel Báthory mit uns treibt. Erst als wir anfingen, gemeinsam zu proben, sind wir dahintergekommen.«

»Was, glauben Sie, wollte Báthory damit erreichen?«

»Sie stellen vielleicht Fragen. Mit seinem antiquierten Führungsstil wollte er uns zu Höchstleistungen trimmen, wie er sich immer ausgedrückt hat. Der weiß doch überhaupt nicht, wie man mit selbstbewussten Frauen umzugehen hat, dieser senile ...« Sie hielt inne, als sie sah, dass sich Báthory von der Seite näherte.

»Sie sind ja immer noch hier«, rief er bereits aus einigen Metern Entfernung. »Wann lassen Sie uns denn endlich wieder in Ruhe arbeiten?«

»Sehen Sie«, flüsterte Karolina Sestak. »Er ist pausenlos am Drangsalieren. Wenn das so weitergeht, ist das meine letzte Saison in Bayreuth.«

»Kümmerst du dich bitte kurz um ihn?«, bat Zollinger seinen Kollegen leise. »Ich will Frau Sestak noch die entscheidende Frage stellen. Sei aber bitte etwas behutsamer als vorhin. Und sag ihm, dass wir auch noch mit den anderen Solisten sprechen möchten.«

Brunkhorst ging auf den Opernregisseur zu und verwickelte ihn in ein Gespräch.

»Jetzt habe ich nur noch eine einzige Frage.« Zollinger wandte sich wieder der hübschen Sängerin zu.

»Das wird aber auch Zeit, Sie sehen ja, was hier los ist.«

»Sicher«, gab sich Zollinger verständnisvoll. »Uns würde einfach interessieren, wo Sie am Sonntagabend waren.«

»Sie glauben also tatsächlich, dass ich etwas mit der Sache zu tun habe? Tja, das ist dann wohl dumm gelaufen für mich. Ich kann Ihnen nämlich kein vernünftiges Alibi liefern. Am Sonntagabend war ich allein in meiner Wohnung und habe ferngeschaut. Den Ludwigshafen-Tatort, wenn Sie es genau wissen wollen.«

Zollinger nickte nachdenklich. Obwohl die Aussage von Karolina Sestak glaubwürdig klang, wusste er aus Erfahrung nur allzu gut, dass er gerade am Anfang einer Ermittlung keine voreiligen Schlüsse ziehen durfte. Sestak war zum gegenwärtigen Zeitpunkt genauso verdächtig wie der unbekannte Freund von Vanessa Depoutot.

Die Gespräche mit den anderen Solisten brachten keinerlei neue Erkenntnisse. Kaum jemand schien engeren Kontakt zu Vanessa Depoutot gehabt zu haben. Die meisten beschrieben sie als nett und zuvorkommend, aber auch verschlossen und gelegentlich traurig wirkend. An die Streitigkeiten zwischen Vanessa und Karolina konnten sich die meisten ihrer Sangeskollegen zwar erinnern, doch schien es nicht ungewöhnlich zu sein, dass es auch einmal zu lautstarken Meinungsverschiedenheiten unter den Solisten kam.

Um halb eins verließen Brunkhorst und Zollinger schließlich wieder das Festspielgelände, um zurück ins Präsidium zu fahren. Als die beiden aus einem Seitenausgang an die frische Luft traten, hielten sie inne. Einige Meter von ihnen entfernt, hinter einem Säulenvorsprung, standen Zsolt Báthory und Karolina Sestak. Allem Anschein nach waren sie in eine heftige Diskussion verwickelt. Unauffällig näherten sich die Kommissare, um Wortfetzen der beiden Streithähne aufschnappen zu können.

Zollinger und Brunkhorst brauchten nicht lange, um zu verstehen, worum es in der hitzigen Unterhaltung zwischen Báthory und Karolina Sestak ging. Lautstark warfen sie sich gegenseitig vor, schuld am Tod von Vanessa Depoutot zu sein. Báthory tobte und stand mit erhobenem Zeigefinger vor der Sängerin. Doch Sestak, die einen halben Kopf größer war als Báthory, schüttelte nur lachend ihren Kopf, ehe sie dem ungarischen Starregisseur in einem Wutanfall unterstellte, Vanessa Depoutot umgebracht zu haben.

Ob tatsächlich einer der beiden ein Mörder war?, überlegte Zollinger. Seltsam war, dass Báthory noch vor ein paar Minuten behauptet hatte, er glaube nicht, dass Karolina etwas mit Vanessa Depoutots Tod zu tun habe.

Einen Moment lang erwog Zollinger, Báthory und Sestak zur Rede zu stellen, doch dann entschied er sich anders, gab Brunkhorst ein Zeichen und ging auf direktem Weg in Richtung Parkplatz. Momentan war es noch zu früh, um in die Offensive zu gehen.

10

Brunkhorst saß am Kopfende des großen Tisches im Sitzungszimmer und tippte nachdenklich mit einem Kugelschreiber auf die helle Holzplatte. Aufmerksam hörte er Zollinger zu, der am Flipchart stand und gerade von den Gesprächen auf dem Festspielgelände berichtete.

Gleich nach ihrer Rückkehr ins Präsidium hatten sie die Kollegen des Ermittlungsteams zu einer Besprechung zusammengerufen, um die neuesten Entwicklungen im Fall Depoutot zu besprechen. Links von Brunkhorst saßen die Kriminalkommissarinnen Nicole Münch und Cornelia Fischbach, rechts von ihm Kriminalhauptmeister Florian Möstl.

Am anderen Kopfende hatte Rainer Schneevoigt Platz genommen. Sein Oberlippenbart hatte sich bereits wieder in Bewegung gesetzt. Mit jedem neuen Detail, das Zollinger vortrug, schnaubte der Leiter des Kommissariats kräftiger. Brunkhorst hatte einen Augenblick lang die Befürchtung, Schneevoigt würde explodieren und einen seiner gefürchteten Wutausbrüche hinlegen, doch das Schnauben entlud sich in einem ohrenbetäubenden Niesen.

»Diese verdammten Pollen«, schimpfte er, während er sich die Nase schnäuzte. »Lass dich nicht stören, Zolli. Erzähl einfach weiter.«

»Die alles entscheidende Frage ist wie immer die nach dem Motiv. Momentan ist Vieles möglich, dazu komme ich gleich. Vor allem aber frage ich mich, ob der Mord an Vanessa Depoutot eine geplante, heimtückische Tat war oder aber eine Handlung aus dem Affekt heraus.« Zollinger räusperte sich. »Wir wissen von Professor Bruchthaler, dass die Wunde an Vanessa Depoutots Kopf durch einen stumpfen Gegenstand verursacht worden sein kann. In diesem Fall müssen wir so schnell wie möglich herausfinden, um welche Tatwaffe es sich handelt. Sollte sich jedoch herausstellen, dass Vanessa Depoutot an den Folgen eines Sturzes auf die Steintreppe gestorben ist, könnte ihr Tod auch ein tragischer Unfall gewesen sein. Die abschließenden Ergebnisse der Rechtsmedizin werden Aufschluss bringen.«

»Unfall?«, warf Cornelia Fischbach zweifelnd ein. »Sie hat am ganzen Körper Verletzungen.«

»Vielleicht stammen sie vom Kampf am Ruinentheater«, vermutete Zollinger. »Anschließend ist sie womöglich geflüchtet und auf der Treppe ausgerutscht. Alles ist derzeit noch im Bereich des Möglichen.«

»Was ist mit den Fußspuren, die die Spurensicherung gefunden hat?«, fragte Florian Möstl. »Gibt es da neue Informationen?«

»Fehlanzeige«, antwortete Zollinger. »Man hat überall Abdrücke gefunden. Am Ruinentheater, auf einem Rasenstück und in der Nähe der Unteren Grotte. Doch entweder stammen sie von Vanessa Depoutot, sie waren verwischt, oder aber der Boden war derart trocken, dass die Kollegen die Spuren kaum noch verwerten konnten. Aufgrund der Größe des Geländes ist auch die Suche nach DNA oder anderen Spuren ein ziemlich hoffnungsloses Unterfangen. Sagt zumindest Kilian von der Technik.«

»Herrschaftszeiten!«, unterbrach Schneevoigt Zollingers Ausführungen. »Hat jemand Taschentücher? Dieser Heuschnupfen schafft mich vollkommen. Ich kann mich nicht einmal mehr auf Zollis Bericht konzentrieren.« Die letzten Worte gingen in einem erneuten Niesen unter.

»Geh doch mal zum Arzt!«, schlug Nicole vor und warf ihrem Chef eine Packung Taschentücher quer über den

Tisch. Ihr nett gemeinter Ratschlag klang allerdings eher nach einer Aufforderung an Schneevoigt, den Raum zu verlassen.

»Der kann mir auch nicht helfen. Jedes Jahr derselbe Mist. Es fängt an mit der hundsverreckten Birke, dann kommen diese ganzen Gräser, und ab Juli geht's mit dem Beifuß weiter. Das ist das größte Dreckszeug.«

»Ich mach dann mal weiter«, sagte Zollinger ungerührt von Schneepflugs Ausführungen über seinen persönlichen Pollenflugkalender. »Meiner Meinung nach haben wir derzeit zwei unterschiedliche Ansätze, denen wir nachgehen müssen. Der eine führt uns auf den Grünen Hügel, wo wir mit Karolina Sestak und Zsolt Báthory auf zwei Persönlichkeiten getroffen sind, die in letzter Zeit engen Kontakt zu Vanessa Depoutot hatten. Beiden fehlt jedoch ein nachvollziehbares Motiv.« Zollinger blickte in die konzentrierten Gesichter der Kollegen und fuhr fort: »Die andere Spur führt in den privaten Bereich von Vanessa Depoutot. Wir sind uns relativ sicher, dass es jemanden in ihrem Leben gegeben haben muss, mit dem sie eine Beziehung hatte. Oder zumindest ein Verhältnis. Die Spermaspuren und die Aussage von Maximilian Hain deuten darauf hin.«

»Sind wir uns sicher, dass es sich nicht um einen Sexualmord handelt?«, warf Nicole ein. »Es könnte doch auch sein, dass sie vor ihrem Tod vergewaltigt wurde.«

»Unwahrscheinlich«, antwortete Zollinger. »Bruchthaler und seine Kollegin haben keinerlei Spuren von sexueller Gewalt gefunden.«

»Aber seltsam ist es schon, dass weder ihre Mitbewohnerin noch ihre Kollegen auf dem Hügel etwas von einem Partner wussten«, merkte Cornelia Fischbach erneut an. Sie war nach Zollinger die dienstälteste Beamtin des Kommissariats und mit ihrer grantigen Art nicht bei allen Kollegen beliebt. Ein ums andere Mal war die gebürtige Münchnerin bereits mit Zollinger aneinandergeraten.

»Wer weiß, vielleicht hatte Vanessa Depoutot ihre Gründe«, wiegelte Zollinger ab. »Wir wissen ja nicht, wer ihr Auserwählter war.«

»Luc war es jedenfalls nicht«, mischte sich jetzt auch Brunkhorst ein.

»Wer zum Teufel ist denn Luc?«, schnaubte Schneevoigt.

»Der Typ vom Foto«, erklärte Brunkhorst. »Ihr Lover aus dem Miamiam Glouglou, diesem französischen Bistro, in dem Vanessa Depoutot des Öfteren verkehrte. Er ist längst wieder in Frankreich. Hast du das noch mal geprüft, Nicole?«

»Ja, er lebt seit Herbst letzten Jahres wieder in Nantes, wo er Literaturwissenschaften studiert. Ihn können wir offenbar ausschließen.«

»Und was ist mit diesem Hain?«, hakte Cornelia nach. »Können wir uns bei ihm sicher sein? Oder könnte der ihr heimlicher Partner gewesen sein?«

»Ausgeschlossen«, blockte Zollinger ab.

»Würdest du das bitte etwas genauer ausführen?«, bat Schneevoigt. »Weshalb muss dieser Klettervogel denn die Wahrheit gesagt haben?«

»Dieser Klettervogel, wie du ihn nennst, ist zufälligerweise …«

»… fast zehn Jahre jünger als die Depoutot«, fiel Brunkhorst Zollinger ins Wort. Er versuchte die Situation zu retten, wusste er doch, dass Zollingers Unvoreingenommenheit in diesem Fall durch seine verwandtschaftliche Beziehung zu Maximilian Hain gefährdet war.

»Und dieser Luc?«, fragte Cornelia spitzfindig. »Ich dachte, das wäre auch so ein junger Hüpfer gewesen.«

»Er war Franzose, genau wie sie«, antwortete Brunkhorst. »Vielleicht war das der Grund.«

»Lass mal gut sein, Sören. Ich habe kein Problem damit, die Wahrheit zu sagen. Max hat schließlich nichts mit dieser Sache zu tun.« Zollinger setzte sich zurück an den Tisch, öffnete die Knöpfe seiner Cordweste und erzählte, dass Maximilian Hain sein Neffe war. »Es ist einfach nur ein dummer Zufall, dass Vanessa Depoutot und ihr Mister X ausgerechnet bei ihm einen Kletterkurs belegen wollten.«

»Ich werde die Sache genau beobachten, Zolli«, stellte Schneevoigt in ernstem Tonfall fest. »Bei dem kleinsten Zweifel an deiner Neutralität werde ich dir den Fall entziehen. Aber vorerst gehe ich davon aus, dass du die Angelegenheit selbst am besten einschätzen kannst.«

»Danke, Rainer«, sagte Zollinger. »Kommen wir zurück zu Vanessa Depoutot. Wir müssen mehr über ihr Privatleben herausfinden. Irgendwo muss es schließlich einen Anhaltspunkt für ihren unbekannten Liebhaber geben. Hat denn die Spurensicherung schon die Ergebnisse der Wohnungsuntersuchung vorliegen?«

»Bislang noch nicht«, erwiderte Nicole. »Kilian meldet sich, sobald er etwas weiß. Die haben jeden Millimeter des WG-Zimmers unter die Lupe genommen.«

»Ich würde gerne noch mal über Jörg Bender sprechen, den Geschäftsführer der Gastronomie in der Eremitage«, sagte Zollinger nachdenklich. »Momentan weiß ich noch nicht, was ich von ihm halten soll. Er hat sich in unserem Gespräch auffallend unkooperativ verhalten. Entweder ist er einfach nur ein Stinkstiefel, oder er hat am Sonntagabend mehr gesehen, als er uns verraten möchte.«

»Wer hat sich denn um die Befragung von Benders Mitarbeitern gekümmert?«, wollte Schneevoigt wissen.

»Florian und ich«, antwortete Nicole. »Bender hat uns die Liste geschickt. Er hat neun feste Mitarbeiter und elf 400-Euro-Kräfte. Zwei von ihnen waren krank, mit dem

Rest haben wir gestern gesprochen. Niemandem ist auch nur das Geringste aufgefallen. Der Letzte hat am Tatabend um kurz vor halb zehn das Gelände verlassen, also bevor Bender abgeschlossen hat.«

»Na toll«, grummelte Schneevoigt. »Wenn ich das alles höre, habe ich das Gefühl, wir sind noch keinen Millimeter weiter. Gibt es wenigstens aus der Bevölkerung irgendwelche Hinweise?«

»Nur die üblichen Wichtigtuer, Möchtegernkommissare und Zweifler. Nichts wirklich Konkretes«, berichtete Cornelia, die von Zollinger für die Recherchearbeiten im Büro eingeteilt worden war. »Eine ältere Frau rief an und behauptete, sie habe gegen acht Uhr im Ruinentheater eine Frau gesehen, die von der Beschreibung her Vanessa Depoutot sein könnte. Sie war allein und hat wohl für ihre Rolle als Rossweiße geprobt.«

»Wenn Vanessa Depoutot wirklich allein dort war, dann wissen wir jetzt, dass sie gegen acht Uhr noch gelebt hat. Das passt zu dem, was Bruchthaler gesagt hat. Er setzt den Todeszeitpunkt zwischen neun und elf Uhr an.«

Seine Gedanken wurden von einem erneuten Niesanfall seines Chefs unterbrochen. Schneevoigt fluchte lauthals über die Pollen und entschuldigte sich, während er das Sitzungszimmer verließ.

Im selben Moment platzte Anni herein. Sie trug ihre blonden Haare heute zu zwei Zöpfen geflochten. In ihrem kurzen Jeansrock und der knallgelben Leggins sah sie zwar aus wie ein Girlie, dafür aber ungemein attraktiv, wie Brunkhorst fand.

»Kommst du mal, Sören? Telefon für dich. Es scheint wichtig zu sein.«

»Wer ist denn dran?«

»Wenn ich mich nicht verhört habe, hat sie sich mit Pia

Weilandt gemeldet. Ist das nicht die Mitbewohnerin dieser toten Sängerin?«

»Ganz genau.« Brunkhorst sprang auf und folgte Anni auf den Flur.

»Ich stell dir das Gespräch durch«, sagte Anni und verschwand wieder in ihrem Büro, das gleichzeitig das Vorzimmer von Schneevoigt war.

»Vielen Dank, Anni«, rief Brunkhorst hinter ihr her. »Du siehst heute übrigens ziemlich sexy aus.«

»Und du bist ein Spinner!«, konterte Anni lachend. »Warum gehst du denn nicht mal mit mir aus, wenn du mich so toll findest?«

»Kommissar Brunkhorst«, meldete er sich, nachdem er das Gespräch angenommen hatte.

»Pia Weilandt hier. Tut mir leid, dass ich Sie aus Ihrer Besprechung herausgeholt habe.«

»Kein Problem«, antwortete Brunkhorst freundlich. »Ich hoffe natürlich, Sie haben gute Gründe.«

»Ich denke schon. Oder besser, ich fürchte.«

»Wie darf ich denn das verstehen?«

»Was ich Ihnen jetzt sage, könnte sehr hilfreich für Sie sein, auch wenn ich damit etwas tue, was mir sehr schwerfällt.«

»Ich bin gespannt.«

»Wissen Sie, ich möchte nicht, dass Sie denken, ich hätte Ihnen diese Information vorenthalten. Es ist vielmehr so, dass ich den Brief auch eben erst gefunden habe.«

»Was für einen Brief?«

»Der Brief, den Vanessa vor ein paar Tagen zugesteckt bekommen hat. Ich hatte es gesehen, mir aber nichts dabei gedacht.«

»Frau Weilandt, erzählen Sie doch bitte der Reihe nach.«

»Also, Karolina hat Vanessa letzte Woche heimlich

einen Brief in die Handtasche gesteckt.« Pia Weilandt stockte. »Soll ich nicht besser aufs Präsidium kommen, statt Ihnen das alles am Telefon zu erzählen?«

»Das hängt davon ab, was Sie mir sagen wollen. Wenn es tatsächlich wichtig für unsere Ermittlungen ist, werden Sie Ihre Aussagen ohnehin noch einmal hier zu Protokoll geben müssen. Aber ich schlage vor, Sie erzählen mir erst einmal, was vorgefallen ist.«

»Ich habe den Brief heute Morgen im Küchenmülleimer gefunden und wusste erst nicht, wie ich damit umgehen soll. Ich meine, Zsolt ein Mörder, das kann doch nicht sein!«

»Moment, Moment«, unterbrach Brunkhorst energisch. »Wie kommen Sie darauf, dass Báthory Vanessa Depoutot umgebracht haben soll?«

»Der Inhalt des Briefs ist ziemlich eindeutig. Eine Warnung an Vanessa, dass Zsolt es auf sie abgesehen hat. Soll ich Ihnen daraus vorlesen?«

»Sie haben ihn gerade vor sich liegen?«

»Ja.«

»Okay, wir sind schon auf dem Weg zu Ihnen«, sagte Brunkhorst bestimmt. »So lange rühren Sie sich nicht vom Fleck.«

»Aber ich muss doch zur Probe.«

»Das muss warten. Wir müssen Ihrem Hinweis sofort nachgehen, schließlich ist der Brief ja offensichtlich schon einmal im Müll verschwunden.«

»Dann beeilen Sie sich bitte. Zsolt wird nicht begeistert sein, wenn ich mich verspäte. Irgendwie habe ich kein gutes Gefühl mehr bei der ganzen Sache.«

»Wir sind gleich bei Ihnen«, beruhigte Brunkhorst sie. »Rufen Sie Báthory bitte vorerst nicht an. Wir werden ihm erklären, warum Sie sich verspäten, ja?«

»In Ordnung, aber sagen Sie ihm nichts von dem Brief. Wer weiß, wie er darauf reagieren würde.«

»Natürlich«, versicherte Brunkhorst. »Also, bis gleich, Frau Weilandt.«

Zollinger nickte Pia Weilandt zu und zog eine runde, randlose Lesebrille aus seiner Westentasche. Dann begann er laut aus dem Brief vorzulesen, den ihm Brunkhorst in die Hand gedrückt hatte.

Vanessa,
wahrscheinlich wunderst Du Dich, warum ausgerechnet ich Dir einen Brief schreibe, nach all dem, was zwischen uns vorgefallen ist. Du weißt, dass wir wegen der Aktionen dieses Greises beinahe aufeinander losgegangen wären. Er hat uns beide hinters Licht geführt, hat uns gegeneinander ausgespielt und alles versucht, dass wir uns hassen. Mit Erfolg.

Zum Glück haben wir uns in den letzten Wochen endlich etwas angenähert. Wir wissen nun, dass wir beide unter seiner Tyrannei leiden mussten. Dieser ständige Druck, seine Kritik, ich kann das alles kaum noch ertragen. Wir beide müssen enger zusammenrücken, um uns gemeinsam gegen ihn wehren zu können.

Nun zum eigentlichen Grund dieses Briefes. Was ich Dir jetzt schreibe, ist weder ein Hirngespinst noch eine hinterlistige Lüge, wie Du vielleicht vermuten magst. Lies Dir diese Zeilen genau durch. Wie Du letzten Endes damit umgehst, musst Du selbst entscheiden, aber ich möchte, dass Du weißt, was ich gehört habe.

Gestern Abend, nach Probenschluss, Du warst schon unterwegs nach Hause, habe ich durch Zufall ein Gespräch zwischen Zsolt und

Thea belauscht. Die beiden stritten über die Rollenbesetzungen und die Inszenierung. Zsolt hat sich wie immer nur aufgeregt über uns. Thea hat ihn dann irgendwann auf die Situation zwischen ihm, Dir und mir angesprochen. Sie meinte, sie habe durch Dich davon erfahren. (Stimmt das eigentlich?) Der Alte hat sich daraufhin noch mehr aufgeregt. Thea ist dann gegangen, und Zsolt blieb allein zurück.

Was ich anschließend gehört habe, war echt schlimm. Vielleicht meinte er es ja auch nicht so, aber Du weißt ja, wozu er imstande ist. Erinner Dich nur mal an die Sache in der Eremitage, von der ich Dir erzählt habe. Auf jeden Fall hat er sich dann ein paar Seiten des Regiebuchs geschnappt und sie zusammengeknüllt, als würde er jemandem den Hals umdrehen. Und dabei hat er immer wieder ›Ich könnte sie umbringen‹ gemurmelt.

Dieser cholerische Gesichtsausdruck … Zsolt sah echt ziemlich durchgedreht aus.

Vanessa, ich möchte, dass Du weißt, dass ich ein vernünftiges Verhältnis zu Dir haben will. Darum glaube mir bitte, was ich Dir schreibe. Sprich mich morgen an, dann können wir das Ganze in Ruhe besprechen.

Pass auf Dich auf!
Karolina

»Wer ist Thea?«, fragte Zollinger, nachdem er seine Brille wieder abgesetzt hatte.

»Thea Born ist unsere Regieassistentin«, erklärte Pia Weilandt.

»Wussten Sie von den Dingen, die Karolina Sestak beschreibt?«

Pia Weilandt schüttelte den Kopf und sah verschämt nach unten.

»Auch nicht von den Streitigkeiten zwischen Vanessa und Karolina?«, hakte Brunkhorst nach.

»Doch«, antwortete sie kleinlaut. »Das wusste ja jeder.«

»Warum haben Sie bei unserem ersten Gespräch nichts davon gesagt?«

»Na, weil Karolina nichts mit Vanessas Tod zu tun hat. Weshalb soll ich Ihnen denn ein mögliches Motiv liefern, wenn es vollkommen absurd ist? Zum Glück zeigt der Brief ja das Gegenteil.«

»Es wäre schön, wenn Sie die Bewertung solcher Fakten in Zukunft uns überlassen würden«, sagte Zollinger. »Ob jemand verdächtig ist oder nicht, entscheiden schließlich nicht Sie.«

»Natürlich.«

»Was können Sie denn sonst noch zu diesem Brief sagen?«, fragte Brunkhorst. »Eine Situation in der Eremitage wird erwähnt. Gab es schon einmal einen Zwischenfall dort?«

»Weiß ich nicht«, antwortete Pia Weilandt verunsichert. »Das müssen Sie mir glauben.«

»Fällt schwer«, stellte Brunkhorst trocken fest.

»Wie ist Ihr Verhältnis zu Zsolt Báthory?«, fragte Zollinger. »Hatten Sie auch so große Probleme mit ihm wie Ihre beiden Kolleginnen?«

»Jein. Anfangs ja, zuletzt habe ich allerdings einen Weg gefunden, wie wir konfliktfrei miteinander arbeiten konnten.«

»Aha, und was war Ihr Geheimnis?«, fragte Zollinger neugierig.

»Ich gebe ganz einfach meinen eigenen Willen an der

Garderobe des Festspielhauses ab. Anders ist es nicht zu ertragen.«

»Klingt nicht gerade erstrebenswert«, entgegnete Brunkhorst. »Am Telefon haben Sie gesagt, Sie könnten sich nicht vorstellen, dass Báthory der Mörder von Vanessa Depoutot ist. Würden Sie das bitte etwas genauer erläutern?«

»Es ist doch ein Unterschied, ob ich ein herrischer und cholerischer Regisseur bin, der seine Solisten schikaniert, oder ob ich jemanden umbringe! Es will mir nicht in den Kopf, dass ein erfolgreicher Regisseur wie Báthory zu so etwas fähig sein soll.«

»Dieser Brief sagt ja erst mal rein gar nichts aus.« Zollinger stand von dem weißen Küchenstuhl auf und lehnte sich an das schmale Fensterbrett. »Wir werden noch einmal mit Báthory sprechen müssen, vor allem die Bemerkung über die Eremitage macht mich nachdenklich. Aber diese Zeilen reichen natürlich längst nicht aus, um ihm den Mord anzuhängen. Seine Drohung klingt eher nach einem unüberlegten Kommentar.«

»Mich würde interessieren, was Sie über Karolina Sestak denken«, sagte Brunkhorst. »Haben Sie sich gut mit ihr verstanden?«

»Wir sind nicht so dicke«, antwortete Pia Weilandt rasch. »Aber ich habe auch keine Probleme mit ihr. Sie ist eine nette Kollegin, vielleicht ein bisschen sehr überzeugt von sich, aber im Grunde eine Gute.«

»Ich denke, fürs Erste haben wir keine Fragen mehr.« Zollinger nestelte an seiner Weste herum und krempelte die Ärmel seines karierten Hemdes hoch. Die Hitze in der Wohnung mit den niedrigen Decken und den krummen Wänden war kaum zu ertragen. Wenn es hier schon im Mai so heiß war, wie würde es dann bloß im Sommer sein? Eine grauenhafte Vorstellung.

»Gut, dass Sie uns Bescheid gegeben haben«, bedankte sich Brunkhorst. »Der Brief kann von großer Bedeutung für unsere Ermittlungen sein.«

Pia Weilandt begleitete Zollinger und Brunkhorst in den schmalen Flur. Gerade als sie den beiden zum Abschied die Hand reichen wollte, klingelte Brunkhorsts Handy.

Er sah, dass es Anni war, und nahm sofort ab.

»Seid ihr schon unterwegs?«, fragte sie.

»Auf dem Sprung. Wir werden aber wohl noch mal ins Festspielhaus fahren, bevor wir ins Präsidium kommen.«

»Ich befürchte, ihr müsst den Besuch am Grünen Hügel verschieben. Hier ist jemand, der dringend mit euch sprechen will.«

»Wer ist es denn diesmal?«

»Jemand, der eine Aussage zum Mordfall Vanessa Depoutot machen will. Seine Name ist Jörg Bender.«

11

»Setzen Sie sich!« Zollinger klang nicht gerade freundlich. Er hatte das bornierte Auftreten von Jörg Bender am Tag zuvor noch längst nicht vergessen. »Wieso erst jetzt?«

Bender schwieg.

Zollinger nahm hinter seinem Schreibtisch Platz, während sich Brunkhorst einen Besucherstuhl heranzog. Jörg Bender wirkte mit seinen dunklen Augenrändern älter als bei ihrem ersten Aufeinandertreffen. Die hohen Geheimratsecken und sein schlaksiger, in sich zusammengesunkener Körper verstärkten diesen Eindruck.

»Sie wissen hoffentlich, was Sie da gerade gesagt haben?«, fragte Zollinger noch einmal nach. »Ihre Aussage belastet Karolina Sestak schwer. Sie reicht wahrscheinlich sogar aus, um einen Haftbefehl zu erwirken.«

»Würde ich mir nicht sicher sein, wäre ich nicht hier.«

»Gut, dann bitte ich Sie jetzt, die Aussage zu wiederholen. In allen Einzelheiten, wir werden das Ganze protokollieren und aufzeichnen. Und erklären Sie bitte noch einmal genau, warum Sie sich sicher sind, dass es sich bei der Frau um Karolina Sestak gehandelt hat.«

Bender blickte Zollinger mit leeren Augen an. Nichts war mehr zu spüren von dem selbstgefälligen Auftreten, das er gestern an den Tag gelegt hatte. Mühevoll schien er sich zu sammeln, ehe er schließlich begann, seine Aussage zu wiederholen.

»Es war ein stressiger Sonntag gewesen. Das Wetter war gut und die Eremitage völlig überlaufen. Unser Biergarten platzte aus allen Nähten. Ich kann Ihnen gar nicht sagen, wie froh ich war, als es endlich nach neun war und wir den

Laden dichtmachen konnten.« Bender tupfte sich mit einem Taschentuch Schweiß von der Stirn und klammerte sich mit seiner zitternden rechten Hand an die Armlehne. »Um halb zehn habe ich dann endlich abgeschlossen. Gerade als ich gehen wollte, hörte ich die aufgeregten Frauenstimmen aus der Richtung des Ruinentheaters. Es kommt öfter vor, dass jemand dort probt. Meistens Laiendarsteller und Hobbysänger, aber gelegentlich auch Solisten von den Festspielen. Ich näherte mich also dem Theater und sah, dass dort zwei Frauen in einen Streit geraten waren. Die beiden waren ziemlich wütend aufeinander, deshalb zog ich es vor, mich nicht einzumischen.«

»Moment«, unterbrach ihn Brunkhorst. »Sollte man in solch einer Situation nicht besser eingreifen anstatt wegzuschauen?«

»Jetzt spielen Sie hier bitte nicht den Moralapostel«, echauffierte sich Bender. Plötzlich war er wieder ganz der Alte. »Sie hätten sich natürlich zwei erwachsenen Frauen, die eine Meinungsverschiedenheit haben, in den Weg gestellt! *Entschuldigung, ich beobachte Sie schon eine Weile. Kann ich Ihnen bei Ihren Problemen vielleicht behilflich sein? Konflikte sind doch dazu da, um sie zu lösen.* So in etwa?«

»Verdammt noch mal!«, entfuhr es Zollinger. »Jetzt reißen Sie sich mal zusammen und sparen sich Ihre spitzfindigen Bemerkungen. Erzählen Sie uns lieber, was weiter passiert ist. Wieso glauben Sie, dass es Karolina Sestak war, die Sie gesehen haben? Woher kennen Sie sie überhaupt?«

»Sie war nicht zum ersten Mal dort«, antwortete Bender. Sein Tonfall hatte sich wieder normalisiert. »Ich habe sie vor einigen Wochen bei uns im Biergarten kennengelernt. Eigentlich eine nette Frau.«

»Eigentlich?«, fragte Brunkhorst nach.

»Na ja, würden Sie denn eine Mörderin als eine nette Frau bezeichnen?«, konterte Bender.

»Nicht so voreilig, Herr Bender«, ermahnte ihn Zollinger. »Ob sie tatsächlich den Mord begangen hat, wird sich noch herausstellen. Können Sie denn noch mehr über Karolina Sestak sagen?«

»Ich hatte damals das Gefühl, als wäre sie sehr unzufrieden mit ihrer Rolle auf dem Hügel. Sie hat immer wieder gegen ihren Chef und manche Kollegen gewettert. Mag aber auch daran gelegen haben, dass sie schon das ein oder andere Radler getrunken hatte.«

»Was war mit Vanessa Depoutot? Kannten Sie sie auch?«

»Nein«, antwortete Bender entschieden. »Ich will aber nicht ausschließen, dass ich ihr schon einmal in der Eremitage begegnet bin.«

»Kommen wir noch einmal zurück auf letzten Sonntag«, mischte sich Brunkhorst erneut ein. »Sie haben die beiden streitenden Frauen also gesehen und wollten sie nicht stören. Was haben Sie dann gemacht?«

»Na, was schon? Ich bin nach Hause. Konnte ja nicht ahnen, dass die beiden sich die Köpfe einhauen.«

»Wie spät war es exakt?«

»Na ja, halb zehn abgeschlossen, zwei Zigaretten geraucht, dabei die beiden Frauen beobachtet – ich sag mal, es dürfte maximal Viertel vor zehn gewesen sein, als ich in meinem Auto saß.«

»Sind Sie auf dem Weg zum Parkplatz noch jemandem begegnet?«, wollte Brunkhorst wissen.

»Nein, es war ja schon fast dunkel. Um diese Uhrzeit ist es eher unüblich, dass sich noch Besucher im Park aufhalten.«

Zollinger und Brunkhorst tauschten einen raschen Blick aus. Beide schienen Zweifel daran zu haben, dass Bender die volle Wahrheit sagte. Seine Antworten kamen ein bisschen zu schnell und wohlüberlegt.

»Noch mal zurück zu meiner Eingangsfrage«, sagte Zollinger. »Weshalb kommen Sie erst heute? Es wäre von großem Vorteil für uns gewesen, wenn Sie uns Ihre Beobachtung schon bei unserem ersten Besuch mitgeteilt hätten?«

»Meine Sache«, antwortete Bender stur. »Es war nicht meine Absicht, etwas zu verschweigen.«

»Trauen Sie Karolina Sestak tatsächlich einen Mord zu?«, fragte Brunkhorst eindringlich.

Bender sah aus dem Fenster auf die Ludwig-Thoma-Straße. Für einen Moment sah es so aus, als wäge er Argumente ab, um auf Brunkhorsts Frage antworten zu können. Doch als er seinen Kopf drehte, lächelte er nur und schüttelte den Kopf.

»Wissen Sie ...«, sagte er zögernd. »Ich habe keine Ahnung, genauso wie Sie. Vielleicht war sie es, vielleicht auch nicht. Sie haben meine Aussage, mehr kann ich nicht für Sie tun. Der Rest ist Ihr Job.«

Zollinger verdrehte die Augen und erhob sich. Sein Gesichtsausdruck verriet, was er von Bender und dessen Verhalten hielt.

»In Ordnung, dann danken wir Ihnen.« Er ging um seinen Schreibtisch herum und reichte Bender die Hand. »Für den Fall, dass Ihnen plötzlich noch etwas einfallen sollte, würden wir uns freuen, wenn Sie sich sofort bei uns melden.«

Im Türrahmen blieb Bender stehen und sah sich um. »Wie geht es denn jetzt weiter?«, fragte er. Seine Stimme klang verunsichert, beinahe besorgt. »Werden Sie Karolina Sestak aufgrund meiner Aussage festnehmen?«

Brunkhorst blickte Bender fragend an. Weshalb interessierte ihn plötzlich das Schicksal von Karolina Sestak?

Bekam er etwa kalte Füße, weil er sie zur Hauptverdächtigen in einem Mordfall gemacht hatte?

»Darüber entscheiden wir nicht allein. Der Staatsanwalt wird alles Weitere anordnen. Weshalb fragen Sie?«

»Rein interessehalber. Man will ja wissen, was passiert, wenn man jemanden bei der Polizei verpfeift.« Bender lachte unsicher. Er wirkte wieder so seltsam in sich gekehrt wie am Anfang des Gesprächs.

»Natürlich«, antwortete Brunkhorst. »Schönen Tag noch, Herr Bender!«

Auf dem Gelände des Herzogkellers, gleich neben den Brauereien in der Hindenburgstraße, herrschte Hochbetrieb, als Zollinger und Brunkhorst gegen kurz nach sechs den kurzen, aber steilen Anstieg zum größten Biergarten Bayreuths hinaufkraxelten. Völlig verschwitzt orderten sie zwei Halbe an der Theke und suchten sich einen der letzten Schattenplätze an einem Tisch, an dem eine Gruppe Studenten saß. Dem Lautstärkepegel nach zu urteilen, genossen die jungen Männer bereits seit einiger Zeit das unfiltrierte Zwicklbier der Bayreuther Brauerei. Lauthals prosteten sie sich zu und tranken auf eine bestandene Klausur.

»Prost! Mal wieder.« Brunkhorst hob sein Glas und hielt es direkt vor Zollingers Nase.

»Zum Wohle!«

Zollinger zog sich seine Weste aus und kramte eine zerknautschte Packung Zigarillos hervor.

»Ach, du auch?«, fragte Brunkhorst.

»Im Gegensatz zu dir bin ich kein Stressraucher, sondern paffe nur des Genusses wegen«, antwortete Zollinger zwinkernd.

»Was sagt denn Traudl dazu?«

»Pst, nicht so laut«, warnte Zollinger lachend. »Sie würde mich rausschmeißen, wenn sie das wüsste.«

»Hast du nicht mal erwähnt, dass sie früher Hippie war? Warum ist sie denn jetzt so unlocker?«

»Die Zeiten sind längst vorbei«, seufzte Zollinger. »Irgendwann werden wir wohl alle mal gesetzte Spießer. Traudl war immer so erfrischend anders, sie hatte ständig verrückte Sachen im Kopf, die unsere Beziehung auf Trab gehalten haben. Nicht immer ganz einfach für mich als Polizist, falls du verstehst, was ich meine?«

»War sie eine richtige Rebellin?«

»Rebellin? Ja, so könnte man das nennen. Bis die Kinder kamen, dann hat sie eine Hundertachtzig-Grad-Drehung hingelegt. Das ist jetzt achtzehn Jahre her. Heute will sie sich nur noch selbst verwirklichen. Ständig rennt sie zu irgendwelchen Kunstveranstaltungen, hier eine Vernissage, da eine Finissage. Ich kann damit nichts anfangen. Und dann muss ich auch noch ständig diese Gabi ertragen. Jeden Tag hockt sie bei uns, und dann wird über Richter, Baselitz oder Kiefer diskutiert.«

»Über wen bitte?«, fragte Brunkhorst ahnungslos.

»Na, irgendwelche Kunstikonen halt«, antwortete Zollinger. »Ich weiß auch nicht, ob das Maler oder Bildhauer sind.«

»Könnten auch Aktionskünstler sein«, sagte Brunkhorst. »Ich war mal in einer Ausstellung, in der ein Einkaufswagen in einem Berg aus Zucker vergraben war. Das verstehe einer.«

Zollinger schüttelte den Kopf. »Ich will gar nicht wissen, mit was und wem die beiden sich so den ganzen Tag beschäftigen. Diese Künstler und Literaten haben doch alle einen an der Waffel.«

»Du klingst nicht gerade so, als wenn du momentan besonders glücklich wärst.«

»Ach, weißt du, ich selbst bin ja auch nicht mehr so wild wie früher«, wiegelte Zollinger ab. »Da kann ich Traudl nicht einmal einen Vorwurf machen. Aber nach all den Jahren, in denen wir nur für die Kinder gelebt haben, wäre es auch mal wieder an der Zeit, dass wir beide etwas Aufregendes zusammen erleben.«

»Du warst mal ein Wilder?«, fragte Brunkhorst grinsend.

»Na ja, was heißt wild? Aber in den Siebzigern haben wir es ordentlich krachen lassen. Es war nicht nur politisch eine heiße Zeit.«

»Echt? Erzähl mal ein bisschen von Zolli, dem großen Womanizer.«

»Na, damals saßen schon scharfe Bräute auf meiner Maschine. Wir sind mit der Harley durch halb Europa gekurvt.«

»Zolli auf einem Chopper über die Alpen?« Brunkhorst konnte es kaum glauben. »Oder tischst du mir hier so ein Rockermärchen à la Friedrich Merz auf?«

Zollinger zog sein Portemonnaie aus der Gesäßtasche, fischte nach einigem Suchen seinen alten Führerschein hervor und legte ihn auf den klebrigen Tisch.

Brunkhorst warf einen Blick auf das Schwarzweißbild und prustete lauthals los. Auf dem Foto trug Zollinger schulterlange Haare, einen breiten Vollbart und eine große, rechteckige Brille mit getönten Gläsern. Sein Gesicht wirkte schmal. Brunkhorst schätzte, dass Zollinger dreißig Kilo leichter war als heute.

»Wie alt warst du da?«

»Knapp über zwanzig. Damals war ich noch gut in Schuss und, wie du siehst, alles andere als ein Staatsdiener.«

»Ein Steineschmeißer?«

»Natürlich nicht«, antwortete Zollinger gespielt entrüstet. »Aber die Wasserwerfer haben mich schon immer wieder mal erwischt.«

»Junge, Junge! Und was ist davon geblieben? Ein grummeliger Mann, der Tag für Tag dieselbe Cordweste trägt, sich mit Mördern und Verbrechern herumschlagen muss und nebenbei noch ein bisschen piefige Lokalpolitik macht.«

»Vorsicht! Noch zehn Jahre, dann besteht dein Leben auch nur noch aus Routine, beruflich wie privat. Dagegen kannst du nichts tun.«

»Wenn ich ehrlich bin, würde ich mir momentan privat sogar etwas mehr Konstanz wünschen«, antwortete Brunkhorst nachdenklich. »Gestern Abend war ich übrigens bei Imke.«

»Hatte ich dir nicht gesagt, dass du mit der Bettelei aufhören sollst? Etwas mehr Würde täte dir gut.«

»Quatsch«, sagte Brunkhorst. »Es war ja genau umgekehrt. Imke hat versucht, mich rumzukriegen. Es war völlig absurd, sie hatte getrunken und wollte mich verführen.«

»Du hast vielleicht Probleme. Hast du dich etwa darauf eingelassen?«

»Natürlich nicht«, antwortete Brunkhorst entrüstet. »Sie war die Liebe meines Lebens, und ich bin gerade erst darüber hinweg, dass sie mich verlassen hat.«

»Ach Sören, nimm es dir nicht so zu Herzen. Lass uns auf Traudl und Imke trinken! Vielleicht bekommt ihr die Sache wieder hingebogen.«

»Nein, das ist endgültig vorbei«, sagte Brunkhorst entschlossen. »Außerdem gibt es da jemand anderen, der es mir angetan hat.«

»Jetzt sag bloß nicht, du und Anni ...«

»Nein! Du weißt doch, wie Anni und ich zueinander stehen. Ist das denn so schwer zu kapieren?«

»Schon gut, Sören«, beruhigte ihn Zollinger. »Wer ist denn nun deine Angebetete?«

»Erinnerst du dich an die Assistentin von Professor Bruchthaler?«

»Diese Julia Siegel?«

»Tina«, korrigierte Brunkhorst. »Ich glaube, sie hat mir den Kopf verdreht.«

»Wann denn das, bitteschön? Als wir uns die Leiche von Vanessa Depoutot angesehen haben?«

»Genau.«

»Manchmal bist du mir echt unheimlich«, sagte Zollinger kopfschüttelnd. »Wie kann man in einem solchen Moment Augen für eine Frau haben? Ich könnte dir nicht einmal mehr ihre Haarfarbe nennen.«

»Blond, und mit diesen ...«

»Warte mal«, unterbrach ihn Zollinger plötzlich. »Da drüben, ist das nicht unser Starregisseur Zsolt Báthory?«

»Tatsächlich. Und auch noch in Begleitung von Fröhlich, diesem nervtötenden Bühnenbildner. Ich denke, wir sollten ihnen gleich mal auf den Zahn fühlen. Bin gespannt, was sie dazu sagen, dass Karolina Sestak am Tatort gesehen wurde.«

»Vergiss nicht den Brief, den die Sestak Vanessa Depoutot zugesteckt hat. Báthory ist uns noch einige Antworten schuldig. Wir müssen wissen, was hinter dieser Sache in der Eremitage steckt, die Karolina Sestak in ihrem Brief angedeutet hat.«

Die beiden schnappten sich ihre Getränke und überließen den Tisch wieder den Studenten, zu denen sich mittlerweile einige Kommilitoninnen gesellt hatten.

Báthory und Fröhlich hatten an einem Tisch im Innern des Herzogkellers Platz genommen. Die mehr als hundert Jahre alte Sommerhalle, in der sich auch der Ausschank befand, erstrahlte seit Anfang der Neunzigerjahre wieder in neuem Glanz. Obwohl eigentlich für regnerische Tage gedacht, war heute ein Großteil der Tische im Innern belegt. Lautes Stimmengewirr hallte durch die historische Halle und erinnerte Brunkhorst an die Atmosphäre im Hamburger Hauptbahnhof.

»Grüß Gott, die Herren«, begrüßte Zollinger die beiden Männer vom Grünen Hügel. »So schnell sieht man sich wieder. Dürfen wir uns einen Moment zu Ihnen setzen?«

»Wir werden uns wohl kaum dagegen wehren können, oder?«, brummte Báthory.

»Richtig«, antwortete Zollinger, ohne eine Miene zu verziehen. »Es wird nicht lange dauern.«

»Das haben Sie heute Morgen auch gesagt. Und dann haben Sie unsere komplette Probe durcheinandergebracht.«

»Das tut uns fürchterlich leid«, sagte Brunkhorst. »Wirklich lästig, dass ausgerechnet eine Ihrer Solistinnen umgebracht worden ist.«

Zollinger trat unauffällig in Brunkhorsts Wade und warf ihm einen bösen Blick zu. Er sollte bloß nicht schon wieder seine Giftpfeile gegen Báthory abschießen. Damit erreichten sie bei dem kauzigen Regisseur lediglich, dass er noch stärker auf Konfrontationskurs ging.

»Wir würden gerne noch einmal mit Ihnen über Vanessa Depoutot reden.« Zollinger und Brunkhorst setzten sich zu Báthory auf die Bierbank. »Uns interessiert vor allem die Rolle von Karolina Sestak. Heute Morgen haben Sie mir versichert, dass sie nichts mit dem Mord zu tun hat. Würden Sie uns das bitte noch einmal genauer erläutern?«

»Sie sind wohl einer der hartnäckigen Sorte?« Báthory sah Zollinger herausfordernd an. »Wollen Sie etwa von mir hören, dass ich meine talentierteste Solistin des Mordes beschuldige? Einen Teufel werde ich tun!«

»Warum nehmen Sie sie in Schutz?«, versuchte es Zollinger erneut. »Wir haben die Information, dass sie sich am Sonntagabend am Tatort aufgehalten haben soll.

Karolina Sestak steht unter Mordverdacht. Die Staatsanwaltschaft bereitet gerade den Haftbefehl vor.«

»Machen Sie, was Sie für richtig halten. Meine Meinung kennen Sie. Ich glaube, dass Karolina nichts mit Vanessas Tod zu tun hat.«

»Wissen Sie was? Ich nehme Ihnen kein Wort ab«, sagte Zollinger. »Zufälligerweise haben wir nämlich Ihren Streit mit Frau Sestak mitgehört. Sie haben ihr vorgeworfen, Vanessa Depoutot umgebracht zu haben. Erklären Sie mir das doch mal!«

»Wenn Sie mich schon bespitzeln, dann sollten Sie aber auch genau hinhören«, entgegnete Báthory unbeeindruckt. »Ich habe mich lediglich gegen Karolinas lächerliche Anschuldigungen zur Wehr gesetzt. Ein Wort hat das andere ergeben. Aber Sie glauben doch nicht allen Ernstes …«

»Wir glauben gar nichts«, unterbrach ihn Zollinger. »Unser Job ist es, Fakten zu schaffen. Und es wäre schön, wenn Sie uns helfen würden, anstatt wichtige Dinge zu verschweigen.«

»Sie sind auf dem Holzweg, Herr Kommissar. Wenn Sie den Mörder von Vanessa suchen, werden Sie auf dem Hügel nicht fündig werden. Weder Karolina noch jemand anders meiner Leute hat etwas mit der Sache zu tun.«

»Und was ist mit Ihnen?«, fragte Brunkhorst. »Warum sollten wir Ihnen glauben, dass Karolinas Vorwürfe gegen Sie haltlos sind?«

»Ist das jetzt etwa ein Scherz?«, entfuhr es Báthory. »Ich lasse mir das nicht länger von Ihnen bieten. Komm, Kai! Wir gehen.«

»Einen Moment mal!«, ging Brunkhorst dazwischen. »Warten Sie bitte noch einen Augenblick. Sehen Sie sich das hier mal an.« Er zog einen Zettel aus seiner Hosentasche, faltete ihn auseinander und legte ihn auf den Holztisch. »Ein Brief, den Karolina Sestak an Vanessa Depoutot geschrieben hat. Pia Weilandt hat ihn uns gegeben. Lesen Sie. Immerhin fällt Ihr Name des Öfteren. Ich bin gespannt, was Sie dazu zu sagen haben.«

»Was soll das? Kai und ich haben etwas Wichtiges zu besprechen. Außerdem habe ich meine Brille nicht dabei.« Báthory schob den Brief weiter zu Fröhlich. »Lies ihn bitte vor.«

Fröhlich nahm widerwillig den Brief in die Hände und begann mit aufgesetztem Unmut die Zeilen vorzulesen.

»Das ist absurd!«, echauffierte sich Báthory, nachdem Fröhlich zu Ende gelesen und die Briefkopie wieder auf den Tisch gelegt hatte. »Diese billigen Anschuldigungen sind das Papier nicht wert, auf das sie geschrieben wurden. Allmählich frage ich mich, warum ich diese Frau überhaupt noch verteidige. Sie sagten, dass Karolina am Tatort gesehen wurde? Dann nehmen Sie sie fest! Meinen Segen haben Sie.«

»Würden Sie uns freundlicherweise erklären, was Karolina mit dem Satz *Erinner Dich nur mal an die Sache in der Eremitage* gemeint hat?«, bat Zollinger. »Was ist dort vorgefallen?«

»Ich weiß wirklich nicht, was das mit dem Mord an Vanessa zu tun haben soll, aber bitte, ich werde es Ihnen erklären.« Báthory war aufgebracht. Offenbar spürte er, dass es an der Zeit war, einige Dinge klarzustellen, wenn er nicht noch stärker ins Visier der Kripo geraten wollte. »Es gibt einen Grund, warum das Verhältnis zwischen Karolina und mir zerrüttet ist. Es gab tatsächlich einen Zwischenfall in der Eremitage. Das Ganze liegt mittlerweile allerdings fast ein Jahr zurück. Karolina hatte mal wieder in diesem scheußlichen Ruinentheater geprobt, als ich sie am späten Nachmittag dort besuchte. Sie müssen wissen, es ist mir wichtig zu erfahren, wie meine Leute proben. Öffentliche Bühnen sind mir allerdings ein Graus. Schlechte Akustik, viel Ablenkung – vergeudete Zeit, wenn Sie mich fragen. Ich weiß nicht, warum sich manche Sänger und Sängerinnen derart profilieren müssen.« Báthory trank einen großen Schluck Bier, ehe er fortfuhr. »Karolina ist ohne Zweifel eine schöne, talentierte Frau. Ich gebe zu, dass ich eine Zeit lang ein Auge auf sie geworfen habe. An jenem Tag in der Eremitage bin ich jedoch etwas zu weit gegangen, falls Sie verstehen, was ich meine. Sie war an diesem Tag sehr aggressiv, fast schon feindselig mir gegenüber.«

»Ich schätze, nicht ohne Grund«, fiel ihm Brunkhorst ins Wort.

»Was heißt, nicht ohne Grund?«, raunzte Báthory zurück. »Ich war trotzdem nett zu ihr und wollte nur, dass Karolina auch ein bisschen nett zu mir ist. Aber sie hat sich verhalten wie eine ungarische Ziege.«

»Nett?«, hakte Zollinger nach. »Was verstehen Sie darunter?«

»Sie wissen schon, wie ich das gemeint habe. Sie wollte eben nicht und hat mir eine deftige Ohrfeige verpasst. Seitdem ist unser Verhältnis etwas, sagen wir mal, belastet. Ich mag sie noch immer, aber die Kleine ist ein wenig nachtragend.«

»Das hört sich in dem Brief aber etwas anders an. Hier ist von ständiger Kritik und Tyrannei die Rede. Vanessa Depoutot haben Sie ja offenbar sogar den Tod gewünscht.«

»Schwachsinn!«, zischte Báthory. »Ein unbedachter Spruch, mehr nicht! Ich lasse meinen guten Namen nicht von dieser Frau zerstören. Wer die Kritik eines Zsolt Báthory nicht verträgt, sollte sich einen anderen Job suchen, anstatt unverschämte Anschuldigungen zu erheben.« Báthory knallte seine rechte Faust auf den Tisch, sodass das Bier aus den herumstehenden Gläsern schwappte. Dann erhob er sich, forderte Fröhlich auf, ihm zu folgen, und verließ die Sommerhalle eiligen Schrittes.

»Alter Schwede, was für ein Kotzbrocken!«, kommentierte Brunkhorst. »Wenn ich den als Vorgesetzten hätte, würde ich auch solche Briefe schreiben. Dagegen ist Schneepflug ja ein einfühlsamer, verständnisvoller Chef.«

»Allmählich blicke ich bei der ganzen Sache nicht mehr durch«, meinte Zollinger nachdenklich. »Die Sestak war mit Vanessa Depoutot zerstritten, später haben sie sich aber wieder vertragen. Beiden wurde das Leben auf dem Grünen Hügel von Zsolt Báthory schwer gemacht. Sestak wurde von ihm sexuell belästigt, woraufhin die beiden sich restlos verkracht haben und sie ihm sogar zutraut, dass er etwas mit Depoutots Tod zu tun haben kann. Karolina Sestak wurde wiederum am Mordabend von Jörg Bender in Tatortnähe gesichtet. Báthory ist sich sicher, dass Karolina Vanessa nicht umgebracht hat, schwenkt jedoch um, als er merkt, dass sie ihrerseits ihn beschuldigt.« Er stockte. »Habe ich alles berücksichtigt?«

»Schön zusammengefasst. Aber was sagt uns das? Dass die Leute auf dem Hügel einen an der Klatsche haben?«

»Bitte etwas mehr Respekt vor dem Festspielhaus«, mahnte Zollinger. »Dort wird Großartiges geleistet. Sänger und Schauspieler ticken eben anders.«

»Wann sprechen wir mit Karolina Sestak? Sollen wir wirklich warten, bis der Haftbefehl vorliegt? Wäre es nicht sinnvoller, sie vorab mit der Aussage von Bender zu konfrontieren?«

»Wenn wirklich Fluchtgefahr besteht, sollten wir sie nicht vorwarnen. Schneepflug wird das auch so sehen. Meine Befürchtung ist allerdings, dass wir sie nicht lange in U-Haft halten können. Benders Aussage wird nicht ausreichen, um eine belastbare Anklageschrift zu formulieren. Wir bewegen uns auf sehr dünnem Eis.«

»Glaubst du denn, dass sie Vanessa ermordet hat? Ich sehe derzeit einfach überhaupt kein Motiv bei ihr. Und dann noch der Brief, den sie geschrieben hat. Er klingt alles andere als feindselig.«

Zollinger zuckte mit den Schultern. »Möglich wäre es trotzdem. Immerhin hatte sie Streit mit Vanessa Depoutot. Und Benders Aussage müssen wir ernst nehmen. Es könnte also etwas dran sein an dem Verdacht.«

»Welche Rolle spielt bloß Báthory?«, überlegte Brunkhorst. »Mir fällt es schwer zu glauben, dass ein Mann wie er zu einem Mord fähig ist. Aber ich finde sein Verhalten äußerst seltsam. Wenn du mich fragst, sollten wir vorerst sehr zurückhaltend sein, was konkrete Verdächtigungen angeht. Auch die Presse darf momentan so wenig wie möglich über unsere Ermittlungen erfahren.«

Zollinger nickte stumm und trank einen großen Schluck Bier.

»Du hast eben übrigens jemanden vergessen«, sagte Brunkhorst nach einer Weile. »Was ist mit dem unbekannten Freund von Vanessa Depoutot? Das wird wohl kaum Báthory gewesen sein. Wir müssen herausfinden, mit wem sie zusammen gewesen ist. Und vor allem, warum er sich nicht bei uns meldet.«

»Den hätte ich um ein Haar schon wieder vergessen. Aber du hast natürlich recht.« Während sich Zollinger erschöpft durch die Haare fuhr, meldete Brunkhorsts Diensthandy den Empfang einer SMS.

»Hallo, Herr Brunkhorst, ich bin heute Abend privat in Bayreuth. Würde mich freuen, wenn Sie Zeit für einen Plausch hätten. Grüße, Tina Siegel«, las Brunkhorst. Er spürte, wie sein Herz pochte und ihm das Blut in den Kopf schoss. Aufgeregt umklammerte er das Telefon, steckte es in seine Hosentasche und zog es sofort wieder hervor, um die SMS ein weiteres Mal zu lesen. Es gab keinen Zweifel, Dr. Tina Siegel hatte ihn tatsächlich gefragt, ob er mit ihr ausgehen wolle. Und das noch am selben Abend.

»Imke?«, fragte Zollinger herausfordernd. »Oder Anni?«

»Viel besser«, frohlockte Brunkhorst. »Die Frau Doktor möchte mich sehen. Und zwar jetzt gleich.«

»Beruflich, nehme ich an«, sagte Zollinger augenzwinkernd.

»Natürlich. Woran hast du denn gedacht?«

Zollinger lachte und stieß seinen Bierkrug gegen den von Brunkhorst. »Dann sieh zu, dass du dich vom Acker machst. Knöpf sie dir vor, vielleicht hat sie ja noch wichtige Informationen für uns!«

»Bestimmt. Ich werde sie auf Herz und Nieren prüfen.« Brunkhorst stand gut gelaunt auf. »Dir noch einen schönen Abend. Wir sehen uns morgen früh.«

Dann wählte er Tina Siegels Nummer.

12

Sie saß mit übergeschlagenen Beinen auf einem Barhocker und nippte an einem Cocktailglas mit einem blau schimmernden Getränk. Ihre blonden Haare trug sie offen, wodurch sie weniger streng wirkte. Der knielange Rock und das enge Top ließen sie noch fraulicher erscheinen, als Brunkhorst sie in Erinnerung hatte.

Als er das Borracho am unteren Ende der Maximilianstraße betrat, hatte er einen Moment lang das Gefühl, als befände er sich in einer Filmszene, in der die unbekannte Schöne in einer schummrigen Nachtbar auf den harten Cop wartet, um ihm die lang ersehnten Informationen zu liefern.

»Frau Doktor?«

»Hallo, schön, dass Sie so schnell kommen konnten.« Tina Siegel stand auf und begrüßte Brunkhorst mit zwei Küsschen rechts und links auf die Wangen. Fast so, als würden sie sich schon seit Jahren kennen.

»Ich war ohnehin in der Nähe«, sagte Brunkhorst und bemühte sich, so unaufgeregt wie möglich zu klingen. »Ich bin gespannt, worüber Sie mit mir reden möchten.«

An ihrem fragenden Blick erkannte Brunkhorst, dass sie nicht verstand, worauf er hinauswollte.

»In Ihrer SMS klang es so, als hätten Sie etwas mit mir zu besprechen.«

»Ach so«, sagte sie und warf lachend ihren Kopf nach hinten, sodass die wallenden Haare Brunkhorsts Gesicht streiften. »Das haben Sie etwas falsch verstanden. Ich war heute Nachmittag wegen einer beruflichen Angelegenheit bei der Staatsanwaltschaft hier in Bayreuth und wollte den

Abend ganz entspannt bei einem leckeren Cocktail und mit einer netten Begleitung ausklingen lassen. Ich hoffe, Sie sind jetzt nicht allzu enttäuscht darüber, dass Sie einen privaten Abend mit mir verbringen müssen.«

»Ich ... äh ... absolut nicht«, stammelte Brunkhorst. »Ganz im Gegenteil. Ich freue mich.«

Es dauerte einige Minuten, ehe die Unterhaltung der beiden in Gang kam. Brunkhorst rutschte unruhig auf seinem Barhocker herum und zupfte sich vor lauter Unsicherheit abwechselnd an seinem FC-St.-Pauli-T-Shirt und seiner neuen dunkelgrauen Levi's herum, die noch so eng saß, dass er fürchtete, sein bestes Stück würde bleibenden Schaden davontragen. Brunkhorst war jemand, der viel Zeit in sein Outfit investierte, auch wenn ihm das nicht jeder auf den ersten Blick ansah. Er nannte seinen Stil gerne »Jungfernstieg meets Reeperbahn«.

»Ich heiße übrigens Sören«, sagte Brunkhorst nach einer Weile. »Bei uns im Norden ist man zwar manchmal etwas steifer, aber auf dem Kiez wird sich schnell geduzt.«

»Ich bin Tina. Als gebürtige Münchnerin bin ich auch gerne und schnell mit Menschen per Du. Erzähl mir doch ein bisschen von deiner Zeit in Hamburg. Ich war mal in Kassel, nördlicher bin ich noch nicht gekommen. Wenn ich verreise, dann eher in den Süden. Toskana, Ligurien, Provence.«

»Kassel?« Brunkhorst lächelte. »Von dort ist es ja im Grunde nur ein Steinwurf bis zur Küste. Was willst du denn hören über Hamburg, meine Perle?«

Im selben Moment merkte er, dass er sich unglücklich ausgedrückt hatte. Tina sah ihn überrascht an.

»Hamburg, meine Perle ist die Hymne der Stadt, von Lotto King Karl. Hat mittlerweile beinahe schon Hans Albers abgehängt. Ganz nette Nummer, auch wenn es die Mucke der Rauten ist.«

»Von wem?«, fragte sie irritiert.

»So werden die HSV-Fans genannt. Als St.-Pauli-Anhänger versucht man, den Vereinsnamen möglichst nicht in den Mund zu nehmen. Gesunde Rivalität.«

»Aha, interessant«, sagte Tina mit einer Spur Ironie in der Stimme. »Treibst du auch aktiv Sport?« Sie musterte seinen Körper eindringlich.

»Ein bisschen Radfahren und Joggen. Ab und zu kicke ich mit den Polizeikollegen. Nichts Wildes.«

»Jetzt sei mal nicht so bescheiden. Die Figur kann sich für einen Mann deines Alters durchaus sehen lassen.«

»Meines Alters?«, fragte Brunkhorst mit gespielter Entrüstung. »Darf ich das als Kompliment verstehen?«

»Natürlich!«, antwortete Tina. »Alter spielt bei mir keine Rolle. Außerdem, so viel jünger als du bin ich nun auch wieder nicht.«

»Darf ich fragen, wie alt?«

»Fünfunddreißig, gerade geworden.«

Brunkhorst lachte laut auf und sah Tina Siegel ungläubig an. »Dann bist du ziemlich genau ein Jahr älter als ich. Ich sollte mir wohl langsam Gedanken darüber machen, wie ich wirke.«

»Tut mir leid«, sagte Tina kleinlaut. »Das muss wohl an deinen angegrauten Schläfen liegen. Habe ich noch nie bei einem so jungen Kerl gesehen. Machen aber ungemein sexy.«

»Jetzt versuchst du doch nur die Situation zu retten. Wer findet denn graue Haare bei einem Mittedreißigjährigen attraktiv?«

»Mehr Frauen, als du denkst.« Mit einem dezenten Augenaufschlag lächelte sie Brunkhorst an und gab ihm zu verstehen, dass sie definitiv zu dieser Sorte Frauen gehörte.

Die offensichtliche Flirterei machte Brunkhorst verlegen. Trotz des aufregenden Kribbelns, das er am ganzen Körper spürte, war ihm die ganze Situation nicht geheuer.

»Habt ihr eigentlich etwas Neues im Todesfall Vanessa Depoutot herausfinden können?«, wechselte er abrupt das Thema.

»Ganz ohne geht nicht, oder? Ihr von der Kripo seid doch alle gleich, immer nur die Arbeit im Kopf.«

»Ich habe mal gelesen, dass Kriminalbeamte auf Platz zwei der Berufsgruppen stehen, die am schlechtesten Job und Privates trennen können. Knapp hinter den Ärzten.« Er schmunzelte verschmitzt und nippte an seinem Cocktail.

»Da hast du allerdings recht.« Tina lächelte. »Darum klappt's auch nie mit den Beziehungen. Aber das ist ein anderes Thema. Du hattest nach Ergebnissen gefragt: Es gibt tatsächlich Neuigkeiten. Bruchthaler und ich sind uns mittlerweile sicher, dass die Wunde am Hinterkopf von Vanessa Depoutot vom Aufprall auf den Steinboden stammt. Es spricht also nichts dafür, dass sie mit einem stumpfen Gegenstand ermordet wurde, wie wir anfangs noch vermutet haben.«

»Heißt das, dass ihr Tod auch ein Unfall gewesen sein kann?«, fragte Brunkhorst erstaunt.

»Nein, das glaube ich nicht. Erinnere dich nur mal an die Würgemale am Hals, die Hämatome und die ausgerissenen Haare am Hinterkopf. Möglicherweise ist sie in Folge des Kampfes gestürzt und auf den Hinterkopf gefallen. Allerdings ist es unwahrscheinlich, dass die Wunde einzig und allein von einem Sturz herrührt. Bruchthaler glaubt, dass ihr Kopf vorsätzlich auf den harten Stein geschmettert wurde.«

»Ich verstehe. Das spricht nicht unbedingt für einen von langer Hand geplanten Mord«, sagte Brunkhorst nachdenklich. »Kannst du dir eigentlich vorstellen, dass der

Mord von einer Frau begangen wurde? Ich meine, ihr könnt doch anhand der Verletzungen das Geschlecht des Täters abschätzen, oder?«

»Bei Stich- oder Schussverletzungen haben wir mittlerweile eine hohe Erfolgsquote, was das Täterprofil angeht. Physiognomische Fakten lassen sich relativ leicht analysieren. Wir stimmen uns immer eng mit den zuständigen Kriminaltechnikern ab. Ich habe schon ein paarmal mit Kilian Hausner zu tun gehabt.«

»Oh, mein Beileid.«

Tina lächelte, ohne näher auf Brunkhorsts Kommentar einzugehen. »Im Fall Vanessa Depoutot ist die Frage nach der exakten Täterschaft nur sehr schwer zu beantworten. Die Verletzungen sind derart unspezifisch, dass sie sowohl von einem Mann als auch von einer Frau stammen können. Die Hämatome und die Wucht, mit der der Kopf auf den Stein geschlagen wurde, sprechen für einen männlichen Täter. Die ausgerissenen Haare dagegen wären ja eher die weibliche Art, eine körperliche Auseinandersetzung zu führen.« Sie grinste, schien aber zu spüren, dass das Thema zu ernst war, um Späße darüber zu machen. »Lass uns über etwas anderes reden«, bat sie stattdessen. »Ich will heute Abend nicht mehr über Tote sprechen müssen. Auf meinem Tisch lagen heute schon genug.«

»Tut mir leid, du hast recht«, antwortete Brunkhorst. »Es gibt viel schönere Dinge, über die wir reden können. Bist du eigentlich mit dem Wagen hier?«

»Du willst jetzt nicht ernsthaft mit mir über Autos reden, oder?«, fragte sie überrascht.

»Nein«, konterte Brunkhorst lachend. »Ich würde dich aber gerne auf einen weiteren Cocktail einladen.«

»Immer zu, ich bin mit der Bahn hier. Wenn es zu spät wird, schlafe ich bei meiner Freundin Natascha. Die kenne ich noch aus meiner Zeit in Würzburg. Und morgen habe ich ohnehin meinen freien Tag.«

»Na dann, eine Blue Lady für die Lady und einen Gin Tonic für mich«, rief Brunkhorst dem Barkeeper zu. »Auf einen netten Abend!«

13

Um kurz nach halb acht wachte Brunkhorst auf. Ein kleiner Sonnenstrahl, der durch die Aluminiumjalousien fiel, traf ihn im Gesicht und erwärmte seine Haut. Er versuchte, sich mit dem Handrücken gegen das blendende Licht zu wehren, doch es war zwecklos. Er war unendlich müde, aber hinter seiner Schädeldecke machte sich wieder das unangenehme Pochen der letzten Tage bemerkbar, weshalb es ihm nicht mehr gelang, den Weg zurück in den Schlaf zu finden.

Vorsichtig stützte sich Brunkhorst mit den Armen auf und öffnete seine Augen. Alles war nur schemenhaft, der Sandmann hatte ganze Arbeit geleistet. Aber irgendetwas war anders als sonst. Etwas stupste ihn an. Etwas Weiches. Die Jalousien ließen immer mehr Licht herein. Wieso eigentlich Jalousien? Er hatte doch Vorhänge in seiner Wohnung. Das Weiche neben ihm, was um Himmels willen …?

Er schreckte hoch und riss seine Augen auf. In Sekundenschnelle begriff er, wo er sich befand. Neben ihm lag Kira. Die Golden-Retriever-Hündin von Anni. Er selbst befand sich auf der flachen Liege, die für alle Fälle in seinem Büro lagerte.

Es klopfte. Anni steckte ihren Kopf durch den Türrahmen.

»Na, was hast du denn gestern Abend gemacht? Hier riecht's ja wie in einer Kneipe.«

»Guten Morgen, Anni. Was macht denn deine Töle hier?«

»Töle? Ich geb dir gleich ein paar. Kira ist der liebste

Hund der Welt. Ich muss gleich zum Tierarzt mit ihr. Arthrose.«

»Ich auch. Zumindest habe ich das Gefühl.« Brunkhorst fasste sich an den Rücken und streckte den verspannten Körper.

»Weshalb hast du denn nun hier geschlafen? Hast du etwa die ganze Nacht durchgearbeitet?«

Brunkhorst kratzte sich am Kopf. Noch waren nicht all seine Erinnerungen zurückgekehrt. Erst nach und nach konnte er die Ereignisse vom Vorabend in seinem Gedächtnis rekonstruieren.

Gegen elf Uhr und nach zwei weiteren Cocktails hatte er in Begleitung von Tina Siegel das Borracho verlassen. Tina hatte vorgeschlagen, noch einen Absacker in der Kneipe, in der ihre Freundin arbeitete, zu trinken.

»Wo arbeitet denn deine Freundin?«, hatte Brunkhorst gefragt.

»In so einem französischen Bistro in der Von-Römer-Straße«, hatte sie geantwortet.

»Und wie heißt sie noch mal?«, hatte Brunkhorst nachgehakt.

»Natascha. Natascha Engel. Wieso?«

»Ach, nichts«, hatte Brunkhorst lapidar angemerkt und war Tina durch den kleinen Gang zwischen Dammallee und Von-Römer-Straße gefolgt.

Natascha Engels Schicht im Miamiam Glouglou war schon vorbei gewesen, sodass sie sich gleich zu ihnen an den Tisch gesetzt hatte. Brunkhorst war erleichtert gewesen, dass sie sich offenbar nicht mehr an sein Gesicht erinnern konnte. Ihr Besuch vor einigen Tagen schien keinen bleibenden Eindruck hinterlassen zu haben.

Er hatte den beiden Frauen das Redefeld überlassen und sich selbst hauptsächlich dem heimischen Weißbier hingegeben. Anfangs hatte es ihn gewurmt, dass die beinahe schon vertraute Zweisamkeit zwischen Tina und ihm so abrupt geendet hatte, doch tief im Innern wusste er, dass es besser gewesen war. Sex in der ersten Nacht war der todsichere Killer ernsthafter Beziehungsbemühungen.

Um kurz vor eins hatten sie zu dritt das Miamiam Glouglou verlassen. Brunkhorst war sturzbetrunken gewesen, nachdem er zum Abschluss noch zwei Calvados getrunken hatte. Sie wollten sich gerade voneinander verabschieden, als Natascha Engel plötzlich etwas sagte, was ihn aufhorchen ließ.

»Tina, du glaubst übrigens gar nicht, wer gestern hier war.«

»Erzähl!«

»Luc.«

»Wer?«

»Dieser Franzose, der eine nach der anderen von uns angebaggert hat? Habe ich dir nicht von ihm erzählt?«

»Ich kann mich nicht erinnern.«

»Ein Glück, dass ich nicht auf farbige Männer stehe.«

In Brunkhorsts betrunkenem Kopf hatte es gerattert. Er war sich unsicher gewesen, ob er sich Natascha Engel zu erkennen geben sollte. Einerseits musste er wissen, warum und seit wann Luc wieder in Deutschland war. Auf der anderen Seite fühlte er sich körperlich nicht mehr in der Lage, die richtigen Fragen zu stellen.

Küsschen links, Küsschen rechts. Und noch einmal. Ehe er sichs versah, hatten sich die beiden Frauen von ihm verabschiedet und waren in Richtung Sophienstraße davongegangen.

»Sag mal, schläfst du mit offenen Augen?«

Brunkhorst schrak hoch. Anni stand noch immer kopfschüttelnd in der Tür.

»So in etwa«, murmelte Brunkhorst. Langsam richtete er sich auf und kletterte über Kira hinweg, die noch immer neben seinem Notfallbett lag. »Kannst du mir ein paar Kopfschmerztabletten bringen? Das wäre ganz lieb von dir.«

»Ich mache dir sogar einen Kaffee. Und meine Butterbreze kannst du auch haben.«

»Anni, du bist einfach ein Schatz. Willst du meine Frau werden?«

»Frag mich in ein paar Stunden noch mal, wenn du wieder nüchtern bist«, konterte Anni grinsend und ging.

Brunkhorst räumte die Liege beiseite, setzte sich an seinen Schreibtisch und versuchte seine Gedanken neu zu ordnen. Vor ihm lag das Ergebnis der letzten Nacht: ein großes weißes Blatt, auf das er ein Schaubild und einige Notizen skizziert hatte.

Die halbe Nacht hatte er damit verbracht, im Internet nach Luc zu recherchieren. Tatsächlich war es ihm gelungen, weitere Fakten über dessen Leben herauszufinden. Sein vollständiger Name lautete Luc Julien Dacheville. Er war vierundzwanzig Jahre alt und studierte – wie Nicole bereits in Erfahrung gebracht hatte – in Nantes Literaturwissenschaften. Im Rahmen eines europäischen Austauschprogramms war Dacheville im vergangenen Jahr ein Semester an der Universität Bayreuth gewesen und hatte während dieser Zeit als Aushilfskellner im Miamiam Glouglou gejobbt. Anschließend war er nach Frankreich zurückgekehrt, um dort sein Studium fortzusetzen. Weiterhin hatte Brunkhorst in Erfahrung gebracht, dass Dacheville ein erfolgreicher Fechter war und zum erweiterten Team der französischen Florett-Nationalmannschaft gehörte. Auf der Internetseite eines Bayreuther Stadtmagazins hatte Brunkhorst zufällig einige Fotos entdeckt, auf denen Dacheville bei verschiedenen Gelegenheiten in Feierlaune zu sehen war. Manche Bilder waren im Miam-

miam Glouglou aufgenommen, andere zeigten Dacheville auf Studentenpartys.

Stundenlang hatte Brunkhorst versucht, etwas zu finden, das nicht in das Saubermann-Image von Dacheville passte. Irgendetwas, das ihn in ein anderes Licht stellte, ohne dass Brunkhorst eine genaue Vorstellung davon hatte, was dies sein konnte. Um kurz nach vier hatte er schließlich aufgegeben. Nichts deutete darauf hin, dass Luc Dacheville etwas mit dem Tod von Vanessa Depoutot zu tun hatte. Wenn da nicht die angebliche Liaison zwischen den beiden gewesen wäre, von der Natascha Engel bei ihrem ersten Gespräch berichtet hatte.

»Sören?«

Brunkhorst zuckte zusammen und sah in das überraschte Gesicht von Zollinger, der in der Tür stand.

»Was machst du denn schon hier? Und wie siehst du überhaupt aus?«

»Längere Geschichte«, antwortete Brunkhorst. »Ich brauch erst mal einen Kaffee.«

»Den kannst du unterwegs trinken. Ich habe meine Thermoskanne dabei.«

Brunkhorst blickte seinen Kollegen verständnislos an.

»Der Haftbefehl gegen Karolina Sestak liegt vor. Die Streife steht auch schon bereit, wir können sofort los.«

»Aber …«

»Kein Aber«, unterbrach ihn Zollinger. »Die Staatsanwaltschaft glaubt, dass Fluchtgefahr besteht.«

»Also, ich bin mir nicht mehr so ganz sicher, ob …«

»Jetzt nicht, Sören, wir müssen uns beeilen. Entweder raffst du dich auf, oder ich nehme Nicole mit.«

»Ich muss dir aber etwas erzählen«, beharrte Brunkhorst. »Die letzte Nacht war ganz schön ereignisreich.«

»Freut mich für dich, ehrlich. Aber kannst du mir von deinen Frauengeschichten nicht später berichten?«

»Nein, nein, es ist anders, als du denkst. Ich habe die Nacht hier in meinem Büro verbracht und mir das Hirn zermartert. Möglicherweise haben wir falsch gedacht.«

»Was soll das heißen?«

»Luc ist wiederaufgetaucht. Vanessa Depoutots flüchtige Affäre, du erinnerst dich?«

Zollinger nickte.

»Natascha Engel, die Bedienung aus dem Miamiam Glouglou hat es mir erzählt.«

»Hast du etwa auf eigene Faust herumgeschnüffelt?«

»Die Welt ist manchmal verdammt klein, und Informationen ergeben sich aus Zufallssituationen.«

»Was willst du mir eigentlich sagen?« Zollinger wurde immer ungeduldiger.

»Kannst du dir das nicht denken? Luc Dacheville ist wieder in Bayreuth – was ist, wenn doch er der unbekannte Freund von Vanessa Depoutot war?«

»Mir ist schon klar, was das zu bedeuten hat«, antwortete Zollinger. »Aber sollen wir deshalb etwa den Haftbefehl gegen Karolina Sestak fallen lassen? Glaubst du denn wirklich, dass dieser Luc etwas mit dem Mord zu tun hat?«

»Weiß nicht«, sagte Brunkhorst nachdenklich. »Seltsam ist die Sache aber schon. Vanessa Depoutot hatte einen Liebhaber, den wir noch immer nicht kennen. Vor einiger Zeit hatte sie eine Affäre mit diesem Luc, der ist angeblich mittlerweile wieder in Frankreich, taucht aber wenige Tage nach ihrem Tod erneut in Bayreuth auf.«

»Hatten wir uns nicht vergewissert, dass Luc noch immer in Frankreich ist?«

»Nicole hat so etwas erwähnt.« Brunkhorst griff zum Hörer und wählte die interne Nummer seiner Kollegin. Nach dem zweiten Klingeln nahm sie ab.

»Moin, Nicole, Sören hier. Du musst mir mal ganz schnell eine Frage beantworten. Du hast doch in Nantes bei diesem Luc angerufen, oder?«

»Ja und nein. Ich habe zwar in Nantes angerufen, aber nur mit seiner Mutter gesprochen. Meine Französischkenntnisse haben ausgereicht, um zu verstehen, dass ihr Sohn wohl gerade in der Uni war. Was klingst du denn so aufgeregt in dieser Herrgottsfrüh?«

»Du hast also nicht mit ihm persönlich gesprochen?«

»Nein«, sagte Nicole entschieden. »Warum ist das denn so wichtig? Die Mutter klang durchaus glaubwürdig.«

»Erkläre ich dir später, danke erst mal. Zolli und ich müssen dringend los. Der Haftbefehl gegen Karolina Sestak liegt vor. Bis später dann.« Brunkhorst legte auf und sagte zu Zollinger: »Dann lass uns fahren. Ich hoffe nur, wir tun das Richtige.«

Karolina Sestak trug ein leicht transparentes Negligé und rosa Plüschpantoffeln, als sie die Tür öffnete und in die Gesichter der verblüfften Kriminalpolizisten blickte.

»Ist sie das, oder haben wir uns in der Tür geirrt?«, fragte Zollinger leise.

»Die Adresse stimmt«, stellte Brunkhorst fest. »Und das Klingelschild passt auch.«

»Was wollen Sie denn um diese Uhrzeit? Ich hatte gestern bis spätabends Probe, und Sie haben nichts Besseres zu tun, als mich aus dem Bett zu schmeißen?« Karolina Sestak klang müde und genervt.

»Frau Sestak?«, fragte Brunkhorst gespielt verwundert. »Sie sind's ja tatsächlich. In diesem Outfit hätten wir Sie fast nicht erkannt.«

»Darf ich fragen, was Sie von mir wollen?«

»Natürlich dürfen Sie das. Wir möchten, dass Sie mit uns kommen. Uns liegt ein Haftbefehl der Staatsanwaltschaft vor. Ihnen wird Totschlag im Fall Vanessa Depoutot vorgeworfen.«

Karolina Sestak war plötzlich hellwach. Sie sah Zollinger mit großen Augen an, schien jedoch nicht zu verstehen, wovon er sprach.

»Es existiert eine Zeugenaussage, die Sie schwer belastet.« Zollinger klärte sie in aller Kürze über ihre Rechte auf, dann bat er sie, sich umzuziehen.

Sie verschwand in einem angrenzenden Zimmer und kam wenig später wieder zurück. Sie hatte sich einen schwarzen Seidenbademantel übergeworfen und war kurzerhand in ein Paar champagnerfarbene Absatzschuhe geschlüpft.

Zollinger und Brunkhorst sahen Karolina Sestak verwundert an, als sie sich kommentarlos an ihnen vorbeidrängte und sich von den beiden anwesenden Kollegen der Schutzpolizei nach draußen führen ließ. Bevor sie sich auf die Rückbank des Streifenwagens setzte, der vor der Haustür parkte, blickte sie sich noch einmal zu Brunkhorst um, der auf dem Bürgersteig stand und sich gerade eine Zigarette anzündete.

»Ich weiß, dass Sie den Brief gelesen haben«, sagte sie leise. »Pia hat es mir erzählt.«

Brunkhorst nickte und nahm einen tiefen Zug heißer Tabakluft.

»Und weshalb dann ich? Der Brief beweist doch das Gegenteil. Hat es Báthory tatsächlich geschafft, Sie zu linken? Nicht genug, dass er Vanessa auf dem Gewissen hat. Jetzt will er auch noch mich hinter Gitter bringen. Sie können ihm sagen, dass es dazu nicht kommen wird. Ich werde kämpfen und alles tun, damit er die Strafe bekommt, die ihm zusteht.«

Da war sie wieder, die angriffslustige Karolina Sestak, die sie bei ihrem Besuch auf dem Grünen Hügel kennengelernt hatten.

»Es hat nichts mit Báthory zu tun. Wir werden Ihnen auf dem Präsidium sagen, wer gegen Sie ausgesagt hat.« Brunkhorst schob die sichtlich verwunderte Karolina Sestak in Richtung Einsatzwagen. Sie verschwand auf der Rückbank, während einer der Kollegen hinter ihr die Tür des Autos schloss. Gerade als der Streifenwagen davonfuhr, rollte das Fahrzeug der Spurensicherung an, und Kilian Hausner stieg aus.

»Ihr seid aber auch wie die Geier«, begrüßte Brunkhorst den jungen Kriminalkommissar. »Kaum betreten wir irgendwo in Bayreuth eine Wohnung, seid ihr mit euren schicken Schutzanzügen auch schon da. Fahrt ihr eigentlich den ganzen Tag auf dem Ring um die Stadt herum, dass ihr immer so schnell zur Stelle seid?«

»Höre ich da Neid, weil wir so professionell arbeiten?«, entgegnete Hausner. Er schien die Ironie in Brunkhorsts Worten nicht registriert zu haben.

»Du hast mal wieder den Nagel auf den Kopf getroffen. Spitzfindig wie eh und je.« Brunkhorst sah seinen Kollegen mit einem müden Lächeln an. Kilian Hausner war gerade mal Anfang dreißig, stand aber bereits kurz davor, die Leitung des Kommissariats für Tatortarbeit zu übernehmen. Seine strebsame, zuweilen auch besserwisserische Art hatte ihm auf der Beliebtheitsskala unter den Kollegen jedoch einen der hintersten Plätze eingebracht. Auch Brunkhorst konnte Hausner nur schwerlich ertragen und war froh, wenn sie sich aus dem Weg gehen konnten.

»Ich habe noch etwas für dich«, sagte Hausner plötzlich. »Wir sind an allen Fronten aktiv, wie du weißt. Und hin und wieder sind wir auch erfolgreich.« Er reichte Brunkhorst einen Umschlag.

»Was ist das?«

»Sieh nach!«

Brunkhorst öffnete hektisch den Umschlag und zog ein

Foto hervor. Ein vergrößertes Passbild. Es zeigte das Porträt eines schlanken Mannes, nicht älter als Mitte dreißig. Brunkhorst war sich sicher, ihn noch nie gesehen zu haben. Der Mann trug kurze schwarze Haare und einen Dreitagebart, der ihn keineswegs ungepflegt erscheinen ließ. Insgesamt machte er einen attraktiven Eindruck auf Brunkhorst. Jemand, dem die Frauen bestimmt zu Füßen lagen, dachte er.

»Wärst du so freundlich, mir zu erklären, wer das ist?«, fragte er.

»Das weiß ich leider auch nicht, aber ich kann dir verraten, wo wir das Bild entdeckt haben. Es steckte in einem der Bücher, die wir in Vanessa Depoutots Zimmer gefunden haben.«

Brunkhorst erkannte aus dem Augenwinkel den zufriedenen Gesichtsausdruck seines Kollegen. Die runden Wangen des leicht übergewichtigen Kriminaltechnikers erinnerten an zwei vollreife Äpfel. Sein Pagenschnitt wirkte wie ein billiges Haarteil aus den Siebzigerjahren, und die Klugscheißerbrille, wie Brunkhorst sie insgeheim nannte, hing tief auf Hausners Nase.

»Dreh das Bild um!«, frohlockte Hausner. »Dann verstehst du, warum es wichtig sein kann.«

Auf der Rückseite des Fotos befand sich eine Widmung: *Damit ich immer bei dir bin. Liebe dich, dein Mäuserich.* Brunkhorst war sich sicher, dass es dieselbe Schrift war wie in dem Brief, den sie in Vanessa Depoutots Zimmer gefunden hatten.

»Mäuserich«, murmelte er. Er verstand sofort, was Hausner gemeint hatte. Der unbekannte Liebhaber von Vanessa Depoutot. Endlich besaß Mäuserich ein Gesicht.

In Brunkhorst ratterte es. Plötzlich überkam ihn das ernüchternde Gefühl, dass die Gedanken der letzten Nacht überflüssig und unlogisch gewesen waren. Wieso hatte er geglaubt, dass Luc der Unbekannte gewesen war? Der Liebesbrief, den sie gefunden hatten, war in perfektem Deutsch verfasst. Es war mehr als unwahrscheinlich, dass Luc Dacheville der Verfasser war. Er hätte Vanessa mit Sicherheit auf Französisch geschrieben. Außerdem hätte sich ein Franzose doch auch kaum mit dem Kosenamen »Mäuserich« verabschiedet.

Brunkhorst ärgerte sich. Er hatte in seinem betrunkenen Zustand einfach nicht darüber nachgedacht, dass zu viel dagegen sprach, dass Dacheville der heimliche Partner von Vanessa Depoutot gewesen war. Oder konnte es etwa doch sein, dass er sie aus Eifersucht umgebracht hatte, nachdem er nach Deutschland zurückgekehrt war und sie ihn hatte abblitzen lassen?

»Wir müssen dringend herausbekommen, wer das ist«, sagte Brunkhorst nach einer Weile. »Ich bin mir sicher, dass er uns den entscheidenden Schritt voranbringen wird.«

»That's your job!«, antwortete Hausner und nahm das Foto wieder an sich. »Eine Kopie davon liegt auf deinem Schreibtisch.«

Zollinger hatte Glück und fand einen Parkplatz direkt vor der Metzgerei in der Alexanderstraße.

»Ich warte hier«, sagte er zu Brunkhorst. »Nicht dass wir ein Knöllchen bekommen. Die lauern hier an jeder Ecke.«

Brunkhorst kletterte aus dem Wagen und schüttelte verwundert den Kopf über den lauten Alpenrock, der augenblicklich aus Zollingers Espace drang. Im nächsten Moment spürte er, dass seine Kopfschmerzen zurückkehrten. Doch nicht nur das Bier und die Cocktails des gestrigen Abends waren Ursache für das Pochen hinter der Stirn. Die unbequeme Liege hatte ihm den Rest gegeben. Ein stechender Schmerz unterhalb des linken Schulterblatts zog sich hoch bis zu den Schläfen, die er mit dauerhaftem Massieren bearbeitete.

Als Zollinger vorgeschlagen hatte, mal wieder die Allzweckwaffe Leberkäslabla anzuwenden, war er heilfroh gewesen. Weniger glücklich war er jedoch über die Tatsache, dass ihn eine Frau mittleren Alters in der Schlange vor der Fleischtheke erkannte und in breitem Bareiderisch für alle hörbar ansprach.

»Grüß Gott, Herr Kommissar. Wissens nu, wer i bin? Dem Hendls-Beeda sei Fraa.«

»Äh, natürlich, doch ... klar ... Frau Bäder.«

»Na, ned Bäder. Beeda.«

Jetzt fiel es Brunkhorst wieder ein. Der Name ihres Mannes war Ingo Peter. Er besaß einen Brathendlstand auf dem Markt und war vor einigen Monaten nach Geschäftsschluss brutal überfallen worden.

»Frau Peter, genau, ich erinnere mich. Wie geht es Ihnen und Ihrem Mann?«

»Passt scho! Die Rumgreinerei hilft ja nix, des Lebn muss weitergeh. Ober des, wos ma von Ihnen hört, des gfällt ma fei ned so bsonders.«

»Von mir?«, fragte Brunkhorst überrascht.

»Na, von der Polizei halt. Wos ma da hört, macht ma fei angst und bang. Habens denn edsad dadsächlich scho wen verhaftet?«

»Woher wissen Sie denn das?«

»Ausm Radio. Hot vor zehn Minutn des Radio Mainwelle gebrocht.«

Brunkhorst wunderte sich wieder einmal, wie schnell die Medien an Informationen gelangten.

»Hams denn aa den Richtigen erwischt? Das Radio hot gmeldet, dass es wer von die Festspiele is.« Sie beugte sich zu Brunkhorst herüber und sah ihn verschwörerisch an. »Sie könntn ma doch verroodn, wer der Mörder is. Ich troogs aa ned weiter.«

»Tut mir leid, Frau Peter, darüber darf ich nicht reden. Aber ich kann Ihnen versprechen, dass wir unser Bestes tun, um die Hintergründe der Tat aufzuklären.«

»Sens halt ned so«, drängelte Frau Peter. »Ich kann schweigen wie a Groob.«

»Der Nächste, bidde!« Die gertenschlanke Frau hinter der Theke, die so gar nicht an eine Metzgereifachverkäuferin erinnerte, unterbrach die Unterhaltung der beiden, worüber Brunkhorst heilfroh war. Er hatte wenig Lust, in aller Öffentlichkeit über den Fall zu reden, schon gar nicht darüber, wen sie gerade festgenommen hatten.

»Machns na erscht, Herr Kommissar«, sagte Frau Peter. »Ich hob Zeit. Mir müssn der Polizei doch helfn.«

»Danke, Frau Peter.«

»Bidde?«, forderte die Verkäuferin ihn auf.

»Äh, ja … also …«, stammelte er. »Zwei Leberkäsebrötchen bitte.«

Sofort spürte er den Blick der anderen Kunden. Seitdem er hier lebte, verfolgte ihn das unbestimmte Gefühl, dass es eine unsichtbare Mauer zwischen ihm und den Einheimischen gab. Eine Mauer, die immer dann wie aus dem Nichts emporwuchs, wenn er seinen Mund öffnete und zu reden begann.

»Sembf?«, fragte die Frau nach.

Klang die Verkäuferin nicht sogar patzig?, überlegte er. War sie genervt von seinem Hochdeutsch, über das jeder Hannoveraner gelacht hätte, weil er mit einem unverkennbaren Hamburger Slang sprach?

»Ja«, antwortete er kleinlaut.

»Zwaa Leberkäslabla für'n Herrn Kommissar, mit Sembf«, rief die Frau ihrer Kollegin zu. »Därfs sonst no wos sein?«

Er schüttelte den Kopf und sah sich unsicher um. Frau Peter stand noch immer direkt hinter ihm.

»I hob des Foto von der Totn in der Zeitung gsehn, furchtbor«, begann sie aufs Neue.

»Ja, in der Tat.« Brunkhorst versuchte sich der Konversation mit Frau Peter zu entziehen. Allzu aufdringliche Personen waren ihm schon immer ein Graus gewesen.

»Die is recht schee gwesn«, redete sie weiter. »Mit ihra rotn Hoor.«

»Ja, das war sie.«

»Wissns, ich bin ma sicher, dass i die Fraa scho amol irgendwo gsehn hob. Wenn i na wissad, wo …«

»So, zwaamol Leberkäs mit Sembf.« Die Verkäuferin reichte ihm ein dampfendes, in Aluminiumfolie gewickeltes Päckchen über den Tresen. »An Gutn wünsch i! Und tuns fleißig weiter ermitteln!«

»Danke«, antwortete Brunkhorst und legte das Geld passend auf die Theke. »Mit dieser kleinen Stärkung klappt das bestimmt. Tschüs!«

»Adele«, rief die Frau hinter der Theke.

»Ich glaab, eds waaß ichs wieder«, sagte Frau Peter plötzlich. »Des is mit so einer annern Fraa gwesn … ich glaab, die habn miteinanner gstrittn …«

»Jetzt aber schnell, bevor's kalt wird«, versuchte Brunkhorst ihre Worte zu ignorieren. Er zeigte entschuldigend auf sein Essen und nickte ihr zum Abschied zu.

»Wartens … ich konn Ihnen vielleicht …«

Brunkhorst hatte es eilig. Als er die Tür aufschob und ins Freie treten wollte, hörte er Frau Peter noch immer lamentieren. Sie redete etwas von irgendeinem »Dürschnitz«, ohne dass sich Brunkhorst sicher war, dass er sie richtig verstanden hatte.

»Soso, jetzt also doch nicht dieser Luc, sondern ein unscheinbarer Mann namens Mäuserich?« Schneevoigt versuchte den aktuellen Stand der Ermittlungen nachzuvollziehen, indem er das Foto des unbekannten Mannes inspizierte, das am Flipchart hing.

»Offensichtlich«, bestätigte Brunkhorst. »Ich denke, wir können davon ausgehen, dass dieser Mann der Liebhaber von Vanessa Depoutot war.« Er berichtete von seinen nächtlichen »Recherchen«, bei denen er erfahren hatte, dass Luc Dacheville offenbar wieder in der Stadt war.

Plötzlich bebte Schneevoigts Schnurrbart wieder. Er hielt sich die Hand vor die Nase, ein untrügliches Zeichen für ein baldiges Niesen. Die Kollegen der Ermittlungsgruppe, die am Besprechungstisch saßen, rückten unauffällig von ihm ab. Alles wartete darauf, dass der Vulkan ausbrach, doch die Eruption blieb fürs Erste aus.

»Es stellt sich natürlich die Frage, was das Foto überhaupt wert ist«, fuhr Brunkhorst fort. »Karolina Sestak sitzt in Untersuchungshaft, weil die Staatsanwaltschaft einen dringenden Tatverdacht sowie Fluchtgefahr sieht. Ob Mäuserich überhaupt eine Rolle spielt, ist überaus fraglich. Seltsam bleibt allerdings die Tatsache, dass er seit Vanessa Depoutots Tod abgetaucht ist.«

»Die beiden haben ja offenbar schon vor ihrem Tod ein Versteckspiel betrieben«, pflichtete ihm Zollinger bei. »Es hat zumindest niemand, mit dem wir gesprochen haben, von der Beziehung gewusst.«

»Ha... ha... haaatssscchhh!«, brach es aus Schneevoigt heraus. Er hatte es gerade noch geschafft, sich von den Kollegen abzuwenden, stattdessen traf der nasse Schwall aus seiner Nase das Foto mit dem Konterfei von Vanessa Depoutots Liebhaber.

»Vermaledeiter Beifuß! Nächstes Jahr werde ich härteres Geschütz gegen dieses Kraut auffahren!«

»Bist du dir eigentlich sicher, dass du nicht einfach nur erkältet bist?«, fragte Nicole spöttisch. »Vielleicht hast du ja auch die Schweinegrippe.«

»Mach dich ruhig lustig«, giftete Schneevoigt. »Als ich so jung war wie du, hatte ich auch nicht diese Zipperlein. Heuschnupfen kannst du nämlich noch im Alter bekommen.« Er schnäuzte sich geräuschvoll und sah dann wieder Brunkhorst an. »Was ist eigentlich mit diesem Opernregisseur? Batic, oder wie hieß der noch? Hatten wir ihn nicht auch auf unserer Verdächtigenliste wegen dieses Briefes?«

»Bislang haben sich keine neuen Erkenntnisse ergeben, die Zsolt Báthory belasten«, antwortete Zollinger. »Der Brief allein sagt nicht viel aus. Wenn wir uns anschauen, aus welcher Richtung die Anschuldigungen gegen ihn kommen, fällt auf, dass dies einzig und allein Karolina Sestak ist. Selbst bei ihrer Festnahme heute Morgen hat sie alle Schuld von sich gewiesen und behauptet, die Wahrheit über Báthory ans Licht bringen zu wollen. Wahrscheinlich ein Versuch, um von sich selbst abzulenken.«

»Einschätzungen bringen uns aber auch nicht weiter, Zolli«, näselte Schneevoigt. »Wenn es einen Vorwurf gegen diesen Batorski gibt, müssen wir ihm nachgehen. Bauchgefühl hat hier nichts verloren. Wir spielen doch kein Kuhfladenbingo.«

»Zsolt Báthory«, korrigierte Zollinger eingeschnappt.

»Ja, ja, passt scho«, grantelte Schneevoigt zurück. »Ihr wisst ja, wen ich meine.«

»Jedenfalls kann man ohne Zweifel feststellen, dass Báthory ein Stinkstiefel sondergleichen ist«, warf Brunkhorst ein. »Selten so ein blasiertes Arschloch gesehen. So wie wir ihn kennengelernt haben, neigt er zu einem überambitionierten, cholerischen Führungsstil. Dass er einen Mord begehen würde, erscheint mir trotz alledem eher unwahrscheinlich. Dennoch werden wir natürlich weiterhin ein Auge auf Báthory werfen, falls sich herausstellen sollte, dass Karolina Sestak doch die Wahrheit sagt und sie tatsächlich nichts mit dem Tod von Vanessa Depoutot zu tun hat.«

»Wie soll es denn nun mit dem Mäuserich weitergehen?« Schneevoigt sprach den Kosenamen des unbekannten Liebhabers beinahe verächtlich aus. »Er gehört zweifelsohne zu dem erweiterten Kreis der Verdächtigen. Ich frage euch: Warum verschwindet ein Mensch, nachdem seine Freundin ermordet wurde?«

»Weil er Dreck am Stecken hat«, gab Cornelia Fischbach zu bedenken.

»Möglich.« Schneevoigt zupfte an seinem Schnurrbart. Seine nervöse Nase schien sich wieder beruhigt zu haben.

»Oder weil er fürchtet, selbst zum Opfer zu werden«, sagte Zollinger leise.

»Ganz genau«, stimmte ihm Schneevoigt zu. »Und in diesem Fall kann er uns weiterhelfen, wenn es darum geht, Beweise gegen Karolina Sestak zu sammeln. Zumindest wäre dann anzunehmen, dass er etwas von den Streitigkeiten zwischen ihr und seiner Freundin mitbekommen hat.« Er nahm seine Notizzettel, klopfte sie akkurat auf die Tischplatte und ließ seinen Blick in der Kollegenrunde kreisen. »Ich hoffe, wir haben mit Karolina Sestak die Richtige festgenommen. Solange wir das noch nicht wissen, bitte ich jeden von euch, in alle Richtungen zu ermitteln und keine voreiligen Schlüsse zu ziehen. Was diesen Mäuserich angeht: Gebt das Foto an die Presse raus und versucht ihn zu finden. Ich habe das Gefühl, er könnte noch wichtig für uns sein. Also, auf geht's, packen wir's!«

Es war schon spät am Nachmittag, als Brunkhorst und Zollinger die Tür des kleinen Vernehmungszimmers hinter sich zuzogen und gegenüber von Karolina Sestak Platz nahmen. Brunkhorst schaltete das Aufnahmegerät ein und nickte seinem Kollegen zu, der die Sängerin noch einmal über ihre Rechte aufklärte und den Tatvorwurf wiederholte.

»Sie verzichten also vorerst auf einen Verteidiger?«, vergewisserte sich Zollinger.

»Ja.« Karolina Sestak nickte.

»Dann würde ich Sie bitten, zu den Vorwürfen, die gegen Sie erhoben worden sind, Stellung zu nehmen. Erzählen Sie, was am vergangenen Sonntag geschehen ist.«

»Was wollen Sie hören? Ich habe Ihnen doch alles gesagt.«

»Diesmal würden wir aber gerne die Wahrheit wissen«, wandte Brunkhorst ein. »Der Betreiber der Gastronomie in der Eremitage hat Sie gegen kurz nach halb zehn am Sonntagabend im Ruinentheater gesehen. Er sagt, dass Sie in einen heftigen Streit mit Vanessa Depoutot verwickelt waren.«

»Wer ist dieser Mensch?«, fragte Karolina Sestak irritiert.

»Sein Name ist Jörg Bender. Kennen Sie ihn etwa nicht?«

»Nie gehört. Ich halte mich nur zum Proben in der Eremitage auf.«

»Kein kühles Getränk im Biergarten nach einer harten Probe?«, insistierte Brunkhorst. Er musste an Benders Aussage denken, dass er Karolina Sestak bereits mehrfach gesehen und sogar schon kennengelernt hatte.

»Selten, ich mische mich nur ungern unter Touristen. Wenn sie spitzkriegen, dass ich bei den Festspielen singe, habe ich meistens keine ruhige Minute mehr.«

»Zurück zum Tatabend«, sagte Zollinger. »Bleiben Sie weiterhin bei Ihrer Version, dass Sie zu Hause waren und ferngeschaut haben?«

»Den Tatort mit dieser Lesbe, das sagte ich ja schon«, antwortete Karolina Sestak barsch.

»Waren Sie denn am Sonntag irgendwann im Tagesverlauf in der Eremitage?«

»Ja, am Nachmittag, aber nur kurz. Vanessa konnte erst am frühen Abend, das war mir zu spät.«

»Warum?«

»Warum, warum«, entgegnete sie aufgebracht. »Weil ich gegen sechs eine Verabredung hatte.«

»Ach? Mit wem denn?«

»Einem alten Bekannten, der überraschend zu Besuch kam«, antwortete sie kurz angebunden.

»Dürften wir Namen und Adresse dieser Person wissen?«, hakte Brunkhorst ein. »Wir müssen mit ihm sprechen, ob er das Treffen mit Ihnen bestätigen kann.«

»Das dürfte nicht so leicht für Sie sein. Er ist schon wieder abgereist. Sein Name ist Luc Dacheville.«

Brunkhorst glaubte sich verhört zu haben, doch Zollinger blickte ähnlich verdutzt drein.

»Wie nahe stehen Sie sich?«, erkundigte sich Brunkhorst. Er musste Zeit überbrücken, um seine Taktik neu zu überdenken. Damit, dass es eine Verbindung zwischen Karolina und diesem Luc gab, hatte er nun gar nicht gerechnet. Ob Karolina Sestak auch wusste, dass Luc und Vanessa Depoutot ein Verhältnis gehabt hatten? Ihm kam ein böser Verdacht.

»Was tut denn das jetzt zur Sache?«

»Hören Sie, wir haben die Information, dass Luc und Vanessa im vergangenen Jahr eine Affäre hatten«, erhob Zollinger seine Stimme. Er stand von seinem Stuhl auf, ging um den Tisch herum und beugte sich zu Karolina Sestak hinunter. Seine Cordweste spannte derart, dass Brunkhorst befürchtete, die Knöpfe würden jeden Moment abspringen.

»Wussten Sie davon?« Zollingers Gesicht befand sich jetzt direkt vor dem der hübschen Sängerin.

»Das ist mir neu«, sagte Karolina Sestak konsterniert. »Sie hat ihn mir damals vorgestellt, als wir nach einer Aufführung in diesem Bistro gefeiert haben. Damals waren wir noch nicht zerstritten. Sie hat mir nie davon erzählt, dass sie etwas mit Luc hatte.«

»Und Sie? Hatten Sie auch etwas mit Luc?« Zollinger trat einen Schritt zurück.

»Ein paar Mal, aber das kann ich an einer Hand abzählen. Ich fange doch nichts Ernsthaftes mit so einem jungen Hüpfer an.« Sie stockte und sah Zollinger nachdenklich in die Augen. »Scheiße!«, flüsterte sie plötzlich. »Jetzt habe ich dumme Kuh Ihnen wohl unfreiwillig ein Motiv geliefert, richtig?«

»Sagen Sie uns, ob das Motiv einen Mord rechtfertigt«, drängte Brunkhorst. »Haben Sie Vanessa umgebracht, weil Sie erfahren haben, dass sie etwas mit Ihrem Lover hatte?«

»Vollkommen absurd. Wollen Sie nicht begreifen, dass ich nichts mit Vanessas Tod zu tun habe? Wie können Sie glauben, dass ich eine Mörderin bin?« Karolina Sestak schüttelte entschlossen den Kopf. Obwohl die Faktenlage immer mehr gegen sie sprach, wich sie keinen Zentimeter von ihrer Haltung ab.

»Wo ist Luc Dacheville jetzt?«, fragte Zollinger. »Wieder in Frankreich?«

»Ich glaube schon.«

»Wenn ich Sie also richtig verstanden habe, war Luc zum Zeitpunkt des Mordes wieder in der Stadt«, sagte Brunkhorst nachdenklich. »Wissen Sie, warum er zurück nach Bayreuth gekommen ist? Nur um Ihnen einen Besuch abzustatten?«

»Sicherlich nicht«, antwortete Karolina Sestak beinahe

amüsiert. »Es ging um die Anerkennung einiger Kurse im Rahmen seines Studiums.« Nach einigen Momenten des Schweigens fragte sie: »Wann darf ich wieder gehen? Sie können mich hier ja nicht ewig festhalten.«

»Ich befürchte, da muss ich Sie enttäuschen«, sagte Zollinger und setzte sich zurück auf den alten Holzstuhl. »Momentan spricht einiges gegen Sie. Die Spurensicherung durchsucht in diesen Minuten Ihre Wohnung. Ich bin gespannt, was sie finden werden.«

»Sie werden gar nichts finden. Niemand wird irgendwo etwas finden, das mich belastet. Zum letzten Mal: Ich bin keine Mörderin. Sie werden mich gehen lassen müssen!«

»Lassen Sie uns noch einmal über jemand anders sprechen«, wechselte Zollinger das Thema, unbeeindruckt von Karolina Sestaks Vehemenz. »Zsolt Báthory hat gestanden, Sie seinerzeit in der Eremitage belästigt zu haben. Er sagte, dass das der Anfang Ihres gestörten Verhältnisses zueinander gewesen sei. Ist dieser Vorfall auch der Grund für Ihre Vorwürfe? Wie Sie wissen, haben wir Ihren Brief an Vanessa Depoutot erhalten. Wollen Sie sich an ihm rächen, indem Sie ihm unterstellen, er hätte den Mord an Vanessa Depoutot begangen?«

»Habe ich mich nicht schon genug über ihn ausgelassen?«, fauchte Karolina Sestak zurück. »Dieser Mann ist einfach ekelhaft. Was er mit uns gemacht hat, war massive Schikane. Und nachdem er bei mir nicht weiterkam, hat er bekanntlich versucht, Vanessa und mich gegeneinander aufzuhetzen. Was wollen Sie denn noch wissen?«

»Zum Beispiel, welches Motiv er gehabt haben soll, Vanessa umzubringen?«, fragte Brunkhorst.

»Ist das meine Aufgabe? Wozu sind Sie denn Kriminalkommissare, wenn ich Ihnen bei allem helfen soll?«

»Liebe Frau Sestak, ich bin mir nicht sicher, ob Sie verstanden haben, was wir von Ihnen hören wollen. Es geht hier nicht um uns.« Zollinger sah sie mit ernster Miene an. »Sie sollten in Ihrem ganz eigenen Interesse handeln und uns behilflich sein. Andernfalls wird die Luft dünn für Sie. Also sagen Sie uns bitte, ob Sie irgendeinen Beweis dafür haben, dass Báthory etwas mit der Sache zu tun hat. Oder entspringen Ihre Vorwürfe nur einem Hirngespinst, weil Sie sich nicht mehr anders zu wehren wissen?«

»Mir wird das hier langsam alles zu viel. Nur weil Sie nicht in der Lage sind, den wahren Mörder festzunehmen, muss ich mir das alles anhören.« Karolina Sestak machte keine Anstalten, klein beizugeben. »Ich habe mich umentschieden«, sagte sie plötzlich. »Ich möchte doch einen Verteidiger haben. Sie haben außer dieser Aussage von einem Menschen, der behauptet, mich zu kennen, nichts gegen mich in der Hand. Lange werden Sie mich hier ohnehin nicht festhalten können.«

»Wie Sie möchten.« Zollinger war bemüht, ruhig zu bleiben. Seine rote Gesichtsfarbe verriet jedoch, wie schwer es ihm fiel, nicht laut zu werden. »Das erleichtert Ihre Situation nicht unbedingt. Wir haben gegen Báthory nichts in der Hand, also spielt er in unseren Ermittlungen vorerst auch keine Rolle mehr. Ich frage Sie jetzt ein letztes Mal: Wissen Sie etwas über Báthory, oder nicht?«

»Verdammt noch mal, nein«, platzte es aus ihr heraus. »Sonst hätte ich es doch wohl längst gesagt. Verstehen Sie denn nicht, wie ich mich fühle?« Ihre Augen wurden binnen Sekunden glasig. »Ich traue ihm so ziemlich alles Schlechte dieser Welt zu, aber ob er den Mord begangen hat, kann ich nicht sagen. Ich habe keine Beweise.« Sie schluckte und rang nach Luft. »Ich weiß einfach nicht mehr, was ich tun soll. Warum denn ausgerechnet ich? Wer tut mir so etwas an? Ich kenne diesen Bender doch nicht einmal.«

»Das sagten Sie bereits«, konterte Zollinger ungerührt.

»Ich denke, für heute war's das. Im Moment habe ich keine weiteren Fragen mehr.«

»Eine Sache noch«, sagte Brunkhorst und zog die Kopie des Fotos, das die Spurensicherung in Vanessa Depoutots Wohnung entdeckt hatte, hervor. »Drehen Sie das Blatt um, und sagen Sie uns, ob Sie den Mann auf dem Foto kennen!«

Karolina Sestak zögerte und sah Brunkhorst argwöhnisch an. Dann griff sie nach dem Zettel und senkte ihren Blick.

»Und?«, fragte Brunkhorst. »Schon mal gesehen?«

»Ja, ich glaube schon«, sagte sie zögerlich. »Wenn mich nicht alles täuscht, müsste das in der Eremitage gewesen sein.«

14

Am frühen Abend legte er sich auf sein Bett und nickte nach nur wenigen Minuten ein – mitten in seinen wirren Gedanken über die Ereignisse der letzten Tage. Das Geräusch der knackenden Holztreppe bohrte sich in sein Unterbewusstsein und wurde sogleich in seinem Traum verarbeitet.

Er befand sich auf einer Personenfähre in Richtung Großbritannien, auf dem schmalen Flur eines Zwischendecks irgendwo oberhalb des Maschinenraums und unterhalb des Autodecks. Der kalte Stahl knackte und knarzte mit jeder Welle, in die das Schiff hineintauchte. Eben noch hatte er Vanessa im Arm gehalten, ehe sie sich von ihm verabschiedet hatte, um mit dem Aufzug aufs Promenadendeck zu fahren.

Wieder knarrte es im Schiffsrumpf. Es klang bedrohlicher und lauter als vorhin. Er stand hilflos auf dem Gang und blickte an den kahlen Stahlwänden entlang. Warum war Vanessa eigentlich gegangen? Er versuchte sich ins Gedächtnis zu rufen, was sie gesagt hatte. Doch alles verschwamm vor seinem inneren Auge.

Es klopfte. Der Stahl hämmerte. Auch in seinem Kopf pochte es. Und an der Tür. Er schrak hoch und blickte sich mit weit aufgerissenen Augen um. Es war bereits dunkel. Er zählte die Sekunden, maximal fünf. Dann begriff er, dass er nur geträumt hatte.

Seine Füße fühlten sich heiß an. Er trug noch immer die Turnschuhe, die er tagsüber angehabt hatte. Genauso wie die Jeans und das Poloshirt. Ein überfüllter Aschenbecher stand neben dem Futonbett und verursachte einen Gestank in seiner Nase, der einen Moment lang ein Würgegefühl in ihm auslöste.

Wieder klopfte es an der Tür. Laut und deutlich. Beinahe schon energisch. Er schüttelte irritiert den Kopf und ließ sich auf sein Kopfkissen zurückfallen. Er befand sich noch immer in der Aufwachphase, irgendwo im Nirwana zwischen Traumwelt und Realität. Die Augenlider klappten sofort wieder zu, seine belegte Zunge wurde warm. Einige Sekunden vergingen, in denen Geist und Körper abdrifteten, dann wurde er durch das kreischende Schrillen seiner Wohnungsklingel zurück ins Hier und Jetzt geholt.

Verdammt!, durchfuhr es ihn. War das Klopfen an der Tür etwa auch real gewesen? Wer zum Teufel wollte denn um diese Uhrzeit zu ihm? Wie spät war es eigentlich?

Er raffte sich auf und kletterte aus dem Bett. Im Flur warf er einen flüchtigen Blick auf die neue Wanduhr, die Vanessa noch vor ein paar Tagen gekauft hatte. Kurz bevor sie ... Er musste schwer schlucken. Noch immer konnte und wollte er ihren Tod nicht wahrhaben.

Es war zehn vor elf. Er hatte ganze fünf Stunden am Stück geschlafen. Wann war das zuletzt der Fall gewesen?

Er verzichtete darauf, den Lichtschalter zu betätigen, und tastete sich vor in Richtung Wohnungstür. Wahrscheinlich war es ohnehin nur der Nachbar wegen irgendeiner Lappalie, der musste seine Augenringe nicht sehen.

Er zog die Wohnungstür ein Stück weit auf und sah in das dunkle Treppenhaus, aus dem ein kühler Luftzug hereinwehte. Es war niemand zu sehen. Vielleicht hatte es unten an der Haustür geklingelt? Er war sich mittlerweile aber sicher, dass das Pochen aus seinem Traum ein Klopfen an der Tür gewesen war. Nur: Warum brannte dann kein Licht im Treppenhaus?

Schlaftrunken schob er die Tür wieder zu und wandte sich ab, als er plötzlich spürte, dass die Tür nicht ins

Schloss gefallen war. Ruckartig drehte er sich um und blickte auf eine Hand, die sich zwischen Rahmen und Türplatte schob. Er war versucht, die Tür sofort zuzuschlagen und die Hand des Fremden zu brechen, doch im letzten Moment erkannte er, wessen Finger gerade versuchten, nach ihm zu greifen.

»Warte!«, rief eine weibliche Stimme, die ihm nur zu vertraut war.

Mit einer hektischen Bewegung riss er die Tür auf und starrte der Frau ins Gesicht, die er einmal geliebt hatte. Obwohl kaum ein Jahr seit dem Ende ihrer Beziehung vergangen war, kam sie ihm seltsam fremd vor.

»Was machst du hier?«, rief er.

»Darf ich reinkommen? Ich muss dringend mit dir reden. Ich kann einfach nicht mehr.«

Er glaubte aus ihrer Stimmlage herauszuhören, dass sie geweint hatte.

»Weißt du eigentlich, wie spät es ist?«

»Ja, aber bitte hör dir an, was ich zu sagen habe. Es dauert nicht lange.«

Er trat zur Seite, ließ sie widerwillig in seine Wohnung und knipste das Licht an. Trotz der Müdigkeit, die er empfand, war er sofort auf der Hut.

»Mach schnell, ich bin todmüde«, sagte er ungeduldig. »Warum willst du mit mir sprechen?«

»Das fragst du noch?« Sie klang verzweifelt. »Seit Monaten bin ich am Boden zerstört. Wegen dir. Mein Leben hat keinen Sinn mehr. Und du fragst, warum ich mit dir sprechen will?« Sie setzte sich auf einen alten Holzstuhl und atmete tief durch. »Ich will dich zurück, Tom. Egal, was passiert ist, wir schaffen das, wenn wir noch einmal von vorne anfangen.«

»Du bist doch nicht mehr zurechnungsfähig«, antwortete er energisch. »Hast du wieder getrunken?«

»Sag so etwas nicht, Tom. Gib uns eine Chance, ich brauche dich mehr denn je.« Sie sah ihn aus tränenüberströmten Augen an. »Ich glaube, die wollen mir den Mord an Vanessa anhängen.«

»Wer?«

»Na, die Bullen!«

»Und?«

»Was und? Hilf mir, damit sie mich in Ruhe lassen.«

»Ich weiß nicht«, sagte er zweifelnd. »Nenn mir einen Grund, warum ich dir helfen sollte. Nach all dem, was vorgefallen ist.« Er ging ein Stück auf sie zu und sah sie mit durchdringendem Blick an. Seine Müdigkeit war wie weggeblasen.

Sie rutschte unruhig auf dem Holzstuhl hin und her und sah ihn ängstlich an. »Dein Chef sagt, er hat mich angeblich am Tatort gesehen«, flüsterte sie. »Er will mir den Mord in die Schuhe schieben. Ich habe ihn immerhin dazu gebracht, dass er eine Falschaussage abgegeben hat, aber ich traue ihm nicht. Wir müssen etwas gegen ihn unternehmen. Oder willst du, dass sie mich einsperren?«

»Was erzählst du denn da?«, schrie er plötzlich. »Mir ist egal, ob Bender dich gesehen hat oder nicht. Das interessiert mich nicht mehr. Soll er doch gegen dich aussagen!«

»Das kann nicht dein Ernst sein«, erwiderte sie mit weinerlicher Stimme. »Ich brauche dich doch!«

»Du brauchst mich?«, entgegnete er wütend. »Weißt du, wen ich gebraucht habe? Willst du das wirklich wissen? Ich habe Vanessa geliebt. Etwas, wozu du gar nicht in der Lage bist. Vanessa und ich wollten im Herbst heiraten.«

»Du weißt, wie leid mir die Sache für dich tut. Das habe ich dir doch vorgestern Abend schon gesagt. Glaubst du mir denn nicht?«

»Ich kann im Moment überhaupt nichts mehr glauben,

und dir schon gar nicht. Du hast uns wochenlang terrorisiert. Ich könnte mir sogar vorstellen, dass du sie aus Eifersucht umgebracht hast.« Seine Stimme klang plötzlich zornig. Er trat noch näher an sie heran, stützte sich auf den Lehnen des Holzstuhls ab und beugte sich über sie. »Vielleicht sollte auch ich zu den Bullen gehen und ihnen sagen, dass du uns das Leben zur Hölle gemacht hat. Mal sehen, was dann passiert.« Er spürte, wie er rot anlief. Sein Puls raste.

»Tom!«, rief sie erschrocken. »Ich erkenne dich überhaupt nicht wieder. Ich bin doch nur gekommen, weil ich deine Hilfe brauche und dir sagen wollte, dass ich dich noch immer liebe.«

»Hau jetzt ab!«, ereiferte er sich. »Ich will dich nicht mehr sehen, verstanden?«

Im nächsten Moment packte er sie an den Schultern und schüttelte sie so lange, bis sie samt Stuhl umfiel. Sie versuchte wegzurobben, doch er stürzte sich auf sie und packte sie am Kragen.

»Du bist schuld an allem!«, flüsterte er mit hasserfüllter Stimme in ihr Ohr.

»Woran denn?«, japste sie verzweifelt. »Was ist denn bloß los mit dir? Du bist ja wahnsinnig!«

»Vielleicht hast du recht.« Abrupt ließ er von ihrer Bluse ab und legte seine Hände mit einem kräftigen Griff um ihren Hals. »Aber ich habe nichts mehr zu verlieren!«

Ihr Gesichtsausdruck war regelrecht panisch, und ihre Augäpfel traten hervor. Sie schien zu begreifen, dass er ernst machen würde und längst die Kontrolle über sein Handeln verloren hatte.

»Bitte, Tom, lass ab«, bettelte sie förmlich. »Ich verschwinde und lasse dich in Ruhe. Aber nimm deine Hände von mir.«

»Das bringt mir Vanessa aber auch nicht mehr zurück.«

Seine Stimme überschlug sich beinahe. »Mein ganzes Leben ist zerstört.«

»Bitte ... hör auf!«, flehte sie ihn an. Sie bekam kaum noch Luft und röchelte leise, während sich seine Finger immer stärker in ihre Haut gruben. »Ich lieb dich doch einfach nur.«

Er sah sie konsterniert an und murmelte unverständliche Worte. Eine Mischung aus Unverständnis und nackter Wut. Für den Bruchteil einer Sekunde hielt er inne und lockerte seinen Griff. Sie nutzte den Moment, reagierte blitzschnell und rollte sich zur Seite. Er stürzte sofort hinterher, bekam aber nur noch ihre Füße zu fassen. Verzweifelt versuchte sie ihn abzuschütteln und auf die Beine zu kommen, indem sie mehrere Schubladen der Küchenfront aufriss und sich an ihnen hochhangelte, bis ihre Finger nach der massiven Arbeitsplatte griffen, an der sie sich abstützen konnte. Mit einem unkontrollierten Tritt erwischte sie Tom zwischen den Augen. Er quittierte dies mit einem lauten Schmerzensschrei. Noch ein weiterer Tritt, diesmal gegen die Unterlippe, die sofort aufplatzte.

»Bleib stehen, du Miststück! So kommst du mir nicht davon!«

»Du bist total irre«, keifte sie zurück. »Du gehörst in die Klapse!«

»Ganz bestimmt sogar!«, brüllte er sie an.

Mit einer schnellen Bewegung richtete er sich auf und versperrte ihr den Fluchtweg in Richtung Wohnungstür. »Denk bloß nicht, dass ich dich gehen lasse. Ich rufe gleich die Bullen, und dann bekommst du, was du verdienst.«

»Das kannst du doch nicht machen, wir gehören zusammen!«

»Und ob ich das kann.« Er trat ein paar Schritte zur Seite und griff zum Handteil des Telefons, das auf dem Küchentisch lag.

»Lass uns doch noch einmal über alles reden. Ich weiß, dass du auch noch etwas für mich empfindest.«

»Das stimmt«, antwortete er in jetzt deutlich ruhigerem Tonfall. »Ich empfinde tatsächlich etwas für dich. Nämlich Hass, Abscheu und Verachtung.« Er senkte seinen Kopf und blickte auf die Tastatur des Telefons. Aus dem Augenwinkel sah er, dass sie sich noch immer angsterfüllt an der Küchenplatte festkrallte. Mit zittrigen Fingern begann er den Polizeinotruf zu wählen. Nervös wartete er darauf, dass das Freizeichen ertönte.

Vielleicht lag es daran, dass er im Handgemenge mit ihr seine Kontaktlinsen verloren hatte. Vielleicht aber auch daran, dass er sich zu sicher gefühlt hatte. Noch bevor jemand auf der Polizeistation seinen Anruf annehmen konnte, realisierte er, dass sie einen Gegenstand aus einer Schublade gegriffen hatte und wie eine Wahnsinnige auf ihn losstürmte. Dann schlug sie ihm das Telefon aus der Hand und rammte ihm ein Küchenmesser in den Hals.

Er spürte, wie das warme Blut an seiner Brust herunterlief und wenig später auch aus seinem Mund trat. Doch angsteinflößender als seine Verletzungen war der kalte Blick, mit dem sie ihm gegenüberstand. Es war, als warte sie seelenruhig und mit stoischer Miene auf seine Reaktion. Ein Zusammensacken oder aber ein Aufbäumen. Doch beides blieb aus. Er stand einfach nur regungslos vor ihr und starrte sie an.

Für einen kurzen Moment empfand er ein wohliges Gefühl bei dem Gedanken daran, in Kürze dort zu sein, wo Vanessa bereits auf ihn wartete. Dann aber erfasste ihn Panik. Mit letzter Kraft versuchte er auf sie loszugehen.

Sein Aufbäumen war jedoch nichts anderes als eine traurige Einbildung seines Verstands. Eine Schutzfunktion, der verzweifelte Überlebenskampf seines Körpers, der nicht wahrhaben wollte, was geschehen war, und falsche Signale aussandte. Denn in Wirklichkeit gab sein Körper einfach nach und fiel vornüber in ihre Arme. Bevor seine Augen endgültig zuklappten, sah er die riesige Blutlache, die sich auf dem Fliesenboden gebildet hatte. Dann sackte er zusammen und verlor das Bewusstsein.

15

Der Anruf erreichte Brunkhorst mitten im Schlaf, um kurz nach halb eins in der Nacht. Beim ersten Klingeln dachte er, Tina riefe ihn an, weil er ihr kurz vor dem Schlafengehen noch eine nette SMS geschickt hatte. Doch als er auf dem Display sah, wer es war, verging seine gute Laune.

»Ich ahne Schlimmes«, meldete er sich.

»Allerdings«, antwortete Florian Münch mit ernster Stimme. »Kannst du in die Albrecht-Dürer-Straße, Höhe Friedrich-Ebert-Straße, kommen? Am besten sofort. Wir haben hier einen Toten, sieht aber nicht nach Unfall aus.«

»Wer?«, fragte Brunkhorst.

»Tom Nachtweih ist sein Name, zumindest laut Klingelschild und Ausweis, den wir in seiner Wohnung gefunden haben. Einunddreißig Jahre alt. Mehr kann ich noch nicht sagen.«

»Okay«, meinte Brunkhorst seufzend. »Ich bin in zehn Minuten bei euch.« Er stolperte schlaftrunken durch die große Wohnküche und schlüpfte hektisch in die Klamotten, die er erst vor ein paar Stunden wahllos in der Wohnung verteilt hatte. Mit T-Shirt, Jeans und Turnschuhen bekleidet stürzte er aus der Wohnung und schwang sich auf sein Rennrad. Bis zum Tatort war es nur ein Katzensprung, und glücklicherweise lag auf dem Weg noch eine Tankstelle. Er brauchte dringend einen Kaffee und ein paar Zigaretten, um den Rest der Nacht zu überstehen.

Zollinger stand schon vor dem Mietshaus in der Albrecht-Dürer-Straße und unterhielt sich mit Kilian Hausner, als Brunkhorst eintraf.

»Sportlich, sportlich«, schallte es ihm entgegen. »Kriminalkommissar Brunkhorst ist wirklich ein Vorbild für uns alle.«

Brunkhorst ignorierte Hausners Kommentar und stieg vom Rad. »Und, wisst ihr schon was?«

»Allerdings. Als ich zu dir sagte ›That's your job‹, hatte ich eigentlich nicht gedacht, dass du ihn auf diese Weise auftreiben würdest.« Hausner grinste ihn an.

»Heißt das etwa …?«

»Genau, Tom Nachtweih ist der Mann auf dem Foto«, sagte Zollinger.

»Ach, du Scheiße!«, stieß Brunkhorst aus. »Also wurde auch der unbekannte Liebhaber von Vanessa Depoutot ermordet …«

»Sieht ganz danach aus«, murmelte Zollinger.

»Nur können wir diesmal immerhin ausschließen, dass Karolina Sestak etwas mit der Sache zu tun hat«, sagte Brunkhorst nachdenklich.

»Na ja, wie man's nimmt. So ganz ausschließen können wir es wohl wieder nicht.«

Brunkhorst sah Zollinger verwundert an. Er verstand nicht, worauf sein Kollege hinauswollte.

»Sie ist seit ein paar Stunden wieder auf freiem Fuß«, erklärte Zollinger. »Der Richter sah nach unserer Vernehmung weder einen dringenden Tatverdacht noch Fluchtgefahr. Ihr Vater, ein reicher Unternehmer aus München, hat sofort die Kaution hinterlegt. Karolina Sestak hat das Präsidium um kurz nach sieben wieder verlassen.«

»Das ist jetzt nicht dein Ernst, oder?« Brunkhorst rang um Fassung.

»Doch, leider«, antwortete Zollinger mit finsterer Miene. »Der Mord an Nachtweih hätte vielleicht verhindert werden können. Erinnerst du dich an ihre Worte? Sie sagte, sie hätte ihn schon einmal in der Eremitage gesehen, könne sich aber nicht mehr daran erinnern, in welchem Zusammenhang das war.«

»Du meinst, sie hat ihn gekannt?«

»Ja«, sagte Zollinger leise. »Nachtweih arbeitete als Kellner in Jörg Benders Gastronomiebetrieb.«

»Wurde er denn im Zuge der Ermittlungen befragt?«, wollte Brunkhorst wissen.

»Fehlanzeige. Er war einer von denen, die sich krank gemeldet hatten.«

»Eure Erkenntnisse kommen etwas spät«, warf Hausner in gewohnt abfälliger Art ein. »Ich geh mal wieder rein und schaue, was die Kollegen machen.«

»Genau, quatsch die voll!«, grummelte Brunkhost hinter ihm her und steckte sich eine Zigarette an.

»Als wir Karolina Sestak heute Nachmittag das Foto gezeigt haben, hat es womöglich etwas in ihr ausgelöst«, fuhr Zollinger nachdenklich fort. »Vielleicht hat sie Panik bekommen. Ich bin mir noch nicht sicher, weshalb, aber es wäre zumindest eine Erklärung.«

»Möglich«, sagte Brunkhorst zögerlich. »Wir sollten auf jeden Fall so schnell wie möglich zu ihr. Wenn sie ihn ermordet hat, werden wir das herausfinden.«

Die Fahrt mit Zollingers Wagen zu Karolina Sestaks Wohnung in der Bahnhofstraße dauerte nicht einmal zwei Minuten. Zollinger hatte kaum Zeit gehabt, Brunkhorst zu berichten, in welchem Zustand sie Tom Nachtweih vorgefunden hatten. Der Anblick des blutüberströmten Körpers hatte selbst einen erfahrenen Kriminalkommissar wie Zollinger nicht kalt gelassen.

Die Suche nach der Tatwaffe war bislang vergebens verlaufen, allerdings deutete die Stichwunde am Hals des Toten darauf hin, dass er mit einem spitzen Gegenstand erstochen worden war. Die Position, in der Nachtweih in der Küche seiner Wohnung gelegen hatte, und die umgeworfenen Möbel ließen erahnen, dass seinem Tod Kampfhandlungen vorausgegangen waren.

Auch nach dem dritten Klingeln blieben Gegensprechanlage und Türsummer stumm. Karolina Sestak schien nicht zu Hause zu sein. Kurzerhand drückte Zollinger auf die anderen Klingelknöpfe des Mietshauses. Als sich eine verschlafene Männerstimme meldete, bat er um Einlass. Zollinger und Brunkhorst fackelten nicht lange und knackten die Wohnungstür mit einer von den Kriminaltechnikern angefertigten Plastikkarte.

Karolina Sestak war tatsächlich nicht zu Hause. Frust und Enttäuschung standen den beiden ins Gesicht geschrieben. Sie stellten fest, dass es nichts in der Wohnung gab, das darauf schließen ließ, dass Karolina nach ihrer Entlassung aus der Untersuchungshaft hier gewesen war. Keine blutverschmierte Kleidung, keine Tatwaffe, keine in der Eile geöffneten Schubladen. Stattdessen eine ungelüftete Wohnung, die seit Stunden niemand mehr betreten hatte.

»Und jetzt?«

»Großfahndung«, meinte Zollinger. »Wir müssen sie finden, bevor sie abhaut. Wie konnte der Richter nur so leichtfertig sein und sie freilassen?« Zollingers Ärger äußerte sich wie immer in einer dunkelroten Gesichtsfarbe. Brunkhorst wusste, wenn Zollinger erst einmal diesen Zustand erreicht hatte, stand er kurz davor, zur Höchstform aufzulaufen.

»Ich tendiere dazu, dass wir uns erst einmal schlafen legen«, sagte Brunkhorst. »Heute Nacht hat das alles keinen Wert mehr. Hast du mal auf die Uhr geschaut? Es ist gleich halb drei.«

»Du hast recht«, stimmte Zollinger zu. »Wahrscheinlich ist es besser, wenn wir ausgeschlafen weitermachen.«

»Morgen früh werde ich mir Nachtweihs Wohnung etwas genauer ansehen. Ich will verstehen, was da zwischen ihm, Vanessa Depoutot und Karolina Sestak gelaufen ist. Vielleicht finden wir einen Hinweis, wo sie sich aufhält. Irgendwo muss es ja eine Verbindung zwischen ihnen und Nachtweih geben.«

Zollinger nickte. Dann rief er Schneevoigt an, der noch immer in Nachtweihs Wohnung war, und bat ihn, die Großfahndung nach Karolina Sestak anzuordnen. Schneevoigt versprach ihm, die Polizisten, die im nächtlichen Einsatz in der Stadt unterwegs waren, unverzüglich zu informieren. Eine Großfahndung sei aus logistischen Gründen frühestens ab sechs Uhr möglich, erklärte ihm der Kommissariatsleiter. Immer wieder wurde er von geräuschvollen Niesanfällen unterbrochen.

Zollinger setzte Brunkhorst um Viertel vor drei zu Hause ab und wünschte ihm ein paar ruhige Stunden, ehe sie am nächsten Tag mit neuem Elan weitermachen wollten. Keine zehn Minuten später lag Brunkhorst in seinem Bett und war eingeschlafen. Heute Nacht störten ihn nicht einmal die jugendlichen Diskogänger, die die kleine Gasse vor seinem Schlafzimmerfenster entlangliefen.

Um halb acht in der Früh ging in der Einsatzzentrale des Polizeipräsidiums der Anruf einer Streife ein. Der zuständige Polizeimeister notierte, dass Karolina Sestak den Kollegen der Schutzpolizei gegen Viertel nach sieben in der Maximilianstraße ins Netz gegangen war.

16

Die große Kaffeekanne der Spurensicherung stand auf der Arbeitsplatte in Tom Nachtweihs Küche. Brunkhorst nahm sich einen Pappbecher und goss die schwarze Brühe randvoll ein. Am liebsten hätte er direkt aus der Kanne getrunken, so groß war sein Verlangen, einen klaren Kopf zu bekommen. Erst vor ein paar Minuten hatte er mit ansehen müssen, wie zwei Kollegen der Spurensicherung Tom Nachtweihs Leiche aus der Wohnung abtransportiert hatten. Zu allem Überfluss kam in diesem Moment Kilian Hausner breit grinsend auf ihn zu.

»Das hier dürfte dich interessieren!« Trotz des grausigen Anblicks frohlockte Hausner beinahe. »Allmählich habe ich das Gefühl, wir vom K3 machen hier eure Arbeit mit.«

»Kilian, wie schön, dich zu sehen«, versuchte Brunkhorst sich zusammenzureißen. »Wie darf ich deinen Kommentar denn verstehen?«

»So wie ich ihn gemeint habe«, antwortete Hausner ohne Umschweife und reichte Brunkhorst ein Fotoalbum im Pocketformat. »Wirf mal einen Blick rein, dann wird einiges klarer.«

»Bekomme ich jetzt jeden Tag Fotos von dir geschenkt?«, bemerkte Brunkhorst sarkastisch. Was zum Teufel hatte sein Kollege denn nun schon wieder so Wichtiges gefunden und musste es ihm unter die Nase reiben?

»Spotte du nur!« Hausner verschwand wieder auf den Wohnungsflur.

Brunkhorst trank einen großen Schluck Kaffee und klappte neugierig die erste Seite des Albums auf. Im nächsten Moment verschluckte er sich und spuckte den Kaffee in hohem Bogen wieder aus. Genau dorthin, wo Nachtweih gelegen hatte und jetzt seine Umrisse auf dem Fliesenboden markiert waren.

»Verdammt, Sören, was machst du denn da?« Hausner kam herbeigestürmt und baute sich mit hochrotem Kopf vor Brunkhorst auf. »Kannst du nicht aufpassen? Du vernichtest wichtige Spuren!« Es dauerte eine Weile, bis er sich etwas beruhigt hatte, dann stellte er fest: »Du hast also die Fotos entdeckt? Immerhin haben wir jetzt die Bestätigung.«

Brunkhorst nickte gedankenverloren und blätterte rasch durch das Album. Nachtweih und Vanessa Depoutot waren also ein Paar gewesen. Es gab mehrere Fotos, auf denen die beiden gemeinsam abgelichtet waren. Ihren Posen nach zu urteilen, schienen die Bilder per Selbstauslöser aufgenommen worden zu sein.

»Ja, nun haben wir es schwarz auf weiß«, stimmte Brunkhorst seinem Kollegen nachdenklich zu. »Interessanter und überraschender ist allerdings etwas ganz anderes.« Er blätterte zurück und zeigte Hausner ein Foto auf der ersten Seite des Albums. Es handelte sich um ein Gruppenfoto, Brunkhorst hatte die Szenerie sofort wiedererkannt. Das Bild war im Miamiam Glouglou entstanden. Ein ähnliches Bild, das aus Vanessa Depoutots Badezimmer, trug er seit einigen Tagen in seiner Tasche. Der halb verdeckte Mann im Hintergrund war auch auf dem Foto in dem Album zu sehen.

Es handelte sich ohne Zweifel um Tom Nachtweih. Umrahmt wurde er von zwei Frauen, die übrigen Leute standen etwas abseits. Links von Nachtweih war Vanessa Depoutot zu sehen. Rechts hatte sich eine Frau bei ihm eingehakt, die er bei seinem Date mit Tina unvermutet wiedergetroffen hatte: Natascha Engel. Auf dem Foto in seiner Tasche war sie nicht zu sehen gewesen.

Etwas an dem Bild machte Brunkhorst stutzig. Tom Nachtweih trug genau wie Natascha Engel die offizielle Kellneruniform des Miamiam Glouglou. Hatte Nachtweih also nicht nur für Bender, sondern auch im Miamiam Glouglou gearbeitet?

Und noch etwas kam ihm seltsam vor. Natascha Engel und Tom Nachtweih wirkten sehr vertraut, während Vanessa Depoutot eher unbeteiligt neben ihm stand.

Es ratterte in Brunkhorsts Kopf. Das Foto sah aus, als stamme es vom gleichen Abend, an dem auch das Foto aus Vanessa Depoutots Wohnung aufgenommen worden war. Dieselben Frisuren, dieselbe Kleidung. Aber hatte Natascha Engel bei ihrem ersten Gespräch nicht gesagt, sie hätte an dem besagten Abend nicht gearbeitet, weil sie im Krankenhaus gelegen habe? Offensichtlich hatte sie gelogen. Brunkhorst wippte nervös mit dem Fuß und versuchte den Faden weiterzuspinnen, doch Hausner holte ihn unsanft aus seinen Gedankenspielen zurück.

»Hallo, Sören!« Er stieß ihn an. »Jemand zu Hause? Ich spreche mit dir. Was willst du mir denn zeigen? Ich erkenne Tom Nachtweih und Vanessa Depoutot – was ist daran so besonders?«

»Ich meine diese Frau hier. Natascha Engel.« Brunkhorst tippte auf den Kopf der hübschen Bedienung.

»Wer ist das?«

»Ach, egal, ich erkläre es dir später. Hast du Zolli gesehen?«

»Der sitzt im Wagen vor dem Haus und telefoniert.«

»Danke, Kilian.« Brunkhorst zögerte nicht lange und verließ die Küche. Im Türrahmen blieb er stehen und drehte sich noch einmal um. »Wenn du noch mehr Fotos findest, dann ruf mich bitte sofort an. Du scheinst ja ein goldenes Händchen zu haben, was das betrifft.« Er zwinkerte ihm zu und verschwand im Treppenhaus.

»Die sollen gefälligst etwas Gas geben. Das darf doch nicht wahr sein! Ich will, dass wir spätestens heute Nachmittag wissen, ob die Fingerabdrücke Karolina Sestak zuzuordnen sind. Wie oft machen die denn da Urlaub?«

Gerade nahm Zollinger genervt sein Handy vom Ohr, als sich Brunkhorst auf den Beifahrersitz des Espace fallen ließ.

»Na, die alte Leier? Land unter beim BKA?«

»Immer dann, wenn hier die Hölle los ist und wir so schnell wie möglich Ergebnisse brauchen. Dabei hat die Spurensicherung einen ganzen Strauß an Fingerabdrücken gefunden.«

»Gibt es schon Neuigkeiten bezüglich der Tatwaffe?«

»Scheint verschwunden zu sein«, antwortete Zollinger noch immer unwirsch.

»Hast du einen Moment Zeit«, fragte Brunkhorst vorsichtig. »Ich muss dir etwas zeigen.«

»Wenn es zur Abwechslung mal was Schönes ist, gerne. Mir reicht es heute Morgen nämlich an Hiobsbotschaften.«

»Nun, schön würde ich jetzt nicht unbedingt sagen, aber dafür umso interessanter. Sieh es dir selbst an.« Brunkhorst zog das Pocketalbum hervor, schlug die erste Seite auf und reichte es seinem Kollegen.

Zollingers Blick senkte sich, verharrte einige Sekunden auf dem Foto und wandte sich dann im Zeitlupentempo wieder seinem Kollegen zu.

»Ist das etwa …?«

»Ja, du erinnerst dich richtig«, unterbrach ihn Brunkhorst. »Natascha Engel aus dem Miamiam Glouglou.«

»Das ist in der Tat seltsam.«

»Bislang habe ich mich mit Spekulationen noch zurückgehalten«, sagte Brunkhorst grübelnd. »Wir haben mit Karolina Sestak eine Hauptverdächtige festgenommen. Auf ihr sollte unser Augenmerk liegen.«

»Du hast Zweifel, stimmt's?«

Brunkhorst zuckte mit den Schultern. »Ist nur ein Bauchgefühl«, gab er zu bedenken. »Sie war sehr überzeugend in unserer Vernehmung. Und wir haben schließlich nur die Aussage von Bender, die sie belastet.«

»Und dass der Mord an Nachtweih kurz nach ihrer Entlassung aus der Untersuchungshaft geschehen ist? Heißt das deiner Meinung nach nichts?«

»Das kann doch auch Zufall sein«, entgegnete Brunkhorst. »Bei Vanessa Depoutots Tod lässt sich mit etwas Phantasie ein Motiv ableiten, aber warum sollte Karolina Sestak Tom Nachtweih umgebracht haben? Das will sich mir einfach nicht erschließen.«

»Wir sind davon ausgegangen, dass es sich um einen persönlichen Streit zwischen zwei Sängerinnen gehandelt hat, der – unter welchen Umständen auch immer – tödlich endete«, rekonstruierte Zollinger.

Brunkhorst spürte den Tunnelblick seines Kollegen, der immer dann kam, wenn er besonders konzentriert war. Nicht selten führte er in diesen Momenten Selbstgespräche, um sich einer noch unklaren Sache zu vergewissern.

»Durch den Mord an Vanessa Depoutots heimlichem Liebhaber Tom Nachtweih ist diese Theorie nur noch bedingt haltbar. Natürlich hast du recht damit, dass uns hierfür ein klares Mordmotiv fehlt. Irgendjemand muss es sowohl auf Vanessa Depoutot als auch auf Tom Nachtweih abgesehen haben. Ein mögliches Motiv könnte in diesem Fall Eifersucht heißen. Wir müssen prüfen, ob Karolina Sestak einen Grund gehabt haben kann, aus dieser Motivation heraus …«

»Ähem«, unterbrach ihn Brunkhorst und tippte erneut auf das Bild von Natascha Engel. »Wenn diese Frau hier etwas mit Nachtweih hatte, wie man aus dem Foto unter Umständen ableiten könnte, dann haben wir unser Motiv doch auf dem Silbertablett vor uns liegen, oder nicht? Wie du selbst sagst: Eifersucht! Zuerst bringt sie ihre Nebenbuhlerin um, und dann, vielleicht weil er ihre Liebe nicht mehr erwiderte, hat sie auch ihn noch um die Ecke gebracht.«

»Das glaubst du doch selbst nicht, oder? Mir klingt das zu sehr nach Vorabendkrimi, wenn du mich fragst. Nur weil wir ein Foto gefunden haben, auf dem eine Frau, von der wir überhaupt nichts wissen, möglicherweise Nachtweih anhimmelt, dürfen wir nicht alle unsere bisherigen Theorien über den Haufen werfen. Wir müssen noch einmal mit ihr reden, keine Frage. Aber unsere Konzentration sollte vorerst weiterhin auf Karolina Sestak liegen.«

»Was ist mit Luc Dacheville?«, fragte Brunkhorst. »Kann es nicht sein, dass er doch etwas mit der Sache zu tun hat? Eifersucht könnte auch bei ihm das Motiv gewesen sein.«

»Möglich ist vieles, aber für mich hört sich das nicht wahrscheinlich an.« Zollinger holte tief Luft und klopfte mit den Fingern aufs Lenkrad. »Seit unserem Gespräch mit ihr lässt mir noch etwas anderes keine Ruhe mehr. Die Sache mit Jörg Bender, erinnerst du dich?«

»Du meinst, dass sie ihn angeblich nicht kennt?«

Zollinger nickte stumm.

»Einer der beiden lügt«, sinnierte Brunkhorst. »Die Frage ist, wer hat einen Grund dazu?«

»Ich werde das Gefühl nicht los, dass Bender die Unwahrheit gesagt hat«, sagte Zollinger. »Wenn er Karolina Sestak gar nicht gekannt hat, so wie sie es behauptet, können wir uns dann überhaupt noch sicher sein, dass er sie tatsächlich am Tatort gesehen hat?«

»Also zweifelst du allmählich auch daran, dass sie die Täterin ist? Das klang eben aber noch ganz anders.«

»Allmächd, ich weiß es doch auch nicht! Ich befürchte,

wir müssen warten, bis wir die Ergebnisse vom BKA haben.«

»Was hältst du davon, wenn wir im Miamiam Glouglou ein verspätetes Frühstück einnehmen und uns dort ein bisschen umhören?«, schlug Brunkhorst vor. »Mal sehen, was wir über die Beziehung zwischen Natascha Engel und Tom Nachtweih erfahren.«

Leidenschaftslos zuckte Zollinger mit den Schultern, blies die Backen auf und beobachtete durch die Windschutzscheibe den Verkehr auf der Albrecht-Dürer-Straße. Schon seit Tagen wirkte der sonst so ruhige Kriminalpolizist ungewohnt angespannt. Dass es nur an den Ermittlungen lag, bezweifelte Brunkhorst.

»Woran denkst du?«, erkundigte er sich.

Begleitet von einem geräuschvollen Seufzer stieß Zollinger die angesammelte Luft aus und wandte sich wieder seinem Kollegen zu.

»Du hast recht«, antwortete er entschlossen. »Komm, mir fohrn. Ich brauch a Labla und a Häfala Kaffee. Dann soch i da, wos los is.«

17

»Ich schlafe seit zwei Tagen im Hotel.«

Brunkhorst sah Zollinger ungläubig an. Im ersten Moment dachte er, sein Kollege erlaube sich einen Scherz, doch sein Gesichtsausdruck verriet, dass er es ernst meinte.

»Ich weiß auch nicht, was los ist«, stöhnte er. »Ich erkenne meine Traudl nicht wieder. Sie hat ständig etwas an mir auszusetzen, ist furchtbar eifersüchtig und findet, dass ich mich so verändert habe. Dabei ist es doch genau andersherum. Sie macht, was sie will, und hängt seit Monaten nur noch mit dieser Gabi herum. Im Winter will sie sogar zusammen mit ihr in den Urlaub fahren. Und weißt du, wohin?«

Brunkhorst schüttelte irritiert den Kopf.

»In so ein Wellnesshotel im Fichtelgebirge«, stieß Zollinger voller Enttäuschung aus. Beim Wort Wellness schwang etwas wie Verachtung mit. »Da kann sie doch gleich in einen Swingerclub fahren.«

Brunkhorst lachte und klopfte Zollinger zur Beruhigung auf die Schulter. »Du hast ja vielleicht Vorstellungen! Bist du etwa auch eifersüchtig?«

»Eds hör fei auf!«, schimpfte Zollinger in so derbem Fränkisch, dass Brunkhorst noch mehr schmunzeln musste. »Ich weiß doch, wie es in solchen Etablissements zugeht. Diese schmierigen Masseure führen sich doch auf wie … Pfui!«

»Du bist eifersüchtig«, stellte Brunkhorst nüchtern fest. »Ganz klarer Fall.«

»Und wenn schon! Muss man sich dafür schämen?«

»Natürlich nicht, aber ist es nicht etwas albern, wie ihr euch momentan aufführt?«

»Es ist ja nicht nur das«, entgegnete Zollinger. »In letzter Zeit habe ich das Gefühl, Traudl versucht all das nachzuholen, was sie in den vergangenen achtzehn Jahren wegen der Kinder nicht tun konnte. Vorgestern hat sie dann das Fass allerdings zum Überlaufen gebracht. Sie hat allen Ernstes gesagt, dass Gabi eine Zeit lang bei uns einziehen wird, da sie sich von ihrem Mann getrennt hat.«

»Und?«

»Na, ich habe sie vor die Wahl gestellt: Gabi oder ich.«

»Und sie hat sich für Gabi entschieden?«, fragte Brunkhorst erstaunt.

»Na ja, nicht direkt«, lavierte Zollinger herum. »Aber sie wollte sich auch nicht gegen sie entscheiden. Mir blieb nichts anderes übrig, als zu gehen.«

»Du alter Sturkopf! Hast du dich nicht noch vor ein paar Tagen über mich und meine Frauenprobleme lustig gemacht?«

»Ja, ja, du Schlaumeier. Sag mir lieber, was ich jetzt machen soll. Ich will wieder in meine eigenen vier Wände, aber nicht unter diesen Umständen.«

»Hast wohl niemanden mehr, der dir deine blauweiß karierten Hemden bügelt, was? Spring doch mal über deinen Schatten, und akzeptier einfach, dass sich deine Frau momentan in einer schwierigen Phase befindet. Schon mal was von den Wechseljahren gehört?«

»Dr. Brunkhorst, Psychologe und Frauenarzt in einem, gell? Vielen Dank für deine fachkundigen Belehrungen.«

Brunkhorst wollte gerade zum Protest ausholen, als der Kellner an ihren Tisch trat. Er erinnerte sich augenblicklich wieder an den eigentlichen Grund ihres morgendlichen Besuchs des Miamiam Glouglou.

»Was darf's sein?«, fragte der großgewachsene, schlaksige Kellner.

»Zwei starke Kaffee und zwei von diesen überbackenen Baguettes mit Schinken, Käse und Ananas«, antwortete Brunkhorst, ohne darauf zu warten, bis sich Zollinger durch die französisch-deutsche Karte gekämpft hatte.

»Geht klar!« Der Kellner war sicher nicht älter als fünfundzwanzig. Wahrscheinlich ein Student, schätzte Brunkhorst. Mit einem freundlichen Nicken wandte sich der junge Mann wieder von ihrem Tisch vor dem Bistro ab.

»Einen Moment!«, rief Brunkhorst hinter ihm her. »Warten Sie bitte einen Augenblick.«

Der Mann drehte sich um, zeigte fragend auf sich selbst und kam umgehend an ihren Tisch zurück.

»Wir sind von der Kriminalpolizei und müssen Sie leider kurz stören. Heute Nacht wurde Ihr ehemaliger Kollege Tom Nachtweih ermordet. Wir würden in diesem Zusammenhang gerne mit Natascha Engel sprechen. Arbeitet sie heute Morgen?«

Der Mann sah ihn konsterniert an. Seine Mimik schien auf einmal wie eingefroren zu sein.

»Entschuldigen Sie, aber haben Sie mich verstanden?«, fragte Brunkhorst nach.

»Ja, ja, natürlich«, antwortete der Kellner. »Sie hat meistens Spätschicht, sie müsste ... Warten Sie, ich schaue schnell in unseren Kalender, wann sie wieder arbeitet.«

»Das ist nett.«

Es dauerte nur ein paar Sekunden, dann kam der Mann mit einem dicken, ledereingebundenen Kalender in der Hand zurück.

»Hier hab ich es.« Plötzlich stockte der Mann. Er schien überrascht. »Ich sehe gerade, dass sie sich heute und am Wochenende freigenommen hat. Sie arbeitet erst wieder am Dienstag.«

»Verstehe«, sagte Brunkhorst nachdenklich. »Kannten Sie Tom Nachtweih näher?«

»Ja«, antwortete der Mann mit belegter Stimme. »Wir haben bestimmt ein Jahr lang zusammengearbeitet. Tom war ein begabter Koch und ein feiner Kerl.«

»Er war Koch?«, fragte Brunkhorst überrascht nach.

»Ja, gelegentlich hat er aber auch im Service mitgeholfen. Wenn Not am Mann war.«

»Verstehe«, sagte Brunkhorst. »Warum hat er seinen Arbeitsplatz gewechselt? Gab es hier Probleme?«

»Probleme nicht direkt, aber ...« Er zögerte. »Sie wissen vielleicht schon, dass Tom und Natascha ein Paar waren?«

Brunkhorst und Zollinger nickten.

»Die Situation zwischen den beiden war am Ende unerträglich. Für die Kollegen und auch die Gäste. Da flogen regelmäßig die Fetzen. Nachdem endgültig Schluss war, hat Tom das einzig Vernünftige getan und ist gegangen.«

»Wann war das?«

»Das müsste ein knappes halbes Jahr her sein.«

»Wissen Sie, wer von den beiden die Beziehung beendet hat?«

»Ich glaube mich zu erinnern, dass Tom den entscheidenden Schritt gemacht hat.«

»Sagt Ihnen der Name Vanessa Depoutot etwas?«, bohrte Brunkhorst weiter.

»Ja, den Namen habe ich schon einmal gehört«, antwortete der Kellner unsicher.

»Sie war ein Stammgast Ihres Lokals«, erklärte Zollinger. »Hinter der Theke hängt ein Gruppenfoto, auf dem sie abgebildet ist. Lange rote Haare, blasses Gesicht.«

»Na klar, ich erinnere mich wieder. Sie war eine Zeit lang ständig hier. Hat sich vor allem mit meinen französischen Kollegen gut verstanden. Allerdings habe ich sie schon länger nicht mehr gesehen.«

»Ihre französischen Kollegen«, hakte Brunkhorst ein. »Meinen Sie Luc Dacheville?«

»Unter anderem.«

»Erzählen Sie uns von ihm.«

»Da gibt's nicht viel zu erzählen. Luc war ja nur ein halbes Jahr bei uns. Er war ein netter Typ, der vor allem bei den Frauen sehr gut ankam.«

»Auch bei Vanessa Depoutot?«

»Ja.«

»Die beiden hatten ein Verhältnis, können Sie das bestätigen?«

»Es hieß so, ja. Aber das ist schon eine ganze Weile her.«

»War da auch etwas zwischen Dacheville und Natascha Engel?«, wollte Brunkhorst wissen.

Der Kellner lächelte kurz. »Nein, das glaube ich nicht. Luc wäre ihr zu jung gewesen.«

»Wann haben Sie Luc zum letzten Mal gesehen?«, fragte Brunkhorst.

»Puh ... das müsste vor einem halben Jahr gewesen sein. Kurz bevor er zurück nach Frankreich gegangen ist.«

»In den vergangenen Tagen also nicht?«

»Nein, wieso? Ist er wieder in Bayreuth?«

»Möglicherweise«, antwortete Brunkhorst ausweichend.

»Lassen Sie uns noch einmal zurück auf Vanessa Depoutot zu sprechen kommen«, ergriff Zollinger erneut das Wort. »Sie wissen vielleicht, dass sie ebenfalls tot ist? Genau wie Tom Nachtweih wurde auch sie vor ein paar Tagen ermordet.«

»Himmel, Herrgott! Was erzählen Sie mir denn hier? Muss ich jetzt etwa auch Angst bekommen?«

»Natürlich nicht«, antwortete Zollinger ungeduldig. »Sagen Sie uns einfach, ob Sie irgendeine Idee haben, wer einen Grund hätte, Tom Nachtweih und Vanessa Depoutot umzubringen.«

»Keine Ahnung, ehrlich nicht.« Der junge Mann klang völlig verunsichert.

»Na gut«, sagte Brunkhorst. »Dann können Sie uns bestimmt auch nicht sagen, ob Vanessa Depoutot der Grund war, weshalb sich Tom Nachtweih und Natascha Engel getrennt haben, oder?«

»Nein, tut mir leid«, antwortete der Kellner postwendend, doch Brunkhorst hatte das Gefühl, dass er nicht die Wahrheit sagte. Ihm war nicht entgangen, dass die Oberlippe des Mannes für den Bruchteil einer Sekunde gezuckt hatte.

»Seien Sie doch so nett und geben uns die Kontaktdaten von Natascha Engel. Wir würden gerne so schnell wie möglich mit ihr persönlich sprechen.«

»Sicher«, antwortete der Mann und verschwand im Innern des Miamiam Glouglou.

Pia Weilandt kam ihnen entgegen, als sie die windschiefen Stufen des Treppenhauses hinaufstiefelten. Sie schien das Haus gerade verlassen zu wollen und sah die beiden Ermittler mit flackernden Augen an.

»Grüß Gott, Frau Weilandt. Wir waren gerade in der Nähe und dachten, wir schauen noch mal kurz bei Ihnen vorbei. Aber Sie scheinen in Eile zu sein?« Zollinger musterte die junge Frau.

»Ja, ich muss zur Probe und bin spät dran. Sie haben Vanessas Mörderin doch gefunden, oder? Was wollen Sie dann noch von mir?«

»Eigentlich haben wir nur eine schnelle Frage, dürften wir vielleicht …?«

»Ja, ja, machen Sie schon.« Pia Weilandt war ungewohnt unfreundlich, beinahe schnippisch.

»Nun, es ist so …« Brunkhorst suchte nach den richtigen Worten. »Sagt Ihnen der Name Natascha Engel etwas?«

»Nie gehört«, antwortete Pia Weilandt ausweichend. »War's das?«

»Versuchen Sie sich zu erinnern«, bat Zollinger. »Hat Vanessa jemals diesen Namen erwähnt? Vielleicht im Zusammenhang mit dem französischen Bistro hier gleich ums Eck?«

»Ich weiß nicht, kann schon sein. Warum wollen Sie das überhaupt wissen? Ich dachte, Karolina hätte …«

»Es wäre schön, wenn Sie auf unsere Fragen antworten würden«, drängte Zollinger.

»Hören Sie, ich muss jetzt wirklich los. Ich habe Ihnen gesagt, was ich weiß. Báthory wird alles andere als begeistert sein, wenn ich nicht pünktlich bin. Er ist ohnehin stinksauer auf mich.«

»Weshalb, wenn ich fragen darf?«

»Na, wegen des Briefes natürlich«, antwortete sie aufgebracht. »Sie mussten ihm ja offenbar unbedingt verraten, dass ich Ihnen den Brief gegeben habe.«

»Das ist unser Job«, antwortete Brunkhorst ungerührt. »Es war nicht unwichtig, ihn damit zu konfrontieren. Aber noch einmal zurück zu Natascha Engel. Denken Sie bitte scharf nach, haben Sie den Namen vielleicht doch schon einmal gehört? Es ist wirklich wichtig.«

»Ich glaube, Vanessa hat mal von ihr gesprochen, als sie sich über etwas aufgeregt hat. Ich kann mich aber nicht mehr an den Grund erinnern, es war bestimmt etwas Belangloses. Sind Sie jetzt zufrieden?«

»Wir sind dann zufrieden, wenn wir wissen, was tatsächlich geschehen ist«, brummte Zollinger.

»Soll das etwa heißen, Karolina hat vielleicht gar nicht...«

»Vielen Dank, dass Sie sich kurz Zeit genommen haben, Frau Weilandt«, wiegelte Brunkhorst schnell ab. »Wir befinden uns noch immer mitten in den Ermittlungen und können Ihnen leider keine Details nennen. Vielleicht haben Sie ja auch bereits mitbekommen, dass es in der vergangenen Nacht einen weiteren Mord gegeben hat.«

Brunkhorst und Zollinger ignorierten Pia Weilandts fragenden Blick und nickten ihr nur kurz zum Abschied zu, ehe sie die Treppe wieder hinuntergingen. Draußen bahnte sich die gleißende Morgensonne ihren Weg durch die noch leeren Gassen Bayreuths. Nichts, was die friedliche Atmosphäre störte. Nichts, was darauf hindeutete, dass innerhalb weniger Tage zwei Menschen umgebracht worden waren.

In Zollingers Westentasche klingelte das Handy und schreckte ihn auf. Gerade noch rechtzeitig gelang es ihm, das Gespräch anzunehmen.

»Hallo?«

»Zolli? Hier ist Nicole. Wo steckst du denn?«

»Ich stehe gerade mit Sören in der Von-Römer-Straße vor Vanessa Depoutots Wohnung.«

»Könnt Ihr schnell ins Präsidium kommen? Schneepflug ist auf hundertachtzig. Wir wollen uns gleich zusammensetzen.«

»Sagst du mir auch, warum?«, fragte Zollinger.

»Das BKA war diesmal schneller als gedacht«, antwortete Nicole. »Uns liegen die Ergebnisse des Fingerabdruckabgleichs vor. Ich befürchte, sie werden euch genauso wenig gefallen wie uns.«

Zollinger antwortete nicht, ahnte er doch bereits, worauf Nicole hinauswollte.

»Zolli, bist du noch dran?«, rief Nicole durch die Leitung.

»Ja«, sagte er leise.

»Gut, dann beeilt euch bitte. Wie es aussieht, beginnen unsere Ermittlungen von Neuem. Karolina Sestak hat nämlich definitiv nichts mit dem Tod von Tom Nachtweih zu tun.«

18

Die Stimmung im Sitzungszimmer glich den Vorbereitungen einer Trauerfeier. Angespannte Hektik und Niedergeschlagenheit lagen in der Luft, als Brunkhorst und Zollinger hereinplatzten.

»Servus«, brummte Schneevoigt. »Wo habt ihr euch denn herumgetrieben?«

Zollinger winkte ab. »Jetzt erzähl erst mal, was das BKA gesagt hat.«

»Sie war's nicht, ganz einfach«, antwortete Schneevoigt ohne Umschweife. »Zumindest hat sie nicht Nachtweih ermordet, die Fingerabdrücke stimmen nicht überein. Wer die Depoutot umgebracht hat, wissen wir ja leider immer noch nicht. Die Staatsanwaltschaft war wenig begeistert darüber, dass wir Karolina Sestak heute Morgen ohne Absprache zum zweiten Mal festgenommen haben. Wie es aussieht, wird sie in Kürze wieder entlassen.«

»Brunzverregg!«, fluchte Zollinger leise.

»Was machen wir denn jetzt?«, fragte Schneevoigt ungeduldig. »Unsere Ermittlungen der letzten Tage – alles war für die Katz. Haben wir es jetzt etwa mit zwei Tätern zu tun? Oder ist es jemand ganz anders? Ich blick da nicht mehr durch.«

»Vielleicht haben wir tatsächlich noch einen weiteren Ansatzpunkt«, sagte Brunkhorst vorsichtig. »Das alles ist noch sehr vage, aber mir scheint es nicht vollkommen abwegig zu sein.« Er berichtete von dem Fund des Fotoalbums und seiner Interpretation des Bildes, auf dem Nachtweih, Vanessa Depoutot und Natascha Engel abgebildet waren. Auch die Gespräche mit dem Kellner im Miamiam Glouglou und mit Pia Weilandt erwähnte er. »Natürlich kann es sein, dass der Streit zwischen den beiden eskaliert ist und Karolina Sestak Vanessa Depoutot im Affekt getötet hat. Aber wenn wir uns die Fakten ansehen, spricht kaum etwas dafür. Weder die Verletzungen der Toten noch die Tatsache, dass sich die beiden zuletzt längst wieder vertragen hatten, wie wir von mehreren Seiten bestätigt bekommen haben.« Er sah in die nachdenklichen Gesichter seiner Kollegen und wartete auf eine Reaktion. Doch die blieb fürs Erste aus. »Eifersucht könnte das Motiv sein, das wir suchen«, fuhr er fort. »Und jetzt kommt dieses Foto ins Spiel.«

Schneevoigt schüttelte den Kopf und schnaufte deutlich hörbar. Die Speerspitzen seines Schnauzbartes richteten sich wieder auf. »So a Schmarrn!«, haderte er. »Herrgott noch mal, das kann doch nicht euer Ernst sein. Wenn ich das höre, könnt man glauben, wir stehen noch immer am Anfang unserer Ermittlungen.«

»Sören hat recht«, kam Zollinger Brunkhorst zu Hilfe. »Zwischen Natascha Engel und Tom Nachtweih ist es wiederholt zu Streitereien gekommen, bevor sie sich getrennt haben. Nachtweih hat anschließend im Miamiam Glouglou gekündigt und bei Jörg Bender in der Gastronomie der Eremitage angeheuert.«

»Und der Grund für die Trennung der beiden hieß Vanessa Depoutot?«, fragte Nicole.

»Das wissen wir noch nicht«, antwortete Brunkhorst. »Wenn es so gewesen sein sollte, hätten wir ein mögliches Motiv. Wir müssen in jedem Fall noch einmal mit Natascha Engel sprechen.«

Anni klopfte an die Tür und steckte ihren Kopf herein.

»Ah, gut, dass du gerade da bist. Kannst du bitte dringend diese Adresse überprüfen?« Brunkhorst reichte ihr den Zettel, den er vom Kellner im Miamiam Glouglou bekommen hatte.

»Geht klar, für dich doch immer«, sagte sie lächelnd und verschwand.

Wenige Sekunden später stand sie erneut in der Tür. »Du bringst mich vollkommen durcheinander, Sören«, sagte sie kopfschüttelnd. »Ich wollte dir doch noch sagen, dass Sebastian Berner eben angerufen hat.«

»Wer?«, fragte Brunkhorst irritiert.

»Er sagte, ihr hättet heute Morgen mit ihm gesprochen. Er arbeitet in diesem französischen Bistro.«

»Ach so, der ist das«, stellte Brunkhorst fest. »Was wollte er denn?«

»Keine Ahnung, du sollst ihn zurückrufen. Ich habe dir die Nummer auf den Schreibtisch gelegt.«

Dann verschwand Anni endgültig auf dem Flur des Präsidiums.

»Was ist eigentlich mit Jörg Bender?«, fragte Nicole plötzlich. »Ich meine, er hat uns doch durch seine Aussage überhaupt erst so richtig auf Karolina Sestak gebracht. Glaubt ihr, er hat gelogen?«

»Warum sollte er?«, brummte Schneevoigt. »Würde ihm diese Lüge irgendeinen Vorteil bringen?«

»Vielleicht, um den Verdacht von sich selbst wegzulenken?«, warf Zollinger ein. »Er hat ja schließlich auch behauptet, Karolina Sestak zu kennen, obwohl sie nichts davon weiß. Seltsam ist sein Verhalten allemal.«

»Das wird mir hier alles zu viel«, sagte Schneevoigt entnervt und sprang vom Besprechungstisch auf. »Ich geh mir mal eben die Nase erleichtern. Ich hoffe, ihr kommt auch ohne mich klar.«

Die Erleichterung der Kollegen war deutlich zu spüren. Seitdem Schneevoigt unter Heuschnupfen litt, schien er noch launischer und unberechenbarer geworden zu sein.

Zollinger stand auf und übernahm die Gesprächsleitung. Er bat Nicole Münch und Florian Möstl, auf den Grünen Hügel zu fahren, um sich dort noch einmal umzuhören. Vielleicht war es ja besser, mit unverbrauchten Gesichtern dort aufzukreuzen. Nach ihrer letzten Begegnung mit Zsolt Báthory im Herzogkeller war zumindest aus seiner und Brunkhorsts Sicht jedes weitere Gespräch mit ihm sinnlos. Auch ein Gespräch mit Mona, der Neubesetzung der Rossweiße, konnte nicht schaden.

»Cornelia, du koordinierst weiterhin die internen Recherchen und versuchst, Kontakt zu Luc Dacheville aufzunehmen.« Er kratzte sich am Bauch und krempelte behutsam die Ärmel seines Hemdes hoch. »Wir müssen in Erfahrung bringen, welche Rolle er in der ganzen Angelegenheit spielt. Sören, wir beide sprechen heute noch mit Natascha Engel und Jörg Bender«, wandte sich Zollinger an Brunkhorst. »Anschließend wissen wir hoffentlich mehr.«

»So mok wi dat«, antwortete Brunkhorst auf Hamburger Platt und erhob sich ebenfalls. »Vorher rufe ich aber noch bei Sebastian Berner an. Ich hatte heute Morgen schon das Gefühl, dass er uns nicht die volle Wahrheit gesagt hat.«

»Ich weiß nicht ... also, Sie haben ja ... ich meine ... Sie hatten ja recht«, stammelte Berner am Telefon. »Ich bin mir ziemlich sicher, dass Vanessa Depoutot der Trennungsgrund der beiden war. Also, ich spreche von Tom und Natascha, falls Sie ...«

»Schon klar«, antwortete Brunkhorst kühl. »Erzählen Sie bitte alles, was Sie wissen.«

»Das meiste habe ich Ihnen ja bereits gesagt«, antwortete Berner. »Die Situation zwischen den beiden war einfach unerträglich. Einmal flogen sogar Teller in der Küche.

Es wäre keinen Tag länger gut gegangen.« Er schluckte schwer und suchte nach den richtigen Worten. »Sie müssen wissen, es gibt einen Grund, warum es mir nicht leicht fällt, darüber zu reden.«

»Da bin ich aber gespannt«, sagte Brunkhorst.

»Nun, Natascha ist eine tolle Frau«, sagte er nach einigen Sekunden des Schweigens. »Sie sieht fantastisch aus, ist selbstbewusst ...«

»Und?«

»Ich war lange Zeit verknallt in sie«, brachte Berner schließlich hervor.

»Ach? Dann waren Sie etwa auch ein Paar?«

»Nein!«, antwortete Berner entschieden. »Sie wusste nicht einmal, was ich für sie empfand.«

»Verstehe.«

»Das glaube ich kaum«, sagte Berner niedergeschlagen. »Aber ich will Ihnen jetzt sagen, wie das mit Natascha und Tom tatsächlich gewesen ist.«

»Ich bitte darum.«

»Wann genau Vanessa Depoutot hier zum ersten Mal aufgetaucht ist, kann ich nicht mehr so genau sagen, aber es ist schon eine Weile her. Sie hatte dieses Techtelmechtel mit Luc.« Er räusperte sich kurz, ehe er weiterredete. »Zu Anfang des Jahres, als Luc längst wieder in Frankreich war, fiel mir auf, dass Tom sich nach der Arbeit oft mit Vanessa unterhalten hat. Manchmal saß Natascha auch mit am Tisch. Sie schienen Spaß zu haben. Ein paar Wochen später begannen dann jedoch diese Streitereien zwischen Tom und Natascha.« Berner hielt noch einmal kurz inne und hüstelte. »Irgendwie hatte ich von Anfang an so ein seltsames Gefühl, als ich Tom und Vanessa gesehen habe. Und mein Gefühl hat mich noch nie getäuscht.«

»Was soll das heißen?«

»Ich habe gesehen, wie sich die beiden geküsst haben«, sagte er mit Erleichterung in der Stimme. »Heimlich, in der Küche.«

»Wann war das?«

»Das müsste etwa drei Monate her sein«, antwortete Berner.

»Haben die beiden gemerkt, dass Sie sie gesehen haben?«

»Nein, ich glaube nicht.«

»Was ist danach passiert?«, fragte Brunkhorst weiter. »Haben Sie die beiden noch einmal erwischt?«

»Nein, die Besuche von Vanessa im Bistro wurden immer seltener. Dafür wurden die Streitereien zwischen Tom und Natascha immer heftiger.«

»Weil Natascha Wind von der Sache bekommen hat«, bemerkte Brunkhorst.

»Wahrscheinlich«, sagte Berner leise.

»In Ordnung, vielen Dank für Ihren Anruf. Halten Sie sich bitte für den Fall bereit, dass Sie Ihre Aussage offiziell zu Protokoll geben müssen.«

Brunkhorst verabschiedete sich und wollte den Hörer gerade zurück auf die Gabel legen, als er an Tina Siegel und ihren nächtlichen Kneipenausflug denken musste. Warum musste sie ausgerechnet mit Natascha Engel befreundet sein? Er kramte einen Zettel mit ihrer Nummer unter einem Papierstapel hervor und tippte sie ins Telefon ein. Nach dem dritten Klingeln nahm sie ab.

»Hallo Tina, Sören hier.«

»Oh, wie schön, von dir zu hören. Wie geht es dir?«

»Es könnte besser sein«, antwortete Brunkhorst vielsagend. In knappen Sätzen berichtete er von dem Mord an Tom Nachtweih und den neuesten Erkenntnissen der Spurensicherung.

»Gibt es weitere Verdächtige?«, fragte sie nachdenklich.

»Niemanden Konkretes, unsere Ermittlungen beginnen quasi wieder von vorne.«

»Dann wird es wohl noch etwas dauern, bis wir uns wiedersehen, oder?«

Ihre Stimme klang enttäuscht und verständnisvoll zugleich. Brunkhorst empfand für den Bruchteil einer Sekunde ein Gefühl des Glücks. Ihr gemeinsamer Abend schien Tina offenbar gefallen zu haben.

»Ich befürchte, ja. Aber ich verspreche dir, mich bei dir zu melden, sobald wir hier klarer sehen.«

»Dann hoffe ich, dass ihr bald euren Mörder gefasst habt. Ich freue mich auf deinen Anruf.«

»Warte mal, Tina«, sagte Brunkhorst plötzlich. »Bevor du auflegst, kannst du mir vielleicht noch bei einer Sache helfen?«

»Klar.«

»Deine Freundin, diese Natascha Engel, wie gut kennst du sie eigentlich?«

»Freundin ist vielleicht ein bisschen übertrieben«, antwortete Tina Siegel überrascht. »Wir haben uns damals in Würzburg beim Volleyball kennengelernt und eine Weile in einer Mannschaft gespielt. Wenn wir grad mal in der Nähe sind, gehen wir gemeinsam aus. Ganz unkompliziert.«

»Was kannst du über sie sagen? Was für ein Typ Mensch ist sie?«

»Ganz normal halt. Ich habe mich gut mit ihr verstanden, wir haben über dies und das gequatscht. Wie gesagt, wir waren nicht eng befreundet. Sie erwähnte einige Male, dass sie eine Menge Verehrer hatte. Bei ihrem Aussehen kein Wunder. Was soll denn diese Fragerei? Du hast doch nicht etwa ein Auge auf sie geworfen?«

»Unsinn!«, entgegnete Brunkhorst entschieden. »Es gibt allerdings einen vagen Verdacht gegen sie, dem wir nachgehen müssen. Kannst du dir vorstellen, dass sie etwas mit den Todesfällen zu tun hat?«

»Das ist jetzt ein Witz, oder?«

»Nein.«

»Um ehrlich zu sein: Nein, ich kann es mir nicht vorstellen. Das kling für mich vollkommen absurd.«

Es klopfte an Brunkhorsts Bürotür, und Anni platzte herein. Sie gab ihm ein Zeichen, dass es wichtig war.

»Du, ich muss Schluss machen, hier scheint es Neuigkeiten zu geben«, sagte Brunkhorst. »Ich melde mich bei dir, versprochen.«

Anni legte ihm einen Zettel auf den Tisch und lächelte.

»Dürschnitz stimmt.«

»Wie bitte?«, fragte Brunkhorst irritiert.

»Die Adresse von Natascha Engel: Dürschnitz. Sie passt, ich habe es überprüft.«

»Klar, danke«, antwortete Brunkhorst nachdenklich.

»Brauchst du mich noch?«

»Nein, im Moment nicht.«

Sie verließ sein Büro und schloss die Tür hinter sich. Brunkhorst starrte auf den ausgeschalteten Monitor auf seinem Schreibtisch. Seine Gedanken kreisten um die Adresse, die ihm Anni gerade genannt hatte.

Dürschnitz. Er hatte sich den Zettel, den ihm Berner gegeben hatte, nicht aufmerksam genug angesehen. Denn er war sich sicher, dass er den Namen vor nicht allzu langer Zeit schon einmal gehört hatte. Nur: in welchem Zusammenhang? Er stand auf und begann in seinem Büro auf und ab zu laufen, während es in seinem Kopf ratterte. Systematisch ließ er die letzten Stunden vor seinem inneren Augen ablaufen. Doch es wollte ihm nicht einfallen.

Plötzlich war die Erinnerung wieder da. Die Erinnerung an die Metzgerei in der Alexanderstraße.

Hektisch wühlte er sein Ablagefach durch. Er fand die Nummer nach kurzer Suche und griff sofort zum Hörer des Telefons. Frau Peter meldete sich nach dem dritten Klingeln mit einem langgezogenen »Bääda«.

19

Zollinger warf Brunkhorst einen fragenden Blick zu und konzentrierte sich dann wieder auf den Verkehr. Er hatte nicht ganz verstanden, was ihm sein Kollege sagen wollte. Vielleicht lag es an der Tatsache, dass Brunkhorst in abgehackten Sätzen gesprochen hatte, die ein hohes Maß an Interpretationskompetenz erfordert hatten. Vielleicht lag es aber auch daran, dass Zollinger noch immer nicht so recht glauben wollte, dass Natascha Engel tatsächlich etwas mit der Sache zu tun hatte.

»Du hast richtig gehört«, sagte Brunkhorst. »Natascha Engel und Vanessa Depoutot haben sich in aller Öffentlichkeit gestritten.«

»An einer Bushaltstelle?«, fragte Zollinger ungläubig nach.

»Richtig, Dürschnitz.«

»Und Frau Peter hat die beiden beobachtet und erzählt dir das mal eben so zwischen Gelbwurst und Leberkäs?«

»So in etwa«, bestätigte Brunkhorst. »Das passt zu dem, was mir Sebastian Berner vorhin gesagt hat. Natascha Engel hat sich auch mit Nachtweih des Öfteren gestritten.«

Zollinger bog vom Hohernzollernring in die Wieland-Wagner-Straße, um dann sofort wieder rechts einzuscheren. Dürschnitz war eine Nebenstraße, nicht sonderlich lang, die schon nach wenigen hundert Metern in die Königsallee überging und parallel zum Ring verlief. Es gab kaum Wohnhäuser in der Straße, sodass die Suche nach dem Mehrfamilienhaus, in dem Natascha Engel lebte, nicht allzu lange dauerte.

Das sandfarben verputzte Haus aus den Sechzigerjahren

machte einen gepflegten, aber einfachen Eindruck. Auf den Klingelschildern zählte Brunkhorst zwölf verschiedene Mietparteien, darunter auch der Name *Engel.*

Sie klingelten, doch es erklang weder der Türsummer, noch knackte die Gegensprechanlage. Brunkhorst drückte ein weiteres Mal. Wieder nichts. Es schien, als wäre Natascha Engel ausgeflogen. Oder öffnete sie ihnen ganz bewusst nicht die Tür?

Brunkhorst drückte kurzerhand das Klingelschild, auf dem der Name *Yildiriz* stand. Eine tiefe Männerstimme schallte durch die Sprechanlage.

»Was? Wer ist da?«

Brunkhorst stellte sich rasch vor, und wenig später erklang der Türsummer. Das Treppenhaus wirkte steril und war komplett in Weiß- und Grautönen gestrichen. Auf dem Flur im ersten Stockwerk kam ihnen einen schwarzhaariger Mann entgegen. Er trug eine Trainingshose, ein ausgeleiertes grünes T-Shirt und gelbe Pantoffeln.

»Herr Yildiriz?«, fragte Brunkhorst höflich.

Der Mann nickte hektisch.

»Wir sind auf der Suche nach Ihrer Nachbarin Natascha Engel. Kennen Sie sie vielleicht?«

»Engel?«, fragte der Mann in schwer verständlichem Deutsch. »Kann sein. Oben.«

»Welche Etage?«, hakte Zollinger nach.

»Vier, ich glaube.«

Zollinger und Brunkhorst bedankten sich und wollten gerade die Treppe nehmen, als Yildiriz sich noch einmal bemerkbar machte.

»Engel nicht da«, sagte er. »Auf Reise.«

»Wie meinen?«, fragte Brunkhorst.

»Weg, mit großer Tasche in Hand. Gestern.«

»Moment, Moment. Was sagen Sie da? Natascha Engel ist gestern verreist? Wann war denn das?«

»Abends, Tasche und Koffer in Auto und weg. Habe gesehen mit eigene Auge.«

Brunkhorst musste sich eingestehen, dass er das türkisch-deutsche Kauderwelsch des Mannes leichter verstand als das für ihn bisweilen kaum identifizierbare Gebrumme der Oberfranken. Das durfte er nur nicht laut sagen, andernfalls hätte ihn Zollinger von morgens bis abends damit aufgezogen, was er sich denn einbilde, als Fischkopf so etwas zu behaupten.

Brunkhorst sprach sich kurz mit Zollinger ab, dann griff er zu seinem Handy und wählte die Nummer des Präsidiums. Anni meldete sich umgehend.

»Kannst du mir Schneepflug geben?«, bat er. »Es ist dringend.«

»Der ist kurz zur Apotheke, sein Heuschnupfen wurde immer schlimmer.«

»Na gut, dann gehen wir so rein«, sagte er. »Wir können jetzt nicht warten, bis der Durchsuchungsbefehl vorliegt. Das dauert Stunden. Wer weiß, was sie vorhat.«

»Ich hoffe, du verrennst dich da nicht in etwas«, flüsterte Zollinger mit skeptischer Miene.

»Ja, das hoffe ich auch.« Brunkhorst sah ihn mit hochgezogenen Augenbrauen an, seufzte leise und verabschiedete sich von Anni.

In die Wohnung zu gelangen, war ein Einfaches für die beiden. Der zweite Wohnungsaufbruch an diesem Tag gab ihnen beinahe ein Gefühl der Routine. Der einzige Unterschied zu Karolina Sestaks Wohnung war der, dass sie dieses Mal vorsichtig sein mussten. Vorerst sollte niemand etwas davon erfahren, dass sie sich ein wenig bei Natascha Engel umsehen wollten.

Die Wohnung war klein, nahezu winzig. Es gab einen Flur, ein Bad und einen Raum, in dem Natascha Engel lebte, kochte und schlief. Als Servicekraft eines Bistros verdiente man vermutlich nicht gerade viel. Doch dafür war die Wohnung gar nicht mal in schlechtem Zustand. Nur eben klein. Und leer. Genauer gesagt, ziemlich leer.

Die beiden Kommissare blickten sich verblüfft an, als ihnen aufging, dass die Wohnung leer geräumt war. Sie öffneten einige Schubladen und Schranktüren. Nichts. Keinerlei persönliche Gegenstände. Nur leeres, steril wirkendes Mobiliar. Geschirr und Töpfe stapelten sich in den Schränken der Küchenzeile. Einige ältere Elektrogeräte standen herum.

»Yildiriz hat ein wenig untertrieben«, sagte Brunkhorst nach einer Weile. »Oder sieht so eine Wohnung von jemandem aus, der mal eben verreisen will?«

»Wohl kaum. Allmählich glaube ich auch, dass mit dieser Frau etwas nicht stimmt.«

»Wo kann sie nur sein?«, grübelte Brunkhorst. »Glaubst du, sie hat die Stadt verlassen, weil sie geahnt hat, dass wir früher oder später dahinterkommen werden?«

»Möglich.« Zollingers Blick wanderte durch die Wohnung. Er versuchte irgendetwas zu finden, das ihnen weiterhalf. Eine Kleinigkeit, die Natascha Engel vergessen hatte zu beseitigen. Ein Foto, ein Zettel mit Notizen, eine nicht beseitigte Mülltüte, die einen Hinweis geben konnte. Irgendetwas. Aber es gab nichts dergleichen.

»Wie schnell schafft man es, seine gesamten persönlichen Habseligkeiten verschwinden zu lassen?«, fragte Zollinger nachdenklich. »Das geht doch kaum innerhalb eines Tages.«

»So winzig, wie die Wohnung ist«, gab Brunkhorst zu bedenken. »Was, wenn sie das Ganze schon seit Längerem geplant hat und …«

»Es müsste doch auch ein Keller existieren«, fiel ihm Zollinger ins Wort. »Dieser Yildiriz sagte, er hätte sie mit einem Koffer und einer Tasche auf der Straße gesehen. Das werden wohl kaum ihre kompletten Habseligkeiten gewesen sein. Vielleicht hat sie nur das Wichtigste mitgenommen und den Rest irgendwo zwischengelagert. Lass uns nachsehen, ob es einen Keller gibt.«

»Wir haben keinen Schlüssel für den Keller«, warf Brunkhorst ein.

»Wir fragen Yildiriz. Möglicherweise gibt es so eine Art Hausmeister.«

»Du meinst einen Facility Manager?«

»Genau.«

Obwohl es keinen Hausmeister gab, konnte Yildiriz ihnen weiterhelfen. Er besaß einen Schlüssel zum Kellergeschoss und schloss ihnen anstandslos auf. Zollinger genügte ein kurzer Blick durch den Bretterverschlag von Natascha Engels Kellerraum, um zu erkennen, dass er mit seiner Vermutung richtig gelegen hatte. Ihr gesamtes persönliches Hab und Gut stapelte sich auf weniger als zehn Quadratmetern. Der Raum war vollgestopft mit Kartons, Taschen und Körben, in denen unzählige private Gegenstände lagerten.

»Und jetzt?«, fragte Brunkhorst ratlos.

»Wir geben der Spurensicherung Bescheid, sie sollen hier jeden Zentimeter umgraben«, antwortete Zollinger energisch. »Wir müssen schnellstens erfahren, was Natascha Engel zu verbergen hat. Hier gibt es mit Sicherheit genügend Fingerabdrücke. Sie müssen mit denen in Tom Nachtweihs Wohnung abgeglichen werden. Und noch wichtiger: Wir müssen so schnell wie möglich herausfinden, wo sie sich gerade aufhält.«

Brunkhorst nickte zufrieden. Offenbar hatte er Zollinger von seinem Verdacht überzeugen können. Er zog sein Handy aus der Tasche und wählte erneut die Nummer des Präsidiums.

»Wen rufst du an?«

»Schneepflug, er soll die sofortige Fahndung nach Natascha Engel veranlassen. Und wir beide fahren in der Zwischenzeit in die Eremitage und statten unserem Freund Jörg Bender einen Besuch ab. Ich denke, er ist uns noch einige Antworten schuldig.«

20

Sie schlüpfte unauffällig in das alte Sandsteingebäude, schlich den langen Gang bis zum Ende entlang und trat schließlich ohne anzuklopfen in das geräumige Zimmer, wo der Mann, den sie suchte, hinter seinem Schreibtisch saß und arbeitete. Er war derart überrascht, dass ihm seine Kaffeetasse mit einem lauten Scheppern hinunterfiel und sich der Inhalt über die Tastatur seines Computers ergoss.

Sie lächelte ihn an, als wolle sie sich bei ihm bedanken, dass er sein Versprechen wahrgemacht hatte. Das Versprechen, der Polizei gegenüber nicht die Wahrheit zu sagen. Dafür war sie ihm in der Tat dankbar. Doch seine Forderungen waren widerlich und demütigend gewesen. Letzten Endes musste sie wieder einmal feststellen, dass Männer alle gleich waren. Das Einzige, was sie interessierte, war, mit ihr in die Kiste zu steigen.

Sie hatte so sehr gehofft, dass Tom anders gewesen wäre. Ein Mann, der es ernst mit ihr meinte. Jemand, den sie heiraten würde, der ihr ganz allein gehörte. Und eben jemand, der nicht nur auf ihr Äußeres fixiert war.

Die Erkenntnis, dass auch er, ihre große Liebe, nichts weiter als ein untreuer, hormongesteuerter Idiot gewesen war, war für sie schlimmer als sein Tod, an den sie sich kaum erinnern konnte. Was war nur aus ihrer Liebe geworden, die sie sich damals geschworen hatten? Sie war es gewesen, die ihm bedingungslose Treue bis in den Tod versprochen hatte. Es war für sie unvorstellbar gewesen, dass ihr Glück jemals hätte enden können. Wie naiv sie gewesen war, einfach zu glauben, Tom hätte sie genauso geliebt wie sie ihn.

»Was willst du noch?«, fragte der Mann hinter dem Schreibtisch misstrauisch, nachdem er sich wieder beruhigt hatte.

»Hallo erst mal«, sagte sie leise.

Er rümpfte die Nase und musterte sie eindringlich. Sie spürte sofort, dass er auf der Hut war. Mit einer raschen Bewegung lockerte sie das zusammengeknotete, bauchfreie Wickeloberteil. Ihr weißer Spitzen-BH blitzte hervor und verlangte ihm einen gierigen Blick ab. Dann trat sie hinter seinen Schreibtischstuhl und beugte sich langsam über ihn.

Es war viel einfacher, als sie geglaubt hatte. Sie zog das Küchenmesser, das sie aus Toms Wohnung mitgenommen hatte, unter ihrem Rock hervor und drückte es ihm derart fest an die Kehle, dass seine Augäpfel vor lauter Panik hervortraten. Einige Augenblicke verharrte sie in dieser Position und flüsterte ihm angsteinflößende Dinge ins Ohr. Ganz so leicht sollte er nicht davonkommen. Er sollte zu spüren bekommen, was es hieß, sie wie ein Stück Vieh zu behandeln.

Plötzlich hielt sie inne. Sie hörte Schritte und leise Stimmen auf dem Gang. Jemand schien sich rasch dem Büro zu nähern, in dem sie sich befanden.

Sie zögerte einen Moment, dann trat sie einen Schritt zurück und zog das Messer ein Stück von seinem Hals weg. Während sie horchte, dachte sie angestrengt darüber nach, wo sie sich verstecken konnte.

Wenige Augenblicke später drückte sie die Klinge erneut an seinen Hals und forderte ihn mit einer Handbewegung auf, sie anzusehen. »Kein Wort darüber, dass ich hier bin«, zischte sie. »Andernfalls …« Zur Verdeutlichung ihrer Absicht nahm sie das Messer und führte es langsam an ihre eigene Kehle.

Er sah sie verstört an und nickte willenlos. Schweißperlen sammelten sich auf seiner Stirn.

Sie grinste ihn abschätzig an und verschwand in ihrem Versteck. Während sie wortlos die Sekunden zählte, schloss sie die Augen.

Dann klopfte es an der Tür.

21

Sie kannten den Weg und betraten zielstrebig das Gebäude gleich in der Nähe des Alten Schlosses. Es war noch nicht einmal eine Woche vergangen, seitdem sie zum ersten Mal über den langen Gang gelaufen waren, an dessen Ende das Büro von Jörg Bender lag.

Sie klopften anstandshalber an, ehe sie das Zimmer betraten. Bender saß hinter seinem Schreibtisch und blickte irritiert vom Monitor hoch. Die Tastatur stand aufrecht daneben, als hätte sie ihren Dienst verweigert. Benders hageres Gesicht wirkte noch knochiger als vor ein paar Tagen. Dunkle Augenränder zeichneten sich auf der ansonsten aschfahlen Haut ab.

»Schön, dass Sie es so schnell einrichten konnten«, sagte Brunkhorst. »Wir müssen mit Ihnen reden.« Brunkhorst und Zollinger nahmen auf zwei alten Holzstühlen Platz.

»Tom Nachtweih ist tot.« Zollinger sah Bender prüfend an.

»Ich weiß«, antwortete dieser emotionslos.

»Woher?«

Bender zögerte kurz. »Wurde im Radio erwähnt«, sagte er schließlich.

»Und was sagen Sie dazu?«, hakte Brunkhorst ein. »Nachtweih ist ermordet worden.«

»Schlimm.«

»Das ist alles?«

»Was wollen Sie hören? Es ist schrecklich, keine Frage.«

»Erst Vanessa Depoutot, jetzt Tom Nachtweih – beunruhigt Sie das nicht?«

»Mich?«, fragte Bender erstaunt. »Warum soll mich das beunruhigen?«

»Weil Sie zu beiden Mordopfern gewissermaßen eine Verbindung hatten, wenn ich es so ausdrücken darf.«

Benders Gesichtsausdruck suggerierte, dass er nicht verstand, wovon Brunkhorst sprach.

»Sollen wir Ihrem Gedächtnis auf die Sprünge helfen?«, fragte Brunkhorst angriffslustig. »Sie waren wahrscheinlich der Letzte, der Vanessa Depoutot noch lebend gesehen hat. Und Tom Nachtweih war schließlich einer Ihrer Mitarbeiter, oder etwa nicht?«

»Doch, natürlich.«

»Wussten Sie eigentlich auch, dass die beiden seit einiger Zeit ein Paar waren?«

Wieder zögerte Bender, ehe er antwortete. »Also, ich bin mir nicht sicher, worauf Sie hinauswoll...«

»Das sagen wir Ihnen jetzt«, unterbrach ihn Brunkhorst unsanft und stand auf. Er lehnte sich mit beiden Armen auf die Schreibtischplatte. »Warum haben Sie gelogen, als wir Sie nach Karolina Sestak gefragt haben?«

»Was soll das heißen?«, fragte Bender erstaunt.

»Sie haben ausgesagt, dass Sie sie kennen würden, richtig?« Zollinger erhob sich jetzt ebenfalls und wartete mit verschränkten Armen auf eine Reaktion.

Bender nickte widerwillig. »Ich habe sie im Ruinentheater gesehen und im Biergarten mit ihr gesprochen. Das sagte ich doch schon.« Er wirkte angespannt und kratzte sich nervös am Hals.

»Karolina Sestak behauptet etwas ganz anderes«, entgegnete Brunkhorst kühl. »Sie sagt, sie hätte Ihren Namen noch nie gehört und wisse nicht, wer Sie sind.«

»Das kann nicht sein«, stammelte Bender. »Wir haben uns doch damals über alles Mögliche unterhalten. Wie kann sie so etwas sagen?«

»Hören Sie auf, Bender!«, ergriff Zollinger erneut das Wort. »Egal, ob Sie sie kennen oder nicht: Karolina Sestak ist zumindest nicht die Frau, die Sie am Sonntagabend in der Eremitage gesehen haben.«

»Ach, und wen soll ich Ihrer Meinung nach dort beobachtet …?«

»War es vielleicht diese Frau hier?« Brunkhorst unterbrach Bender und zog ein Foto aus seiner Hosentasche, das er aus dem Pocketalbum, welches sie in Tom Nachtweihs Wohnung gefunden hatten, herausgetrennt hatte. Er zeigte auf Natascha Engel. »Sehen Sie sich das Bild an, und versuchen Sie, sich zu erinnern!«

»Wer soll das sein?«, fragte Bender verwundert, ohne seinen Blick allzu lange auf das Foto zu richten. »Ich habe diese Person noch nie gesehen.« Noch immer hielt sich Bender die linke Hand an seinen Hals und zupfte am Hemdkragen herum.

Brunkhorst beobachtete ihn aufmerksam. Er hatte das Gefühl, als spiele Bender auf Zeit, indem er den Ahnungslosen mimte. Mittlerweile war er überzeugt davon, dass Bender am vergangenen Sonntag mehr beobachtet hatte, als er zugeben wollte.

»Ihr Name ist Natascha Engel«, erklärte Zollinger zunehmend ungeduldig. »Fällt allmählich der Groschen?«

»Nein, sollte er das denn?«

»Ich denke schon«, reagierte Zollinger barsch. »Wir glauben, dass sie die Frau war, die Sie gemeinsam mit Vanessa Depoutot im Ruinentheater gesehen haben.«

»Also, ich weiß nicht, ob …«

»Im Übrigen war sie mit Tom Nachtweih liiert«, unterbrach Brunkhorst Bender erneut.

»Ich dachte, Tom sei mit dieser Depoutot zusammen gewesen? Langsam verstehe ich gar nichts mehr.«

»Kein Problem«, antwortete Brunkhorst, während er

seine rechte Augenbraue vielsagend hochzog. »Wir werden Ihnen auf die Sprünge helfen.«

»Seit wann hat Nachtweih bei Ihnen gearbeitet?«, fragte Zollinger.

»Seit Herbst letzten Jahres«, antwortete Bender nach einigen Sekunden des Zögerns. »In den Wintermonaten ist natürlich nicht so viel los, darum war er anfangs nur halbtags bei uns. In den vergangenen Wochen arbeitete er allerdings auf Anschlag. Die Biergartensaison hat in diesem Jahr bereits Ende März begonnen.«

»Herbst?«, wiederholte Zollinger nachdenklich. »Das passt genau.«

»Weshalb hat Nachtweih eigentlich bei Ihnen angeheuert«, fragte Brunkhorst. »Er hätte doch auch im Miamiam Glouglou bleiben können?«

»Tom hatte genug von dieser Frau«, antwortete Bender. »Vermute ich mal«, schob er hastig hinterher.

»Einen Moment«, sagte Brunkhorst entschieden. »Eben haben Sie noch behauptet, Sie würden Natascha Engel gar nicht kennen. Jetzt sagen Sie plötzlich, dass sie der Grund von Nachtweihs Kündigung im Miamiam Glouglou gewesen ist? Woher wissen Sie denn überhaupt, dass sie im Miamiam Glouglou arbeitet?«

»Sie … Sie haben es doch selbst gesagt«, stammelte Bender und fühlte sich sichtlich in die Enge gedrängt.

»Das haben wir mit keinem Wort erwähnt.« Brunkhorst trat um den Schreibtisch herum und näherte sich dem schlaksigen Restaurantbetreiber. »Ich werde einfach das Gefühl nicht los, dass Sie uns nicht die Wahrheit sagen. Sie kennen diese Frau hier doch ganz genau.« Wieder zeigte Brunkhorst auf das Foto, auf dem Natascha Engel abgelichtet war. »Also raus mit der Sprache, was wissen Sie über Natascha Engel?«

»Das ist absurd«, entgegnete Bender entrüstet. »Hören

Sie, ich muss jetzt weiterarbeiten. Sie haben lange genug meine Zeit in Anspruch genommen.«

»Ich befürchte, Sie verstehen nicht, was es für Sie bedeutet, wenn Sie uns wichtige Hinweise verschweigen …«

»Vergiss es, Sören«, wurde Brunkhorst von Zollinger unterbrochen. »Wir kriegen nichts aus ihm heraus. Er zieht es vor zu schweigen. Ich weiß zwar nicht, womit sie ihn in der Hand hat, aber wir werden es herausbekommen.«

»Du hast recht, Zolli. Wir können ihn nicht dazu zwingen, dass er uns hilft. Wahrscheinlich würde ich in seiner Position nicht anders handeln.«

Sie warteten vergeblich auf eine Reaktion Benders. Er war wieder die Ruhe selbst und gab sich ähnlich unnahbar wie bei ihrem ersten Besuch.

»Wir kommen wieder«, sagte Brunkhorst zum Abschied, ehe er wieder auf den Flur trat.

Zollinger folgte ihm und zog die Tür zu Benders Büro hinter sich zu. Auf dem Weg nach draußen war er schweigsam. Irgendetwas beschäftigte ihn. Etwas, das mit Bender zu tun hatte. Nicht nur sein Verhalten war merkwürdig gewesen, da war noch etwas anderes.

Gerade als er Brunkhorst darauf ansprechen wollte, fiel es ihm wieder ein.

»Ich geh noch mal kurz rein«, grummelte er in Richtung Brunkhorst. »Eine Frage brennt mir noch unter den Nägeln.«

»Soll ich nicht besser mitkommen?«, fragte Brunkhorst verdutzt.

»Warte ruhig hier, es ist nur eine Kleinigkeit, die mich interessiert.« Zollinger wandte sich um, schob die Tür auf und betrat erneut Benders Büro. Im selben Moment fiel sein Blick auf eine Frau, die sich mit einem Messer in der Hand auf Bender zubewegte. Durch das Quietschen der

Tür aufgeschreckt, fuhr Natascha Engel herum und blickte Zollinger mit weit aufgerissenen Augen an.

Ein kurzer Augenblick des Zögerns, dann stürzte sie an Bender vorbei, stieß das angelehnte Fenster hinter ihm auf und sprang ins Freie. Zollinger war derart perplex, dass er wie angewurzelt in der Tür stehenblieb. Es dauerte einige Sekunden, ehe er reagierte und ans Fenster stürmte. Unter seinen Füßen knirschte es. Die zersplitterten Reste einer Kaffeetasse bohrten sich in seine Schuhsohlen.

Brunkhorst platzte ins Zimmer und blickte sich irritiert um.

»Was ist passiert?«

»Natascha Engel war hier«, antwortete Zollinger konsterniert. »Sie ist vor meinen Augen abgehauen.«

Sie starrten aus dem Fenster, doch außer einem gleißenden Sonnenstrahl, der sich durch die Äste einiger Obstbäume kämpfte, war nichts mehr zu sehen. Keine Spur von Natascha Engel.

Jörg Bender stand von seinem Schreibtischstuhl auf und stellte sich neben sie. An seinem Hals befanden sich dunkle Striemen. Nur eine dünne Hautschicht hielt das Blut zurück.

Brunkhorst begriff sofort, was vorgefallen war. Er reagierte blitzschnell, kletterte auf das schmale Fensterbrett und schwang sich hinaus.

»Kümmer dich um Bender!«, rief er Zollinger im Davonrennen zu. »Ich schnapp mir die Engel.«

»Aber Sören ... Kruzifix, jetzt warte doch mal!« Zollinger stampfte mit dem rechten Fuß auf. Sein Gesicht wurde knallrot. »Dieser Saupreiß macht, was er will«, schimpfte er weiter. »Wo will er denn bloß hin? Er weiß doch überhaupt nicht, wohin diese Verrückte gelaufen ist.«

»Danke, dass Sie gekommen sind«, unterbrach ihn Bender, der noch immer regungslos neben Zollinger stand. »Ich schätze, sie hätte mit mir dasselbe getan wie mit Tom.« Seine Worte klangen müde und seltsam emotionslos.

»Erzählen Sie doch nicht so einen Quatsch!«, entgegnete Zollinger noch immer aufgebracht. »Wenn Natascha Engel Sie hätte umbringen wollen, dann hätte sie es doch längst tun können.«

»Sehen Sie denn nicht, was sie mit mir gemacht hat? Sie hat mir ein Messer an die Kehle gehalten.«

»Und warum haben Sie uns vorhin, als wir mit Ihnen gesprochen haben, nichts davon gesagt? Das stinkt doch zum Himmel!«

»Ich… also…« Bender suchte verzweifelt nach den richtigen Worten. »Sie müssen verstehen …«

»Wo hatte sie sich versteckt?«, unterbrach Zollinger ihn. Mimik und Tonlage waren so scharf, dass Bender einen Schritt zurückwich. Dann nickte er in Richtung des Pressspankleiderschranks, der hinter der Tür stand und offenbar als Garderobe diente.

»Bevor wir uns darüber unterhalten, was Sie wissen und weshalb Sie diese Frau die ganze Zeit über geschützt haben, möchte ich, dass Sie mir eine Frage beantworten.« Sein Blick wanderte hinüber zum Schreibtisch, wo sich ein heilloses Durcheinander aus losen Blättern und Gegenständen ausbreitete.

»Wenn ich Ihnen helfen kann …« Bender zuckte mit den Schultern.

»Dieser Fotorahmen auf Ihrem Schreibtisch«, begann Zollinger zögerlich. »Bei unserem letzten Besuch vor ein paar Tagen stand dort ein Fotorahmen.«

Bender wirkte überrascht. Er trat erneut einen Schritt zurück, beinahe so, als wolle er sich heimlich davonstehlen.

»Wer war die Frau auf dem Foto?«, bohrte Zollinger weiter. »Kann es sein, dass …?«

»Sehen Sie doch selbst nach!« Bender nickte in Richtung eines schwarzen Rollcontainers, der unter dem Schreibtisch stand. »Ich habe den Rahmen in einer der Schubladen verstaut.«

Zollinger blickte Bender skeptisch an. Er zögerte einen Augenblick, bückte sich dann jedoch und zog die oberste Schublade auf. Der silberne Fotorahmen war nicht größer als fünf mal fünf Zentimeter. Ein rascher Blick genügte, um zu erkennen, dass auf dem passbildähnlichen Foto nicht die Frau abgelichtet war, die vor ein paar Minuten durch das Fenster hinter ihm geflüchtet war. Einen Moment lang machte sich Enttäuschung in ihm breit.

»Was wissen Sie denn schon?«, sagte Bender plötzlich.

»Wie meinen Sie das?«, fragte Zollinger, der noch immer in gebückter Haltung hinter dem Schreibtisch hockte.

»Egal, lassen Sie uns einen kleinen Ausflug machen«, fuhr Bender fort. »Sie werden erfahren, was tatsächlich vorgefallen ist.«

Hastig zog sich Zollinger an dem Rollcontainer hoch, um sich aufzurichten. Noch im Aufstehen drehte er Bender einen Moment lang den Rücken zu und blickte aus dem Fenster. Die Sonne war hinter dunklen Wolken verschwunden, und die Blätter der Obstbäume trotzten dem aufkommenden Wind. Wohin Natascha Engel wohl gelaufen war? Er hatte keinen Zweifel daran, dass Brunkhorst sie finden würde. Dennoch musste er dringend Verstärkung rufen.

Im nächsten Augenblick spürte Zollinger einen stechenden Schmerz im Rücken. Er stützte sich mit beiden Händen auf der Fensterbank ab und gab einen lauten Schrei von sich. »Brunzverregg!«, schimpfte er verzweifelt. Noch einmal probierte er, in die Senkrechte zu kommen, doch ihm blieb nichts anderes übrig, als zu kapitulieren. Die geringste Bewegung seines Rückens verursachte einen Höllenschmerz.

»Tja, das kommt davon, wenn man so neugierig ist«, hörte er aus dem Hintergrund einen schadenfroh lachenden Bender sagen.

22

Brunkhorst lief, was seine Beine hergaben. Doch seine Lunge brannte bereits nach wenigen Metern. Die Luft um ihn herum war derart drückend, dass er jeden Moment mit einem schweren Gewitter rechnete.

»Nein, ich weiß nicht, wo sie hingelaufen ist«, rief er aufgeregt in sein Handy. »Ihr müsst aber so schnell wie möglich herkommen! Und sperrt sämtliche Ausfallstraßen zur Eremitage ab. Wir müssen verhindern, dass sie das Gelände verlässt.«

Eine Pause entstand, die Brunkhorst dazu nutzte, kräftig durchzuatmen und seinen Puls zu beruhigen. Am anderen Ende der Leitung war Nicole Münch damit beschäftigt, seine hektischen Anweisungen aufzunehmen.

»Und Zolli ist bei Bender, habe ich das richtig verstanden?«, fragte sie nach.

»Ja, er quetscht ihn gerade aus. Wir hätten ihn von Anfang an in die Mangel nehmen sollen.«

»Ich gebe alles an Schneepflug weiter, die Verstärkung wird in ein paar Minuten bei euch sein.«

»Danke«, sagte Brunkhorst, steckte das Handy zurück in die Hosentasche und rannte weiter. Ein älterer Spaziergänger kam ihm entgegen und sah ihn prüfend an. Der Mann war bislang der Einzige gewesen, der ihm begegnet war, seitdem er durch das Fenster in Benders Büro geklettert war. Auch im Biergarten hatte er niemanden gesehen.

Der Himmel verdunkelte sich zunehmend. Die eben noch so grell scheinende Sonne wurde von furchteinflößenden, sich auftürmenden Wolken verschluckt. Böiger

Wind wehte Blätter und Staub durch den Schlosspark. Leises Grollen hallte durch die Luft.

Nachdem Brunkhorst eine Zeit lang querfeldein gelaufen war und sich jetzt wieder auf dem geschotterten Weg befand, versuchte er sich zu orientieren. Zu seiner Rechten lag das Ruinentheater. Hier hatten sich Vanessa Depoutot und ihre Mörderin einen Kampf geliefert. Ob Natascha Engel an diesen Ort zurückkehren würde? Die Äste der Bäume, die über den Säulen der künstlichen Ruine hin und her wogten, rauschten furchteinflößend. Brunkhorst sah sich um, blickte hinter jede einzelne Säule, doch nirgends war Natascha Engel zu sehen.

Er machte kehrt und richtete seinen Blick wieder auf den Schotterweg, der sich vor ihm erstreckte. Wenn er ihn weiterlief, würde er irgendwann zur Unteren Grotte kommen, wo Vanessa Depoutots Leiche gefunden worden war. Brunkhorst dachte über Alternativen nach. Versuchte sich vorzustellen, dass Natascha Engel womöglich auf direktem Wege aus der Eremitage geflohen war. Es gab allerdings auch unzählige Verstecke im Park, im Prinzip konnte Natascha Engel überall Unterschlupf gefunden haben. Trotz der Ungewissheit überlegte er nicht lange und rannte los.

Nach ein paar Sekunden prasselten bereits erste dicke Regentropfen auf ihn herab. Eine dichte Regenwand baute sich vor ihm auf und ließ ihn keine fünf Meter weit schauen. Innerlich fluchend rannte er weiter, vorbei an den Verwaltungsgebäuden und dem Sonnentempel des Neuen Schlosses, das von den Wasserspielen der Oberen Grotte umrahmt wurde. Er spürte den feuchten Regen auf seiner Haut, seine Kleidung war binnen weniger Augenblicke durchnässt.

Bald würde er vom Weg abzweigen müssen, um zur Unteren Grotte zu gelangen. Durch die Regenwand konnte er kaum etwas erkennen. Er verlangsamte sein Tempo und blieb stehen. Der Regen tropfte ihm aus den Haaren in den Nacken. Er schüttelte sich kurz, wischte sich mit dem Unterarm durchs Gesicht und betrat mit einem mulmigen Gefühl den Wald.

Zollinger hockte in gebückter Haltung auf dem Steinboden des Ruinentheaters. Die einzige Position, in der er die Schmerzen ertragen konnte. Der Hexenschuss hatte ihn so unvorbereitet wie unpassend getroffen. Sein Rücken schmerzte noch mehr, seitdem ihn Bender zu dem kleinen »Ausflug« aufgefordert hatte. Anfangs war er noch halbwegs aufrecht vor Bender hergelaufen, die letzten Meter musste er jedoch in erniedrigender Weise über den harten Steinboden kriechen. Zu allem Überfluss prasselte seit einigen Minuten auch noch der Regen auf ihn herab. Das Grollen der herannahenden Gewitterwolken wurde immer lauter und beängstigender. Obwohl mitten am Tag, schien es, als hätte die Dämmerung bereits eingesetzt.

Jörg Bender stand einige Meter von ihm entfernt und lehnte an einer Säule des Theaters. Mit der linken Hand fasste er sich gelegentlich an den Hals.

»Hier muss es gewesen sein«, sagte er nach einer Weile mit einer Spur Melancholie in der Stimme.

»Seien Sie bitte so nett, und kommen Sie schnell zur Sache«, stöhnte Zollinger. »Keine Rätselstunde, ich will sofort wissen, weshalb wir hier sind.«

»Nicht so ungeduldig, Herr Kommissar. Es ist nicht meine Schuld, dass Ihr Rücken nicht mitspielt.« Trotz des heftigen Regens versuchte sich Bender eine Zigarette anzustecken, die er aus der Gesäßtasche seiner Hose gefingert hatte, doch die Kippe wollte nicht so recht brennen.

»Falls Sie glauben, Sie hätten eine Idee, wie eiskalt diese Frau ist, dann irren Sie sich gewaltig«, fuhr er mit monotoner Stimme fort.

»Sondern?«, presste Zollinger noch immer wie ein nasser Hund kauernd hervor.

»Sie ist schlimmer als alles, was Sie sich vorstellen können. Mir ist in meinem Leben noch nie jemand begegnet, der so durchtrieben vorgeht, um seine Ziele durchzusetzen. Und Sie können mir glauben, als Gastronom habe ich schon so manch zwielichtigen Zeitgenossen kennengelernt.«

»Geht das auch etwas genauer?«

»Immer mit der Ruhe«, wiegelte Bender ab. Es schien ihn nicht im Geringsten zu stören, dass Zollinger mit schmerzerfülltem Gesicht vor ihm hockte. Warum zwang er ihn dazu, kniend im strömenden Regen seine Geschichte anhören zu müssen, anstatt sie ihm einfach in aller Ruhe im Präsidium zu erzählen?

»Ich bin mir jetzt wieder sicher, dass es genau hier gewesen ist.« Bender sah sich um und nickte bedächtig. »Erst dachte ich, es wäre dort drüben gewesen.« Er zeigte auf die gegenüberliegende Säule. »Aber es war hier, ich weiß es wieder.«

»Sie sprechen von dem Kampf zwischen Vanessa Depoutot und Natascha Engel?«, hakte Zollinger ein. »Haben Sie die beiden beobachtet?«

Bender lachte, ohne dabei eine Miene zu verziehen. Dann sah er Zollinger wieder in die Augen. »In der Tat, ich habe die beiden gesehen, wie sie sich die Augen ausgekratzt haben. Aber das meinte ich nicht.«

»Was meinen Sie denn?« Zollinger richtete sich so weit auf, dass er den Schmerz gerade noch ertragen konnte.

»Montagabend war hier alles noch mit diesen Plastikbändern abgesperrt«, fuhr Bender fort. »Welchen Zweck erfüllen sie eigentlich?«

»Was hat das denn jetzt …?«

»Schon gut, Herr Kommissar«, unterbrach Bender ihn.

»Kein Grund zur Aufregung, die Frage war rein rhetorisch gemeint. Ich wollte lediglich zum Ausdruck bringen, dass es kein Problem für uns war, die Sperren zu überwinden.«

»Würden Sie mir jetzt bitte verraten, worauf Sie hinauswollen? Sie sehen doch selbst, was für Schmerzen ich habe.«

»Hören Sie mir eigentlich zu, was ich sage?«, entgegnete Bender mit einem Mal sichtlich erregt. »Natascha und ich, wir haben uns hier am Montagabend getroffen. Falls Sie verstehen, was ich meine.«

»Ich gebe mir Mühe.«

»Wir kannten uns nicht«, sagte Bender, ohne auf Zollingers Kommentar einzugehen. »Zum ersten Mal sind wir uns am letzten Sonntag begegnet, kurz nachdem ich das Restaurant abgeschlossen hatte.« Bender bewegte sich jetzt in Zollingers Richtung und blickte ihm dabei tief in die Augen. »Ich weiß nicht, ob Sie das begreifen, aber diese Frau hat mich vom ersten Augenblick an fasziniert. Obwohl sie gerade dabei war, eine Konkurrentin auszuschalten.«

»Auszuschalten? Nette Formulierung für einen eiskalten Mord«, warf Zollinger ein.

»Ja, so könnte man meinen. Aber in dem Moment schien mir Natascha das Opfer der Auseinandersetzung zu sein. Sie schaffte es, die andere Frau, die mir irgendwie bekannt vorkam, in die Flucht zu schlagen.«

»Hat sie Sie gesehen?«, wollte Zollinger wissen.

»Natürlich«, antwortete Bender schnell. »Wir blickten uns einige Sekunden in die Augen, ehe sie wegrannte.«

»Und dann sind Sie hinter ihr hergelaufen?«

»Nein!«, sagte Bender energisch. »Also … ich meine … ich habe nicht beobachtet, wie sie Vanessa Depoutot umgebracht hat. Falls Sie es denn überhaupt war«, fügte er hinzu.

»Davon gehen wir mittlerweile aus«, erklärte Zollinger. »Offenbar hatte Natascha Engel in jedem Fall allen Grund zu glauben, dass Sie gegen sie aussagen könnten, richtig? Immerhin waren Sie der Letzte, der sie in dieser Nacht gesehen hat.«

»Mein Pech.« Bender befand sich jetzt nur noch einen knappen Meter von Zollinger entfernt. Zollinger versuchte das Gesicht seines Gegenübers auszumachen, konnte es aus seinem Blickwinkel jedoch nicht mehr erkennen.

Der Regen wurde immer stärker. Zollinger war mittlerweile bis auf die Unterwäsche durchnässt. Das Wasser lief in großen Rinnsalen an seinem Rücken herunter. Wie ein begossener Pudel hockte er auf dem Boden.

»Warum haben Sie uns nicht einfach die Wahrheit gesagt, als wir mit Ihnen gesprochen haben?« Zollinger reckte seinen Kopf, so weit es die Schmerzen zuließen. Er wollte Bender unbedingt in die Augen blicken, wenn dieser ihm verriet, was vorgefallen war.

»Lassen Sie es mich mal so sagen, Herr Kommissar«, antwortete Bender vielsagend. »Sie sind nicht ganz unschuldig an dem Fortgang der Geschichte.«

»Herrschaftszeiten!«, rief Zollinger wütend in den Regen. »Sagen Sie jetzt endlich, was passiert ist!«

»Wie ich eben bereits sagte, Sie hätten vermeiden können, dass wir jetzt hier stehen. Wenn Sie doch einfach schon am Montagmorgen mit mir gesprochen hätten ... Wahrscheinlich hätte ich Ihnen sofort gesagt, was ich gesehen habe.« Er klang mit einem Mal wieder melancholisch, beinahe reumütig.

»Warum haben Sie sich denn nicht von selbst bei uns gemeldet?«, echauffierte sich Zollinger. »Als Zeuge stehen Sie in der Pflicht, der Polizei Hinweise zu liefern.«

Bender zuckte mit den Schultern und schwieg.

»Weshalb glaube ich Ihnen eigentlich kein Wort?«, fuhr

Zollinger fort. »Sie hätten mir Ihre Geschichte doch genauso gut in Ihrem Büro erzählen können.«

»Ja, das ist wahr«, pflichtete ihm Bender bei. »Aber um zu verstehen, was vorgefallen ist und über was für ein grandioses schauspielerisches Talent Natascha Engel verfügt, eignet sich das Ruinentheater nun mal besonders gut. Hier habe ich den Kampf der beiden beobachtet. Und hier hat sie ...« Er brach ab und schüttelte den Kopf.

»Ich glaube, ich habe verstanden«, stöhnte Zollinger leise. »Wir können gerne wieder zurückgehen.«

Bender ignorierte den Kommentar. »Am Montagabend stand sie mit einem Mal in meinem Büro. Sie hatte herausgefunden, wer ich war. Es dauerte nur ein paar Minuten, und mir war klar, was sie von mir wollte. Sie machte auch nicht lange rum und kam gleich zur Sache.«

»Das heißt?«

»Können Sie sich das nicht denken?«, fragte Bender beinahe empört. »Sie hat sich an mich rangeworfen wie ein billiges Flittchen. Ich hatte große Mühe, sie von mir fernzuhalten.«

»Ich lass mich doch von Ihnen nicht für dumm verkaufen. Sie haben es doch bestimmt drauf angelegt, mit ihr ins Bett zu steigen.«

»Sie irren«, antwortete Bender unbeeindruckt. »Ich war anfangs alles andere als angetan von ihren Avancen, weil mir die Vorstellung, mit einer Mörderin etwas anzufangen, nicht geheuer war. Das müssen Sie mir glauben. Am Ende war ich aber doch zu schwach«, fügte er niedergeschlagen hinzu.

Der Regen prasselte so geräuschvoll auf den Steinboden, dass Zollinger Probleme hatte, Benders Worte zu verstehen.

»Sie hat mich hierhergeführt«, erzählte Bender und zeigte wieder auf die Säule, an die er sich vorhin gelehnt hatte. »Genau hierher. Ja, hier war es«, vergewisserte er sich erneut. »Hier hat sie mich geküsst und mir etwas ins Ohr geflüstert.«

»Na endlich«, murmelte Zollinger kaum verständlich. Im nächsten Moment donnerte ein ohrenbetäubendes Gewittergrollen durch die Luft. »Was hat sie Ihnen denn gesagt?«, schrie Zollinger dagegen an.

»Sie hat mir ihren Körper versprochen«, schrie Bender zurück. Er griff sich wieder an den lädierten Hals, als fühle er plötzlich einen Schmerz. »Wenn nicht ...« Er stockte. »Ich sollte ihr versprechen, der Polizei kein Wort über das zu sagen, was ich gesehen hatte, andernfalls ...«

Er hielt erneut inne. Zollinger beobachtete, wie Bender plötzlich auf einen Punkt am anderen Ende des Theaters starrte. Durch die dichte Regenwand konnte Zollinger nicht erkennen, was ihn mit einem Mal so ablenkte.

»Jetzt sagen Sie schon!«, forderte er Bender stattdessen lautstark auf. »Womit hat sie Ihnen gedroht?«

Im nächsten Moment sah Zollinger, wie Natascha Engel hinter einer Säule hervortrat und bedächtigen Schrittes auf Bender zuging. In ihrer rechten Hand hielt sie ein stattliches Küchenmesser.

»Ich habe dich gewarnt«, sagte sie mit ruhiger Stimme. »Hättest du doch einfach nur deine Klappe gehalten!«

Bender wich einige Meter zurück, Natascha Engel folgte ihm.

»Na, was habe ich Ihnen gesagt?«, sagte Bender in Richtung Zollinger. Seine Stimme klang ängstlich. »Sie ist skrupellos und irre.«

»Sag dem Bullen, wie es tatsächlich war!«, rief Natascha Engel. Sie befand sich nur noch eine Körperlänge von Bender entfernt und zeigte mit dem Messer direkt auf ihn.

Zollinger betrachtete die Frau, die er zum ersten Mal vor wenigen Tagen im Miamiam Glouglou gesehen hatte.

Natascha Engel war sommerlich gekleidet und trug ein bauchfreies Oberteil über einem eng anliegenden, knielangen Rock. Die schwarzen Stiefel darunter betonten ihre hochgewachsene, schlanke Figur. Ihr Gesicht war hübsch und strahlte Stärke aus. Es erinnerte ihn an diese eine blonde Moderatorin mit dem markanten Lächeln und der nervigen Stimme, deren Name ihm gerade nicht einfallen wollte.

»Wovon sprichst du?«, fragte Bender leise.

»Davon, dass ich unschuldig bin!«, brüllte Natascha Engel.

»Hör doch auf damit, Natascha!«, konterte Bender. »Merkst du denn nicht, dass es vorbei ist?« Er wich ihr unauffällig aus.

»Warum sollte ich?«, antwortete sie trotzig. »Niemand wird verstehen, was hier vorgefallen ist. Ein toter Gastronom und zwei tote Bullen.«

Sören!, durchzuckte es Zollinger. Wo steckte nur sein Kollege?

Vorsichtig befühlte er den Gürtelhalfter, in dem seine Dienstwaffe steckte. Allein die Armbewegung verursachte einen quälenden Schmerz im Kreuz.

»Du hättest Tom damals gar nicht erst einstellen dürfen, dann wäre alles ganz anders gelaufen«, schrie Natascha Engel verzweifelt. »Wäre er bei uns geblieben, wir wären bestimmt wieder zusammengekommen.«

»Ach ja? Da hat mir Tom aber ganz andere Dinge erzählt. Er wollte nichts mehr mit dir zu tun haben.«

»Das stimmt nicht!«, entgegnete sie vehement.

»Und ob das stimmt! Er war sehr glücklich mit dieser kleinen Französin. Er hat es mir letzte Woche verraten.«

»Du lügst!«, kreischte Natascha Engel.

»Leider können wir die beiden nicht mehr fragen. Dafür hast du ja gesorgt.«

Zollinger bemerkte, dass er sich mittlerweile genau zwischen Natascha Engel und Bender befand. Keine allzu angenehme Position, zumal er Bender nur noch aus dem Augenwinkel heraus beobachten konnte.

Wenn Brunkhorst nur endlich auftauchen würde! Einen Moment lang zog Zollinger in Erwägung, trotz seiner Behinderung seine Waffe zu zücken. Er hatte das Funkeln in Natascha Engels Augen erkennen können. Und er hatte verstanden, was sie vorhatte.

Zollinger biss die Zähne zusammen, stemmte seine Hände auf den nassen Boden und versuchte sich mit einer raschen Bewegung aufzurichten. Der Schmerz, der in diesem Moment durch seinen Körper fuhr, war schlimmer als alles andere, was er jemals empfunden hatte. Sein Schrei ging in einem dumpfen Gewittergrollen unter. Für einen Augenblick befürchtete er, das Bewusstsein zu verlieren. Doch er fing sich wieder und sackte nach hinten auf den Boden.

Als er wieder aufblickte, sah er Natascha Engel mit dem Messer vor seinen Augen herumfuchteln. Zollinger bekam es mit der Angst zu tun und griff erneut an seinen Gürtelhalfter. Egal, wie groß die Schmerzen waren, er musste eingreifen, ehe diese Frau …

Doch es kam anders.

Mit einem hastigen Sprung hechtete Jörg Bender plötzlich hinter Zollinger hervor und warf sich auf Natascha Engel. Die beiden rutschten auf dem nassen Boden weg und landeten unsanft neben ihm.

Zollinger zog die Pistole aus dem Halfter, entsicherte sie und kroch auf den Knien zur Seite. Gerade so weit, dass er außer Reichweite der beiden anderen war.

»Hören Sie auf! Sofort!« Zollinger richtete seine Waffe abwechselnd auf Bender und Natascha Engel. Noch immer lag Bender auf Natascha Engel und versuchte mit aller

Kraft, seiner Kontrahentin das Messer aus der linken Hand zu schlagen. Erfolglos. Sie wehrte sich, indem sie wie eine Furie an ihm zerrte und gegen seine Schienbeine trat. Nichts war mehr übrig von Natascha Engels Schönheit, blanker Hass schlug aus ihren Augen. Ihre Gesichtszüge wirkten seltsam verzerrt, als verliere sie jegliche Kontrolle über ihren Körper.

»Lassen Sie von ihr ab, Bender!«, rief Zollinger. »Sie wird uns nicht mehr entkommen.« Doch seine Worte verpufften im Prasseln des Regens. Er war ratlos, allein konnte er in seinem körperlichen Zustand wenig ausrichten.

Zollinger robbte weiter in Richtung der Säulen, doch mittlerweile schmerzten auch seine Kniescheiben. Vorsichtig lehnte er sich mit dem Rücken gegen den feuchten Sandstein. Er fröstelte und spürte mit einem Mal die Kälte, die der Niederschlag mit sich brachte. Wo zum Teufel steckte nur Brunkhorst?

Er zog sein Handy aus der Westentasche und wählte Brunkhorsts Nummer. Es dauerte nur wenige Sekunden, ehe das Freizeichen ertönte. Zollinger wartete kurz und spitzte seine Ohren. Dann hielt er inne. Nicht weit entfernt hörte er das Handy seines Kollegen klingeln. Kein schlechtes Zeichen eigentlich. Um kein Risiko einzugehen, legte er hastig wieder auf.

Plötzlich ertönte ein helles Klirren. Zollinger blickte hoch und sah, wie Bender langsam von Natascha Engel abließ. Das Messer, um das beide gerungen hatten, lag feuchtschimmernd neben ihnen auf dem Steinboden. Es war blutverschmiert. Im nächsten Augenblick schob Natascha Engel mit aller Kraft den leblos wirkenden Körper von Jörg Bender von sich weg, griff erneut nach dem Messer und richtete sich auf. Zollinger umklammerte seine Waffe und fixierte Natascha Engel, die sich langsam auf ihn zubewegte.

Als sie nur noch knappe zwei Meter von ihm entfernt war und das Messer direkt in Richtung seines Körpers richtete, fasste Zollinger den Entschluss zu schießen. Er visierte ihren Oberschenkel an und schloss die Augen. Sein Finger berührte den Abzug, fuhr langsam nach hinten und ließ los.

Der Schuss war so laut, dass der angsterfüllte Schrei, den Natascha Engel Bruchteile zuvor ausgestoßen hatte, erstarb. Erst als Zollinger seine Augen wieder öffnete, wurde ihm klar, dass der Schuss sein Ziel verfehlt und die gegenüberliegende Säule gestreift hatte. Natascha Engel bewegte sich noch immer mit dem Messer in der Hand auf ihn zu.

Ein zweiter Schuss schallte durch die Lichtung. Zollinger blickte überrascht zur Seite, wo sein Kollege Brunkhorst Natascha Engel mit einer raschen Bewegung entwaffnete und in den Polizeigriff nahm. Der Schuss hatte ihr rechtes Bein getroffen. Ihre schrillen Schreie wurden leiser und gingen allmählich in ein weinerliches Wimmern über. Sie schien begriffen zu haben, dass es vorbei war.

Zollinger sackte wieder nach hinten. Das Geschehen um ihn herum verschwamm. Wie durch einen Schleier sah er die anderen Kollegen der Mordkommission mit gezückten Waffen herbeistürmen. Während Nicole Münch ihr Handy in der Hand hielt und aufgeregt einen Rettungswagen anforderte, wurde Natascha Engel von zwei Schutzpolizisten abgeführt. Einige Kollegen kümmerten sich um den schwer verletzten Bender.

Das routinemäßige Prozedere nahm seinen Gang, als hätte es die dramatischen Augenblicke vor wenigen Minuten niemals gegeben.

»Na, du alter Sack!« Brunkhorst ließ sich fallen und setzte sich im Schneidersitz neben Zollinger. »Einen besseren Zeitpunkt hätte sich dein alter, schwacher Körper wohl nicht aussuchen können, was?«

»Red du nur! Du kannst dir gar nicht vorstellen, was das für Schmerzen sind.« Zollinger warf Brunkhorst einen bösen Blick zu. »Wo hast du überhaupt gesteckt? Hast du uns die ganze Zeit über beobachtet?«

»Nicht die ganze Zeit, aber einige Minuten. Ich war auf dem Weg zur Unteren Grotte, als ich Natascha Engel durch die Regenwand entdeckte. Sie checkte kurz die Lage und rannte plötzlich wieder den Schotterweg zurück und hierher.«

»Hättest du nicht wenigstens ein paar Minuten früher eingreifen können?«, fragte Zollinger klagend. »Zwischendurch dachte ich wirklich, ich schaffe es nicht.«

»Keine Sorge, ich hatte alles im Blick«, bemerkte Brunkhorst gelassen.

»Als dein Telefon geklingelt hat, da hätte ich dich ...«

»Halb so wild«, winkte Brunkhorst lächelnd ab. »So wusstest du wenigstens, dass ich in der Nähe bin.«

»Du hast gut reden«, entgegnete Zollinger erschöpft. »Na ja, immerhin hat dein Schuss ja gesessen. Vorbildlich in den Oberschenkel. So wie wir es gelernt haben.«

Brunkhorst zog die Augenbrauen hoch und sah seinen Kollegen erstaunt an. »Ich glaube, du hast in deinem Zustand nicht alles mitbekommen, kann das sein?«

»Wovon sprichst du?«

»Na, der zweite Schuss, der die Engel getroffen hat. Bender hat ihn abgegeben, nicht ich. Er trug eine Waffe im Hosenbund. Auch ein Grund, warum ich nicht früher eingreifen wollte.«

»Warum hat er denn nicht sofort ...?« Zollinger fragte sich, wann Bender wohl die Pistole eingesteckt hatte. Vermutlich in seinem Büro, als er selbst mit seinem schmerzenden Rücken beschäftigt gewesen war.

»Er wollte sie nicht umbringen«, erklärte Brunkhorst ruhig. »Bender hat die Waffe mit letzter Kraft gezückt, nachdem Natascha Engel ihm das Messer in die Seite gerammt hat.«

Zollinger schüttelte den Kopf. Bender als sein Lebensretter? Das klang wie ein schlechter Scherz.

»Auf jeden Fall war sein Schuss wesentlich präziser als deiner. Man könnte meinen, dein Alter macht dir langsam Probleme …«

»Schmarr ned so dumm daher, du Schnapswaafn! Ich bin noch lange kein alter Mann. Und jetzt hilf mir hoch, bevor ich mir bei dem Regen noch eine Lungenentzündung hole.«

Brunkhorst lachte, stand auf und zog seinen Kollegen mit einem schnellen Ruck hoch. Zollingers anschließender Schrei hallte weit über die Lichtung hinaus durch die Eremitage.

23

Brunkhorst und Zollinger nickten der jungen Polizistin zu, die vor der schweren Metalltür stand, und betraten das Krankenzimmer. Sofort erblickten sie Natascha Engel, die einfach nur dalag und apathisch aus dem Fenster starrte. Ihr Bett war das einzige in dem geräumigen Zimmer.

Der letzte Funken Schönheit, den Natascha Engel selbst noch im Moment des Kampfes mit Jörg Bender ausgestrahlt hatte, war verschwunden. Ihre Haare hingen ungewaschen und strähnig am Kopf herunter, und ihre Haut wirkte seltsam blutleer. Brunkhorst vermutete, dass sie starke Beruhigungsmittel verabreicht bekommen hatte.

Achtundvierzig Stunden waren seit der Festnahme von Natascha Engel und dem blutigen Kampf im Ruinentheater vergangen. Achtundvierzig Stunden, in denen Natascha Engel operiert und stabilisiert worden war.

Jörg Benders operativer Eingriff war weitaus komplizierter verlaufen. Der Messerstich hatte seine Milz so stark verletzt, dass eine weitere Operation notwendig sein würde, um das Organ zu retten. Er würde frühestens in einer Woche vernehmungsfähig sein.

»Grüß Gott, Frau Engel«, sagte Zollinger. »Wir würden uns gerne ein wenig mit Ihnen unterhalten. Stimmt es, dass Sie auf den anwaltlichen Beistand verzichten möchten?«

Natascha Engel schwieg.

»Wie geht es denn Ihrem Bein?«

Anstatt zu antworten, sah sie weiter regungslos in den hellblauen Bayreuther Spätnachmittagshimmel.

»Ihre Verletzung wird schon bald verheilt sein«, versuchte es Zollinger noch einmal verständnisvoll. Er wollte ihr Vertrauen gewinnen und sie gleichzeitig reizen. »Sie haben Glück gehabt.«

»Glück?«, fragte sie emotionslos. »Was wissen Sie schon über mein Glück?«

Zollingers Taktik schien Erfolg zu haben. Tatsächlich wandte sich Natascha Engel den beiden zu.

»Nun, die ganze Sache hätte ...«, setzte Zollinger an.

»Nichts wissen Sie«, unterbrach sie ihn rüde. »Mein Glück wurde mir genommen.«

»Von Vanessa Depoutot?«, wollte Brunkhorst wissen.

»Ich will diesen Namen nicht mehr hören.« Natascha Engel presste beide Hände auf die Ohren. »Wäre sie nicht gewesen, wäre das alles doch gar nicht erst passiert.«

»Erzählen Sie von Ihrer Beziehung zu Tom Nachtweih«, bat Zollinger. »Als Sie mit ihm zusammen waren, hatte Vanessa Depoutot eine Affäre mit ...«

»Ich sagte Ihnen doch eben bereits, dass ich diesen Namen nicht mehr hören möchte!«, schrie Natascha Engel mit einem Mal. Sie versuchte aufzustehen, wurde jedoch von den Infusionsschläuchen, die an ihren Handrücken befestigt waren, zurückgehalten.

»Herrschaftszeiten! Jetzt reißen Sie sich zusammen!«, reagierte Zollinger stinksauer und trat einen Schritt näher an das Bett heran. »Es wäre schön, wenn Sie sich ein wenig kooperativer zeigen würden. In Ihrem eigenen Interesse. Weshalb ging die Beziehung auseinander?«

»Was meinen Sie, wie oft ich mir diese Frage gestellt habe? Immer und immer wieder. Und trotzdem habe ich nie verstanden, weshalb sich Tom zu dieser langweiligen ...« Sie brach ab und schüttelte den Kopf.

»Wie ging es weiter?«, hakte Brunkhorst nach.

»Na, wie schon? Tom hat sich von mir getrennt und gleichzeitig gekündigt.«

»Stimmt es, dass Sie ihn bedroht haben, nachdem er Sie verlassen hat?«

»So ein Quatsch, ich habe ihm lediglich zu verstehen gegeben, was ich von seiner Entscheidung halte.«

»Wir haben Zeugenaussagen und Schriftstücke, aus denen hervorgeht, dass Sie ihn und Vanessa Depoutot bedroht haben. Aus diesem Grund haben die beiden offenbar auch versucht, ihre Beziehung so geheim wie möglich zu halten.« Zollinger musterte Natascha Engel eindringlich.

»Tom wollte plötzlich nichts mehr mit mir zu tun haben«, antwortete sie fahrig. »Erst hat er meine Anrufe nur weggedrückt, später hat er sich sogar eine neue Nummer zugelegt. Ich meine, wovor hat er denn Angst gehabt?«

»Das fragen Sie?«, stellte Brunkhorst verwundert fest. »Sie haben ihn umgebracht.«

»Schwachsinn, das war reine Notwehr«, versuchte sie sich zu verteidigen.

»Das sieht die Staatsanwaltschaft womöglich anders.« Brunkhorst ließ sich nicht aus der Ruhe bringen. »Zumal Sie vorgehabt haben, sich abzusetzen. Wir haben das Zugticket nach Italien in Ihrer Handtasche gefunden.«

»Mein Bruder lebt dort, ich wollte ihn besuchen.« Natascha Engel klang schwach und leistete kaum noch Gegenwehr.

»Und deshalb haben Sie Ihre Wohnung leergeräumt?« Brunkhorst fixierte sie und zog seine rechte Augenbraue hoch.

»Erzählen Sie uns von Bender. Weshalb war er so wichtig für Sie?«, erkundigte sich Zollinger.

»Warum quälen Sie mich eigentlich so?«, fragte sie erschöpft. »Bender ist ein notgeiler Idiot, der zufällig mit angesehen hat, wie ich mich mit …« Sie hielt kurz inne. »… mit dieser Frau, die ich abgrundtief hasste, gestritten habe. Er hätte ohne Weiteres gegen mich aussagen können, und ich wäre wahrscheinlich dran gewesen. Aber da ist mir die Idee mit Karolina Sestak gekommen. Ich wusste, dass sie mit Van…, Sie wissen schon, Streit hatte. Karolina bot sich ja geradezu an als perfekte Täterin.«

»Und dann haben Sie Bender davon überzeugt, dass er uns diese Geschichte auftischt?«, hakte Zollinger nach. »Wie haben Sie das angestellt?«

»Ich habe mir einen Plan gemacht, wie ich ihn auf meine Seite ziehen kann«, antwortete sie emotionslos.

»Indem Sie mit ihm geschlafen haben?«

»Nein!«, fuhr es entschieden aus ihr heraus. »Mein Plan hat nicht funktioniert. Es war genau andersherum. Er hat mich erniedrigt, dieses Schwein. Er wollte mir nur helfen, wenn ich es ihm besorge.«

»Und das haben Sie gemacht?«

»Was blieb mir denn anderes übrig?«, fragte sie aufgebracht.

»Warum sind Sie noch mal bei ihm aufgetaucht?«, wollte Brunkhorst wissen.

»Ich wollte ihn die Erniedrigung spüren lassen, die er mir angetan hat. Er sollte einfach begreifen, was es heißt, jemandem vollkommen ausgeliefert zu sein.« Natascha Engel zuckte mit den Schultern.

»Sie haben ihm ein Messer in die Milz gerammt!«, warf Zollinger ein.

»Er wollte mich umbringen, das haben Sie doch gesehen«, reagierte sie gereizt.

»Weshalb hatten Sie das Messer überhaupt dabei?«

»Ich war …« Sie sah Zollinger kurz in die Augen. Dann wandte sie ihren Blick von ihm ab und starrte wieder aus dem Fenster.

»Was ist am vergangenen Sonntag in der Eremitage passiert, nachdem Sie sich mit Vanessa Depoutot gestritten haben? Glauben Sie nicht, dass es allmählich an der Zeit ist, die Wahrheit zu sagen? Wir wissen ohnehin Bescheid.«

»Verdammt, ich war es nicht! Wann verstehen Sie das denn endlich?« Natascha Engel schüttelte den Kopf und griff in die Schublade des Nachttisches neben ihrem Bett. Sie holte eine Packung Schmerztabletten hervor und goss sich ein Glas Wasser ein.

»Das haben wir verstanden«, sagte Zollinger ruhig.

Es dauerte einige Sekunden, ehe sie eine Reaktion zeigte. Verwundert blickte sie auf und sah Zollinger an. »Was soll das heißen?«

»Wir wissen jetzt, wer Vanessa Depoutot umgebracht hat«, erklärte Zollinger nüchtern.

»Ich glaube, ich verstehe nicht ganz, was Sie …«

»Können Sie es sich nicht denken?« Brunkhorst musterte sie herausfordernd.

Sie schwieg.

»Unsere Ermittlungen waren mit Ihrer Festnahme im Grunde abgeschlossen«, fuhr Zollinger fort. »Gestern Nachmittag erreichten uns allerdings Informationen, die, nennen wir es mal, überraschend waren.«

»Worauf wollen Sie eigentlich hinaus?«, fragte Natascha Engel unwirsch. »Ich habe Ihnen doch die ganze Zeit gesagt, dass ich diese Frau nicht umgebracht habe.«

»Sie haben uns noch immer keinen Namen genannt«, insistierte Zollinger. »Wenn Sie es nicht waren, wer käme Ihrer Meinung nach in Betracht?«

»Ich weiß es nicht«, antwortete sie zunehmend verzweifelt. Sie wischte sich eine Träne aus dem Augenwinkel. »Vielleicht diese Karolina. Oder Luc, er war ja hier.«

»Richtig, der war hier«, entgegnete Brunkhorst vielsagend. »Wir haben ihn gestern verhört. Aber er war es auch nicht.«

»Wie weit gingen die Streitigkeiten zwischen Tom Nachtweih und Ihnen wirklich?«, fragte Zollinger plötzlich.

»Ich verstehe nicht, was Sie von mir wissen wollen. Sie haben doch eben selbst gesagt, dass ich nicht die Mörderin bin.«

»Ist Nachtweih Ihnen gegenüber jemals gewalttätig geworden?«

»Hören Sie, was sollen denn diese Fragen? Das hört sich ja fast so an, als ob ...«

»Es hört sich nicht nur so an.« Zollinger trat einen Schritt vom Bett weg, wandte sich um und blickte bedächtig aus dem Fenster. »Nachtweih ist es gewesen.«

»Was?« Natascha Engel rang um Fassung.

»Unsere Spurensicherung hat herausgefunden, dass Vanessa Depoutot wenige Stunden vor ihrem Tod Geschlechtsverkehr hatte. Wir sind davon ausgegangen, dass es Nachtweih war, mit dem sie sich vergnügt hat, bis uns gestern unser Labor mit der Nachricht konfrontierte, dass das Sperma nicht von Nachtweih stammt.«

»Diese Frau ist wirklich ...« Sie ballte die Fäuste und verzog wütend ihr Gesicht.

»Am Nachmittag ist es uns endlich mithilfe der französischen Kollegen gelungen, Luc Dacheville ans Telefon zu bekommen. Er hat zugegeben, in der Nacht von Samstag auf Sonntag mit Vanessa Depoutot Sex gehabt zu haben.«

»Aber ich dachte, sie sei mit Tom glücklich gewesen?«

»Vanessa und Luc hatten offenbar noch immer regelmäßig Kontakt, auch als sie schon längst mit Tom zusammen war. Dacheville war in Deutschland, weil sie ihn ein paar Tage zuvor angerufen und gebeten hatte, ihr zu helfen. Nachtweih hatte Briefe gefunden, die sich die beiden geschrieben hatten. Laut Dachevilles Aussage soll er vor Eifersucht getobt haben. In den vergangenen Wochen hat Vanessa Depoutot zunehmend Angst bekommen, dass er handgreiflich werden könnte. Am Sonntag hat Nachtweih dann offenbar herausgefunden, dass Vanessa und Luc sich am Samstagabend getroffen hatten. Wir wissen nicht, ob zwischen den beiden wieder etwas Ernstes lief, aber Nachtweih sind in diesem Moment einfach die Sicherungen durchgebrannt.«

»Von wegen große Liebe«, sagte Natascha Engel mit einer Spur Verachtung in der Stimme. Sie sah plötzlich traurig aus. »Warum hat sich Luc denn nicht sofort bei Ihnen gemeldet?«, brach es aus ihr raus. »Mein Gott, ich muss wegen seiner Feigheit ins Gefängnis.«

»Sie haben einen Menschen getötet und einen anderen schwer verletzt«, fuhr Brunkhorst dazwischen. »Ich glaube, es ist nicht an Ihnen, die Schuld daran bei jemand anderem zu suchen.«

Sie schwieg und zupfte an ihrer Bettdecke herum. Ihre Augen waren feucht.

»Wir haben die Fingerabdrücke und die DNA von Nachtweih mit den Spuren am Tatort und an Vanessa Depoutots Körper abgeglichen«, sagte Zollinger nach einigen Sekunden der Stille. »Es besteht kein Zweifel.«

»Er war es also wirklich?«, vergewisserte sich Natascha Engel mit brüchiger Stimme.

Zollinger nickte stumm. Erleichtert, dass der Fall endlich aufgeklärt war, knöpfte er seine Weste auf und zog sie langsam aus. Die Sonne, die durch die Fensterscheibe fiel, hatte seinen Körper aufgeheizt.

Zu ihrer aller Überraschung hatten die Ermittlungen ergeben, dass es Tom Nachtweih gewesen war, der seine geheime Liebschaft Vanessa Depoutot aus Eifersucht umgebracht hatte. Alles deutete darauf hin, dass der Mord im Affekt geschehen war. Was genau am Sonntagabend im Bereich der Unteren Grotte der Eremitage vorgefallen war, ließ sich nur erahnen. Doch klar war, dass Nachtweih

Vanessa Depoutot nach ihrem Streit mit Natascha Engel am Ruinentheater gefolgt sein musste und ihr schließlich die tödlichen Kopfverletzungen zugefügt hatte.

»Wir haben gestern noch einmal mit Sebastian Berner gesprochen«, sagte Zollinger. »Sie arbeiten mit ihm zusammen, richtig?«

»Ja.«

»Er hat uns ein wenig über Ihr damaliges Verhältnis zu Tom Nachtweih erzählt.«

Ihre Augen flackerten jetzt.

»Er hat uns erzählt, dass es auch während Ihrer Beziehung zu Nachtweih immer wieder zu heftigen Auseinandersetzungen zwischen Ihnen gekommen sein soll. Stimmt das?«

»Was spielt das noch für eine Rolle?«

»Wenn es stimmt, dass er Sie in der Vergangenheit und auch in der Nacht, in der Sie ihm das Messer in den Hals gerammt haben, bedroht hat, kann sich das strafmildernd für Sie auswirken.«

»Ich habe ihn geliebt«, antwortete sie trotzig. »Bis zuletzt.«

»Obwohl er Sie in der Küche des Miamiam Glouglou gewürgt hat und Ihnen immer wieder angedroht hat, Sie grün und blau zu schlagen, wenn Sie weiterhin mit Gästen flirten würden. Obwohl er Sie nachts in Ihrer Wohnung stundenlang angeschrien hat, weil er eifersüchtig gewesen ist, wie uns einige Nachbarn berichtet haben.«

Brunkhorst sah sie herausfordernd an.

»Was wissen Sie denn schon?«

»Berner hat uns gesagt, was zwischen Ihnen beiden vorgefallen ist. Wir werden in den nächsten Tagen mit weiteren Mitarbeitern des Miamiam Glouglou sprechen.« Brunkhorst setzte sich auf die Kante des Krankenhausbettes und rückte näher an Natascha Engel heran.

»Haben Sie schon einmal richtig geliebt?« Sie sah ihn mit leeren Augen an. »So, dass Sie Ihr eigenes Leben dafür hergeben würden?«

Brunkhorst spürte den Kloß, den er plötzlich im Hals hatte. Die Erinnerung an Imke blitzte vor seinem inneren Auge auf und verursachte einen kurzen Schmerz.

Natürlich wusste er, was es hieß, richtig zu lieben. Imke war sein Lebensmittelpunkt gewesen. Er hatte sich keine andere Frau an seiner Seite vorstellen können. Aber im Unterschied zu Natascha Engel hatte er, wenn auch erst nach einiger Zeit, verstanden, dass es vorbei war und er endlich wieder seinen Verstand einschalten musste.

»Sehen Sie, Sie kennen dieses Gefühl nicht«, sagte Natascha Engel mit einem müden Lächeln auf den Lippen. »Liebe ist eben nicht immer rational.«

»Da haben Sie recht.« Brunkhorst stand auf und nickte Zollinger zu. »Leider.«

Epilog

Er lief über den weichen Waldboden und pfiff voller Vorfreude ein Lied. Die Luft flimmerte. Seit Wochen lagen die Temperaturen jenseits der Dreißig-Grad-Marke. Der kleine See schimmerte dunkelblau durch das dichte Gehölz. Einzelne Sonnenstrahlen ließen silbrige Perlen auf dem Wasser tanzen.

Jetzt konnte er sie auch schon erkennen. Anna. Sie lag im Ufergras, dort, wo sie sich immer heimlich trafen. Er sah das rotblonde Haar und erahnte ihren zierlichen Körper, der sich so weich und warm anfühlte.

Er rief ihren Namen und pfiff weiter sein Lied. Noch schien sie ihn nicht gehört zu haben, er wartete darauf, dass sie aus dem dunkelgrünen Gras aufstehen und ihn mit einem Lächeln empfangen würde. Die letzten Meter lief er immer schneller.

Alles kam plötzlich wieder hoch. Ihr lebloser Körper, die Missbrauchsspuren. Sein Magen stülpte sich um, er hatte das Gefühl, sich augenblicklich übergeben zu müssen.

Plötzlich änderte sich die Umgebung. Der See verwandelte sich in ein künstlich angelegtes Bassin mit Wasserspielen und Steintreppen. Sein Blick glitt über den blassen Körper, der sich noch immer vor ihm erstreckte. Plötzlich schrak er zurück. Anna war verschwunden.

Die Frau, die dort im seichten Wasser des Bassins lag, war älter als Anna. Ihre roten Haare, das weiße, beinahe transparente Kleid, all das kam ihm irgendwie bekannt vor. Doch sosehr er sich auch bemühte, ihm wollte einfach nicht einfallen, was es mit dieser Frau auf sich hatte.

Wieder veränderte sich die Umgebung. Plötzlich betrat

er eine Bar, in der eine Frau mit übergeschlagenen Beinen auf ihn wartete. Er fühlte Schmetterlinge in seinem Bauch. Dann der nächste Schnitt. Die attraktive Blondine, die gerade noch auf dem Barhocker gesessen hatte, stand vor einem metallenen Tisch und hantierte mit einem Seziermesser herum.

Ein Klingeln dröhnte aus dem Hintergrund. Und anschließend ein zweites. Er schrak hoch und öffnete langsam seine Augen. Die junge Ärztin in ihrem weißen Kittel verschwand aus seinen Gedanken, um im nächsten Moment neben ihm, eingehüllt in seine Bettdecke, wiederaufzutauchen.

»Tina«, murmelte Brunkhorst nach einigen Sekunden. »Was war denn gerade los?« Verzweifelt versuchte er die Bilder seines Traums aneinanderzureihen, bis ihm einfiel, dass es an der Tür geläutet hatte. Unsicher, ob die Klingel nicht auch Teil seiner posttraumatischen Phantasien gewesen war, kletterte er aus dem Bett und schleppte sich barfuß in den Flur. Sein Kopf schmerzte. Erinnerungen an Cocktails und zu viel Bier stiegen in ihm hoch.

Gerade als er die Wohnungstür erreicht hatte, klingelte es ein drittes Mal. Müde nahm er den Hörer der Gegensprechanlage ab und meldete sich mit einem langgedehnten »Hallo«.

»Servus! Ich bins noch amol. Konn i eds die Wohnung oschaua?«

Brunkhorst glaubte einen Moment lang, sein Traum habe sich endgültig in einen Albtraum verwandelt, doch der Schmerz, der durch seinen Körper jagte, als er mit seinem großen Zeh gegen die Fußleiste stieß, weckte ihn schließlich und brachte ihn zu der Erkenntnis, dass tatsächlich die Kassiererin aus dem Discounter vor seiner Haustür stand.

»Hallo, hörns mi ned?«

»Doch, doch, natürlich«, antwortete er ausweichend. »Ich habe …«

Brunkhorst hielt inne und suchte nach den passenden Worten. Gerade als er ihr endgültig absagen wollte, entschied er sich noch einmal um.

»Erste Etage«, sagte er fest entschlossen und drückte den Türsummer. Bei dem Gedanken an das Gesicht, das die pausbäckige Kassiererin ziehen würde, wenn sie ausgerechnet ihn in der Tür stehen sah, musste er schmunzeln.

Nicola Förg

Tod auf der Piste

Ein Alpen-Krimi. 240 Seiten. Piper Taschenbuch

Die Garmischer Kommissarin Irmi Mangold, die gerne mit der Motorsäge ins Holz fährt und auch mal im Stall ihres Bruders mithilft, und ihre junge Kollegin Kathi Reindl, alleinerziehende Mutter mit chronisch schlechtem Gewissen, haben diesmal eine besonders harte Nuss zu knacken. Kurz vor Ende der Skisaison – im Tal ist längst Frühjahr – wird auf der Kandahar-Piste ein Toter gefunden, ermordet per Kopfschuss. Das Merkwürdige daran: Der Mann trägt ein altmodisches Skioutfit mit einer WM-Startnummer von 1978. Weshalb musste er sterben? Und was hat es nur mit der seltsamen Montur auf sich? Ausgerechnet beim Dirndlkauf stößt Irmi auf eine heiße Spur …

05/2409/01/L

Alexander Rieckhoff / Stefan Ummenhofer

Giftpilz

Ein Fall für Hubertus Hummel. 256 Seiten. Piper Taschenbuch

Herzprobleme! Auch das noch! Ein Kuraufenthalt in einer Schwarzwälder Klinik soll Hubertus Hummel wieder auf die Beine bringen – die Besuche von Familie und Freundin tragen jedenfalls zu seinem Wohlbefinden bei. Doch als ein Mitpatient an einer Pilzvergiftung stirbt, ist es mit Ruhe und Erholung vorbei, denn der Studienrat vermutet dahinter keineswegs nur einen Unglücksfall. Gemeinsam mit dem Journalisten Klaus Riesle begibt er sich im Kurmilieu auf Verbrecherjagd, was nicht nur ihm bald auf den Magen schlägt …

05/2582/01/R

Volker Klüpfel, Michael Kobr

Milchgeld

Kluftingers großer Fall. 320 Seiten. Piper Taschenbuch

Ein Mord in Kommissar Kluftingers beschaulichem Allgäuer Heimatort Altusried – jäh verdirbt diese Nachricht sein gemütliches Kässpatzen-Essen. Ein Lebensmittel-Chemiker des örtlichen Milchwerks ist stranguliert worden. Mit eigenwilligen Ermittlungsmethoden riskiert der liebenswert-kantige Kommissar einen Blick hinter die Fassade der Allgäuer Postkartenidylle – und entdeckt einen scheinbar vergessenen Verrat, dunkle Machenschaften und einen handfesten Skandal.

»›Milchgeld‹ ist ein Volltreffer, weil er Mentalität in Reinform verkörpert.«
Süddeutsche Zeitung

05/1899/03/L

Volker Klüpfel, Michael Kobr

Erntedank

Kluftingers zweiter Fall. 384 Seiten. Piper Taschenbuch

Der Allgäuer Kriminalkommissar Kluftinger traut seinen Augen nicht: Auf der Brust eines toten Mannes in einem Wald bei Kempten liegt, sorgfältig drapiert, eine tote Krähe. Im Lauf der Ermittlungen taucht der Kommissar immer tiefer in die mystische Vergangenheit des Allgäus ein, und es beginnt ein Katz-und-Maus-Spiel mit dem Mörder, bei dem die Zeit gegen ihn arbeitet. Denn alle Zeichen sprechen dafür, dass das Morden weitergeht …
Mit eigenwilligen Ermittlungsmethoden riskiert der liebenswert-kantige Kommissar einen Blick hinter die Fassade der Allgäuer Postkartenidylle und deckt Abgründe auf.

»Kommissar Kluftinger hat in seinen Kniebundhosen durchaus das Zeug zum Columbo von Altusried. Und schon deshalb wird dieser Krimi auch über die Grenzen des Allgäus hinaus bekannt werden.«
Die Welt

05/2061/02/R

Gisa Pauly

Flammen im Sand

Ein Sylt-Krimi. 320 Seiten.
Piper Taschenbuch

Als bei Bauarbeiten auf Sylt ein Skelett gefunden wird, tappt Hauptkommissar Erik Wolf im Dunkeln: Wer ist die Tote, die vor fünf Jahren ermordet wurde? Seine umtriebige italienische Schwiegermutter hat schnell einen Verdacht, wer das Mordopfer sein könnte, doch gründet ihre Vermutung weniger auf Beweisen, sondern mehr auf ihrer Intuition. Dann, einen Tag vor dem traditionellen Biikebrennen, verschwindet erneut eine Frau. Mamma Carlotta ist entsetzt, denn sie kennt die Vermisste gut. Während des großen Volksfestes macht sie dann einen schrecklichen Fund …

05/2490/01/L

Susanne Mischke

Tod an der Leine

Kriminalroman. 272 Seiten.
Piper Taschenbuch

Die Menschentraube auf dem Altstadt-Flohmarkt am Ufer der Leine verwehrt Kommissar Fernando Rodriguez lange die Sicht auf eine grausame Wahrheit: auf die Leiche einer schönen Frau, die keine Unbekannte für ihn war. Als heimlicher Verehrer der jungen Regisseurin hatte er sich extra für diesen Abend Premierenkarten besorgt. Nun ist er am Boden zerstört. Nicht nur, dass seine Eroberungsträume geplatzt sind – auf das Team der Kripo Hannover um Casanova Fernando Rodriguez, Schafzüchter Bodo Völxen, Rabenmutter Oda Kristensen und Küken Jule Wedekin wartet ein stolzer Berg Arbeit. Und ein gefährlicher Einsatz, der nicht nur menschliche Abgründe offenbart. Denn der Fall der ermordeten Künstlerin führt die Ermittler tief hinab – bis in Hannovers Katakomben.

05/2416/01/R